いつも隣に山頭火

井上智重

言視舎

まえがき

風に吹かれて

山頭火のことを考えると、ボブ・ディランの「風に吹かれて」のメロディーが耳元から聞こえてくる。長髪でヒゲを伸ばしたわが友がギターを弾きながら、歌っていたのを思い出す。たわむれに山頭火の句を連ねて知り合いのミュージシャンに楽譜に落とし、歌ってもらったら、見事にハマったのに驚いた。

踏みわける萩よすすきよ／この旅、果もない旅のつくつくぼうし／また見ることもない山が遠ざかる／けふもいちにち風をあるいてきた／月のあかるさはどこを爆撃してゐることか／風の中おのれを責めつつ歩く／死んでしまへば雑草雨ふる／何を求める風の中ゆく

「──どこを爆撃してゐることか」の句は昭和十四年一月発行の折本句集『孤寒』に収録の「銃後」と題された二十五句の一つだ。月のあかるさに大陸で始まった北支事変を思って作った句だが、ディランの曲に乗れば、ベトナム戦争の反戦詩になる。

山頭火が一躍有名になったのは昭和四十六年（一九七一）の秋ごろからだという。そう語っているのは翌年二月、『放浪の俳人山頭火』を出した村上護氏だ。昭和十六年生まれの村上氏が山頭火の存在をはじめて知ったのは二十歳前後のことで、二十五のときインドを放浪し、いわゆる〝七〇年〟前後には新宿にいて、三年余りかけて書き下ろしたという。本は飛ぶように売れたそうだが、いま読んでも実によく書けている。なにより筆に勢いがある。だがそれ以上に、山頭火の生き方そのものが、あの当時、人々を魅了したのだと思う。

そのころ、私は社会人となっていて、ほどなく父親になろうとしていた。怠学生だった私を拾ってくれたのは佐賀の新聞社だった。熊本の学生時代に知り合った女性と結婚し、数か月後に鳥栖に赴任した。配偶者は三つ編みをしており、よく兄妹と間違われた。取材にも彼女をバイクのうしろに乗せ、風を切って走った。彼岸花が盛りであった。その翌年、息子が生まれた。

佐賀には十年いて、熊本の新聞社に途中入社し、山頭火のこともずいぶん書いた。山頭火は大正五年、妻子を伴い、熊本に流れてきて下通町に「雅楽多」という古本屋を開く。印象詩としての新しい俳句づくりも試みる。九州新聞には『山頭火全集』に未収載の句がずいぶんある。短歌会にも出入りし、「不知火」という号で短歌も詠んでいる。祖母を引き取っていたと思われるはがきも残っている。出家得度し、漂泊放浪の旅へと向かったのも熊本からだ。それでいながら、山頭火の熊本時代はあまり調べられていなかった。泥酔し、市電をとめた山頭火を報恩寺に伴った人物も、長い間、別の人物とされ、伝説化されていた。取材は本業だ。調べに調べまくった。

いま、コロナ禍のもと、この原稿を書いている。私も配偶者も後期高齢者だ。いつころりと往生してもおかしくない年となった。年を重ねると、山頭火についても関心の向きが変わってくる。孤高に旅する山頭火ではなく、ふるさとのほとりに庵を結び、托鉢に出かけることはあるが、家庭菜園を営み、「夕立が洗つていつた茄子をもぐ」山頭火に心がむく。

いつもより息子からの仕送りが多いな、とニコニコ飲み歩き、それが結婚式に来てもらうための旅費だと知り、しょげかえる。家庭を捨てた男だ。どうせ行けなかったろう。息子の結婚式を夢で見ながら、泣いている。せめてはなむけにと「をとこべしをみなへしと咲きそろふべし」と生命力あふれる男郎花、女郎花が咲き誇る雑草の句を作る。困ったオヤジだが、いいオヤジではないか。離婚し、旧姓に戻ったとはいえ、サキノもいい奥さんだ。旅先に洗い張りをした袷を送り、山頭火が山口の「風来居」から終焉の地、松山に渡る際、お金を送って後始末をさせている。なれない土地で女の細腕で息子を育て、学ばせ、店は繁盛していたという。山頭火とサキノには、男と女の、あるいは夫婦の在り方を考えさせられる。

あのブームから半世紀が経ち、山頭火が再び帰って来たという感じである。ちょっと風変わりだが、どこにでもいそうな隣のおじさん…。なんとも親しく語りかけてくるその言葉、俳句は、私やあなたの厳しいいまを生きるヒントに満ちている。

二〇二二年は山頭火生誕百四十年。

目次

山頭火は句を何度も作り直しており、そのため一文字だけ違う句や漢字をかなに変えたものなど、似た句が多く併存します。文中にとくにことわっていない場合、著者が選んだものになっています。

文字表記は、引用部分はそのまま、歴史的仮名遣いによっています。

漢字は、原則として新字体ですが、適宜旧字体を用いたところもあります。

文章には適宜、ルビをつけました。

文中には、現在では差別的表現とされるかもしれないものもありますが、作品の歴史性に鑑みそのままにしています。

第一章　第二の故郷熊本

1　海明かりのするふるさと

海よ海よふるさとの海の青さよ

種田山頭火のふるさと、山口県防府市。瀬戸内海に面し、江戸時代から製塩が盛んで、戦後も塩田が広がっていた。長州藩の海の玄関として栄えた三田尻で生まれたと聞けば、瀬戸内に面した海明かりのする歴史風土が浮かんでくる。明治三十一年、山陽線が三田尻まで延び、鉄道唱歌に「出船入船絶え間なき、商業繁華の三田尻は山陽線路の終にて…」とうたわれた。

種田家から駅まで八百五十メートル。他人の土地を踏まずに駅まで行けたのが種田家の自慢だったという。屋敷の面積だけでも約三反。よほどの地所持ちだったことがわかる。種田家の破産で山頭火は大正五年四月、妻子を伴って熊本市に移り住むが、その翌年八月、帰郷したときの句。

ふるさとの学校のからたちの花

山頭火は明治十五年（一八八二）十二月三日、種田家の長男として生まれた。本名正一。父竹治郎、母フサ。一つ上の姉。下に妹と弟二人。

小学三年の三月六日、「母フサ自宅の井戸に投身して自殺す」と『山頭火全集』年譜にある。納屋で五、六人の友達と芝居ごっこをしていたら、母屋のほうが騒がしい。駆けて行ったら、井戸のそばに引きあげられていて、「お母さん」と抱きついたら、顔は紫色で体は冷たかったという。一説では、フサは肺結核と診断されたが、お腹に子を宿していた。無事出産したが、隔離され、産後鬱《うつ》でもあったのだろうか。その子（信一）は五歳で死去。

山頭火はどんな子供であったのか。母校松崎小の校門前にこの句碑がある。

うまれた家はあとかたもないほうたる

地主の種田家は家運が傾き、田畑や屋敷も整理する。祖父の治郎衛門が早く亡くなったため、父の竹治郎は明治四年、十六歳で家督を継いでいる。二年後には地租改正条例が公布され、田地の集中化がなされ、大地主が派生する。竹治郎は年の若い割にはよくやったのではないのか。村役場の助役にも選ばれ、政友会とも関係が出来る。しかし、米相場に手を出し、大損を被る。典型的な井戸塀である。

「親父は悪い人ではなかったが、むしろ良過ぎて女に弱かった」と山頭火自身が書いていて、料亭などで派手に遊ぶのを好んだという。祖母のツルに溺愛され、山頭火は育つが、宗教心に篤かったツルは崩れゆく種田家を諦《てい》観《かん》し、「業《ごう》やれ、業やれ」とつぶやくしかなかった。

山のすがたが三十五年の夢

明治二十九年、三田尻私立周陽学舎に入学。学友とともに回覧雑誌を出している。妹シズは当時を思い出し、「子供がみんなで集まって判こみたいなものを作って、俳句の真似ごとをやっておりました」と語っている。

周陽学舎第三年級修了。県立山口中学四年級編入。同期の青木健作（作家）によれば、「度の強い近眼鏡をかけた、元気そうな赤い顔をして、見るからに多血質」で、顔がオコゼに似ていた。山口中学からは国木田独歩、嘉村磯多、中原中也らの文学者、岸信介、佐藤栄作兄弟の政治家が出ている。山口中学から五高に進学した者は、山頭火が熊本市下通《しもとおり》に開いた「雅楽多《がらくた》」によく顔を出し、たまり場になっていたという。そのなかに佐藤栄作もいた。掲句は昭和九年、山口市に行乞《ぎょうこつ》中の作。

酒樽洗ふ夕明り鵙《もず》がけたゝまし

明治三十四年七月、東京専門学校（早稲田）高等科予科に入学し、三十五年九月大学部文学科に進む。自然主義文学の勃興期で、ゾラ、モーパッサン、ツルゲーネフなど学生は読み漁ったという。山頭火もそうした一人だったが、その年、満の二十歳で、学生は兵役を猶予されたが、二年進級の試験を受けておらず、三十七年二月、病気を理由に退学。長男でもあり、兵役は逃れただろう。ちょうど日露大戦が勃発したときだが、東京でぶらぶらして九月に帰省した。

七月、隣村の大道村の山野酒造場を竹治郎が買い受けており、息子の帰郷を待って酒造業に乗り出す。種田家の村入りは華やかなものだったという。紋付袴で人力車を連ねて乗り込んだ。掲句は大正三年作。

美しき人を泣かして酒飲みて
**　調子はづれのステヽコ踊る**

明治四十二年八月、山頭火は二十八歳で結婚する。相手は佐波郡和田村（周南市）、佐藤光之輔の長女サキノ。七歳年下。周南実科女学校を出ていた。佐藤家は山林を持ち、父は村会議員。竹治郎とは以前からの知り合いだった。「嫁をもらえば行状もよくなる」と竹治郎は思ったらしく、佐藤家も悪くない縁談と思ったのだろう。竹治郎は恰幅もよく、旦那然としていた。

「わしは禅坊主になる。嫁はもらわぬ」と山頭火は言っていたというが、小柄で美人のサキノを見て、気持ちが変わったのだろう。「夫らしく家におさまっていたのはわずか一週間でした。それからは女房よりも酒と文学のほうが好きのようでした」とサキノはのちに大山澄太に語っている。

毬《まり》は少女の手を外《そ》れて時雨沁む砂へ

サキノと結婚したころ、サキノと着物姿の少女と三人で撮った写真が山頭火に関する本によく載っている。金縁眼鏡、羽織姿の山頭火は後ろに立っており、椅子に腰かけたサキノは美しい顔立ちだ。その左にリボンをつけた十歳ほどの着物姿の少女は「知人の娘」と説明されているが、異母妹だという。

竹治郎は山頭火が中学に進んだとき、愛妾コウを後妻として家に入れ、二人の娘が生まれた。写真は姉のほう。コウとは大正五年、協議離婚。気立てのやさしい女性で、周南実科女学校の隣で女学生相手に小間物屋を開き、二人の娘を育てた。山頭火が小学校に通った道のわきには水路が流れ、「山頭火の小路」と呼ばれるが、その一角に住んでいたという。大正四年の「層雲」発表句。

鳥放つ湖上遠山夕映えて

明治四十三年八月三日、長男健が誕生。家庭を持ったことでむしろ文学に熱中する。地元で創刊された月刊文芸誌「青年」に加わり、山頭火の筆名でモーパッサンの『猟日記』（『狂人日記』？）の一部「愛」、ツルゲーネフの小論「墓前に於けるルナンの演説」、ツルゲーネフの小説「烟」の一節と続けざまに翻訳を発表している。いずれも英訳本を介したものだ。

『烟』の主人公は絶望感と厭世的気分に覆われ、車窓にたたずみながら、自分の生活もロシアの生活もすべて「けむりだ！蒸気なのだ」と空しくつぶやくことで終わる。そこに山頭火自身の悲哀も感じられなくもない。「青年」に発表した句は耽美主義的でどこか田臭もするが、この句にはそれがない。

波追うて騒ぐ児ら浦の夏活きて

明治四十五年七月三十日、明治天皇が崩御し、大正に改元される。山頭火は翌二年八月、文芸誌「郷土」を創刊する。タブロイド判二つ折の四ページ。「新しき郷土」へと題し、創刊の辞に「新しさは発見であり、独創であり、生みの力である」と書いている。編集後記に「編輯から発送まで、殆んど一切の事務を私一人で処理するのですから、仲々思ふやうに手が届きません、殊に私は可なり多忙な職業を抱へています。私は店番しつゝ本誌を編むのです」
山頭火は格子戸の前にラシャの前掛けをあてて座り、本を読んでいて、客がくれば、少しおまけして酒を注いでいたという。創刊号には徳山の沖にある佐合島に久保白船を訪ねた際の十四句を載せており、掲句はそこから拾った。

窓に迫る巨船あり河豚《ふぐ》鍋の宿

荻原井泉水《せいせんすい》が「層雲」を創刊したのは明治四十四年四月、まだ二十七歳の颯爽とした青年だった。東京芝区神明町の生まれ。東大の言語学科卒。河東碧梧桐《かわひがしへきごとう》に勧められ、「日本及日本人」にゲーテについて連載し、「ゲーテの自然観、人生観、詩、ことに寸鉄詩（エピグラム）からの示唆が私に日本特有の俳句というものの精神に新しい感度を与えた」とのちに書いている。
大正二年三月号の井泉水選「雲層々」欄に田螺公《でんらこう》の旧号で投じて採用される。山頭火が井泉水より二つ年上。私は下関での句と考える。「行乞記」に下関に取引先があり、遊興の地だったと書いているためだ。シュールで映像的で、句としてすでに高いレベルにある。

子と遊ぶうらゝ木蓮数へては

大正二年「層雲」発表句で、以後、山頭火の号を用いる。息子の健は数えの三歳。「最初の不幸は母の自殺。第二の不幸は酒癖。第四の不幸は結婚、そして父となったこと」と書いた山頭火だが、父となったのがそんなに不幸だったのか。「家庭は牢獄だ、とは思はないが、家庭は砂漠である、と思はざるを得ない」とも書いているが、愛児句を幾つも作っている。

子連れては草も摘むそこら水の音
海見れば暢《の》ぶ思ひ今日も子を連れて
我とわが子と二人のみ干潟鳶《とび》舞ふ日

寂しい父と寄り添う幼い健がいた。健は父の愛を知っていたのではないか。

燕《つばめ》とびかふ空しみ〴〵と家出かな

父竹治郎と始めた大道村の酒造業も二度、酒を腐らせ、破産に。もともと素人がやるべき仕事ではなかった。竹治郎は姿をくらました。山頭火の伯母の家と妹シヅの嫁ぎ先に借金をしており、両家が引き継ぐが、すぐに整理した。

大正五年（一九一六）四月に、山頭火は妻子を伴い、熊本に。満の三十三歳。七歳年下のサキノとの間に五歳と八カ月の健がいた。見送ったのは酒造場で働いていた若者一人。見上げたら、燕が飛びかかっている。さて、親子三羽、西南の空へと思い切って飛び立とう。熊本ではどんな出会いが待っているのか。

この句は山口県勝間村（周南市）の河村義介の個人雑誌「樹」の消息欄に記されたもので、「樹」には熊本から兼崎地橙孫《ちとうそん》、友枝寥平《りょうへい》が加わっていた。

2　妻子を伴い、森の街熊本に

汽車すぎしあと薔薇がまぶしく咲いてゐたり

山頭火が妻子を伴って熊本駅に降り立ち、と書いたところではたと筆がとまった。この句はどこか鄙《ひな》びて、手前の池田駅（現上熊本駅）に降りた可能性があると気づいたためだ。五高に赴任して来た漱石はここで降り、人力車で新坂へと下ってきて、眼下に広がる旧城下町の光景に「いい所に来た」と思った。大正五年、「層雲」に「青桐」と前書された十一句の冒頭にあり、この句から熊本の句作は始まる。どちらで降りたか、決め難いが、出迎えはあったのか。六師団の司令部が置かれた熊本城の桜は吹雪いていたか、すでに散って葉桜か。

その後、熊本駅から何度出て行き、戻ってきたことか。サキノのもとには敷居が高く、街をさまよい歩き、待合室のベンチで朝を迎えたこともあった。

監獄署見あぐれば若葉匂ふなり

山頭火は下通町一丁目一一七に間口三間の二階家を借り、愛蔵書などを並べ、「雅楽多書房」を始めた。「層雲」主宰の荻原井泉水や山口中学の後輩で「層雲」同人久保白船からも本が送られてきた。三年坂交番から上通に向かって五軒目。のちに絵はがき屋となり、ブロマイドを扱うようになった。

いまは一番の繁華街の下通だが、三年坂を含む安巳橋（安政橋とも）通がメインストリートで、三年坂にはメゾチスト教会があり、のちに妻のサキノも通うことになる。雅楽多の裏手のほうは監獄所だったが、大正十二年、市役所が移転してきた。山頭火が家を出たあともサキノの細腕で店は続けられたが、空襲で焼失。戦後、跡地も含め大洋デパートとなり、いまは複合商業施設ＣＯＣＯＳＡの一角に。

県庁の石垣のすみれ咲きいでけり

山頭火は落ちゆく先をなぜ、熊本に選んだのか。別に頼れる親戚などない。五高にあこがれていたらしく、五高受験に失敗したという話も残っている。

かつて五高では漱石も教え、寺田寅彦ら教え子と運座を開き、紫溟吟社《しめいぎんしゃ》がつくられた。漱石には「菫程な小さき人に生れたし」の熊本での句がある。

山頭火が頼ったのは俳誌「白川及新市街」に拠る若者たちで、その中心は同郷の山口県出身の五高生兼崎地橙孫。五七五の形式にとらわれない自由律俳句の信奉者だ。県庁は南千反畑《せんたんばた》、いまの白川公園の場所にあり、隣には図書館、道向かいに市役所があった。山頭火が熊本に移り住んだ八カ月後の大正五年十二月九日、漱石は没する。掲句は翌年の作。

蛙蛙《かえる》獨りぼつちの子と我れと

よその街に移って来て、一人っ子の健にはまだ友達が出来ない。熊本では、下通町《ちょう》というように町の字を「ちょう」と呼ばせるところはもともと武家の居住区だ。藩政時代、細川藩家老・有吉家の広大な屋敷があり、「雅楽多」の場所は長屋塀があったところだ。樹木も多く、屋敷跡の池も残り、蛙の生息する環境がまだ残っていた。家の前の梧桐《あおぎり》の根元に蛙がぴょんと跳んで来て、健の遊び相手になることも。それをそばで眺めている山頭火も孤独である。

蛙さびしみわが行く路のはてもなし

健も熊本の街っ子に仲間入りしていっただろう。

さゝやかな店をひらきぬ桐青し

大正五年八月一日発行の俳誌「白川及新市街」に同人芳川九里香に宛てた山頭火の手紙の一部が「梧桐の陰にて」と題し、二回掲載されている。

「熊本の人となってから、もう四ヶ月の月日が過ぎました。その間には可なり複雑な心理を味ひました。店前の桐並木でさへ、いつとなく芽をふき葉をひろげ花をつけました。そして今では累々《るいるい》たる實を結んでおります。私は毎日、その青葉広葉に覆はれた小い店に坐つて、話したり読んだり考へたりしてゐます」

熊本では梧桐のことをアオニョロイと呼び、街路樹に用いられた。夏場、葉を繁らせて影をつくり、秋、葉を落とし、冬の日ざしを家に入れてくれる。「白川及新市街」同人に「新しい俳壇はしづかに動いてゐます」と書いている。

朝日まぶし走り来て梧桐《きり》をめぐる児ら

水音の真晝《まひる》わかれおしみけり

「梧桐の陰にて」の文章のなかに「肥後は火の國、水の國であります。阿蘇は常に焔を吐き成趣園の水は滾々《こんこん》として盡《つ》きません」とある。

山頭火は水前寺成趣園によく出かけた。安巳橋（安政橋）で軽便鉄道に乗れば、九品寺、味噌天神の次で、そこが終点。画図《えず》村が生家の俳人中村汀女はこの軽便で藪の内（城東町）にあった県立高女に通った。

大正五年八月三日付九州新聞に「水前寺にて」と前書し、掲句を含め四句が。

あたり暗うなりあふるゝ水かな
雲のかげ水渉る人にあつまりぬ
ぬかるみを踏みをれば日照雨かな

「白川及新市街」を「熊本俳壇の火であり、水である」と期待を寄せている。

みどりの奥家ありて朝顔ありぬ

下通で生まれ育った写真館の老婦人にその界隈について取材したことがある。「雅楽多」の裏に祖父母の家があり、しょっちゅう店の中を通してもらい、遊びに行っていたという。山頭火らしき人は見かけたことはなく、サキノ夫人は小柄で、色白で、口数も少なく、商売人のおかみさんという感じはなかったという。

この句は大正五年八月十九日付の九州新聞に「白川及新市街」の同人らの句と一緒に載っている。裏の家は緑が多く、小鉢に本づる一本伸ばす肥後朝顔を仕立てていたのか。ほかにもこんな句が。

朝顔のゆらぎかすかにも人の足音す

朝顔けふも大きく咲いて風なかり

病む児《こ》寝入れば大きな星が一つ見ゆ

熊本市下通町に店を開いた大正五年の句。息子の健は腺病質で、幼いころ、よく病気をした。大道村（防府市）でもこんな句が。

病む児眠れば寒き影そこにひそみぬ

病む児いだけば夜はしん〳〵として恋猫も鳴かず

掲句の場合は夏風邪だろう。母親のサキノが店の奥の部屋に寝かせた健をそっとのぞきに行ったら、寝息をたてていた。「よく眠っているわ」というささやきにうなずく父親。どこの家でも見られる光景である。

西の方角の金峰山の上に宵の明星が輝いている。

兵列おごそかに過ぎゆきて若葉影あり

熊本は軍都であった。熊本城に陸軍第六師団が置かれ、正午を知らせるドンというお城からの午砲が空腹に響いた。

山崎練兵場が大江村に移され、その跡地は区画整理され、そこにニュータウンが造られた。新市街だ。いまはアーケード街界隈のみをそう呼ぶが、辛島《からしま》町、練兵町、行幸《みゆき》町、天神町、桜町、花畑《はなばた》町と町名も付けられ、専売公社のたばこ工場が移転してきて、官庁やオフィス街になった。しかし歩兵第二十三連隊はまだ街の中心部に残っていて、青葉繁れる中を兵隊が進んでいる光景が見られた。

兵営のラッパ鳴るなりさくら散るなり

下通町の山頭火の家にも消灯ラッパが物悲しく聞こえてきたであろう。

若葉若葉かゞやけば物みなよろし

熊本を「森の都」と呼んだのは漱石といわれる、山頭火にいわせれば、熊本は「森の街」だった。

熊本での二年目の大正六年、荻原井泉水への手紙に

「当地もすつかり夏景色になりまして『森の街』が最もよくその姿を飾つてをります」

熊本は街のなかに樹があるというより樹のなかに街があるというほど樹木が多いというのだ。その青葉若葉の下で山頭火も含め多くの人が働いており、その青葉と人々とを見つめているうちに涙ぐみ、この句を得たという。「句は作者の人格ないし生活を離れては存在しない」と考えるようになり、「句は人格の光であり、生活の力である」と思うである。

扉うごけり合歓《ねむ》の花垂れたり

大正五年、熊本師範の学生四、五人が「蜻蛉会」という句会をつくり、「層雲」をテキストに毎週土曜夜、寄宿舎で句会を開いていた。「層雲」選者の一人種田山頭火が熊本市に転住して来たと知り、小躍りし、翌日、雅楽多を訪ねた。

薄暗い店の奥で店番をしていたのが山頭火だった。やせ形で色は浅黒く、強度の近眼鏡の奥にしょぼしょぼの底光りを漂わせていた。極めて低姿勢で、ごく控え目にポツリポツリと語り、言葉の終わりに「ハァ」とか「ハイ」とか付け加える癖があった。教師となった緒方晨也の文章によるが、山頭火は熊本駅に荷を取りに行き、駅前の飲み屋で金を使い果たし、学校に訪ねて来て、借金を頼んだことがあった。泣きそうな顔を忘れられない…と。掲句は店番をしての作か。

何おちしその音のゆくへ白き窓

大正五年八月三日付の九州新聞学芸欄に山頭火の句が十三句載っている。熊本に移り住み、四カ月後のことだ。「白き窓」と前書した九句と「水前寺にて」の四句である。うち六句は「層雲」未掲載。

古本だけでなく、アルバム、泰西名画の複製や、絵はがきなども早い段階で並べていた。店のレイアウトにも凝っていた。窓枠も白くペンキで塗っていたのだろうか。何が落ちてきたのか。青桐の実が転げ落ちたのか。まだそんな季節ではなさそうだ。

乞食がぢつと覗きをる陳列窓の夕日影

どこかミステリー小説のようで、シュールである。

恋ひ来つる筑紫の海に立つ波の
　白き月夜を独りかも寝む

熊本に来た山頭火は短歌会にも顔を出した。くまもと文学・歴史館所蔵の友枝寥平のスクラップ帳に山頭火の歌がある。八月十二日夜、公会堂八号室での熊本短歌会の記事。大正五年と思われる。「恋」の課題で二首採られており、もう一首も紹介する。

ひとすじの砂原こみちまかゞやく
　われとわれが影ふみしめありく

新参者としての挨拶の歌であろう。月夜、恋い慕った筑紫の海に向かい、創作活動を誓う山頭火がいる。
この歌会を呼びかけたのは上田沙丹であろう。五高の快男児といわれ、恋多き青年で江津湖畔のマドンナ、のちの中村汀女と文通をしていた。

いさかひのあとのむなしさ耐へがたし
　ダリヤの赤きいや耐へがたし

大正五年八月二十六日付の九州新聞に掲載された「詩人大会詠草」に見られる一首。詠み人は種田不知火。あきらかに山頭火であろう。
妻サキノといさかいをしたのだろう。しおらしかったのは店を始めたころだけ。酒を求めて出歩く。子供を抱え、ここが踏ん張りどころと思うサキノはついきつい口調に。家を飛び出し、せかせかと歩けば、ダリヤの真っ赤な花が目に飛び込む。蒸し暑く耐えがたい熊本の夏である。一方、白秋が自身の姦通事件を詠んだ「身の上の一大事とはなりにけり紅きダリヤよ紅きダリヤよ」を踏まえているようにも思える。となると白秋に惹かれる若い歌人らを意識し、詠んでみせたのか。

ふるさとにかへるは何のたはむれぞ
　雨の二日は苦しみにして

友枝寥平のスクラップ帳にある「極光社短歌会」にも種田不知火の号による二首が掲載されている。この歌と次の一首。

まづしさに耐へてはたらくわが前の
　桐は真青な葉をひろげたり

極光社は五高生工藤好美らがやっていた短歌会で、「しめやかに五月雨の訪る夜の親しみ深い小集！」とあり、梅雨が明けていない七月か。参加者に友枝寥平、茂森唯《ただ》士《し》の名がある。「まづしさに耐へてはたらく」の歌には大正五年「層雲」発表句「さゝやかな店をひらきぬ桐青し」と類似性が見られ、同時期のことと思われる。「ふるさとにかえる」とあるから種田家破産後の残務処理で帰郷し、雨に閉じこめられ、苦い思いをして戻って来たばかりなのか。

朝の声はろ〴〵草のみどり踏む

朝、散歩に出る。下駄をはき、浴衣のまま。大正五年、彼が移り住んだ下通町はまだ未舗装で、武家屋敷跡も残り、樹木が生い茂っていた。

三年坂交番前を左折、安政橋通りを進めば白川に出くわす。橋を渡れば大江村九品寺で、その向こうは広々とした田畑。本荘村には高木第四郎の弘乳舎の牧場があった。父は横井小楠の弟子だが、高木は役人の道を選ばず、牛飼いになった。山頭火が出入りするようになる九州新聞の社長でもあった。

はてなき野草いとほしむ一人となりぬ

帰ってきたら、朝露に足が濡れていたであろう。

炎天のした蛇は殺されつ光るなり

山頭火は自分の住む熊本の街を「森の街」といった。木々の成長が早く、あっという間に繁茂する。大樹の根のうろにはガマガエルが棲み、蛇も木の枝に巻きついている。夕闇が迫ると、街路樹に蝙蝠《こうもり》が舞う。

しかし、もっとも狂暴で残酷な動物は人間の子供たちだ。蛇を見つけると、みんなで追っかけ、しっぽをつかみ、振り回す。棒で殴り殺す。この句のように犠牲になった蛇の姿が街中の道路に見られた。

蝶のむくろ踏みにじりつゝうたふ児よ

この、蝶のむくろを踏みにじり、うたう子は一人息子の健か。〝熊本のジャングル〟にやってきて、野生児となった。

蚊帳の中なる親と子に雨音せまる

大正六年、「層雲」発表句。蚊帳の中に横になっているのは山頭火と息子の健。妻のサキノは店番をしているのか。雨が強くて客足がなく、蚊帳の中に入り、健をうちわであおいでいる姿も浮かぶ。

サキノを熊本に残し、山口県小郡で庵を結び、独居生活を送っていたときも夏場には蚊帳を吊っていた。月明りが差す蚊帳の中でひとり何を思っていたのだろう。私たちの暮らしの中からいつの間にか蚊帳は消えた。昭和四十年代までは必需品だった。蚊が入ってこないよう、うちわであおぎながら素早く入った。うちわには月丘夢路などの女優の絵があしらわれていた。あれは米屋さんかどこかからのお中元だった。

蜜柑山かゞやけり児らがうたふなり

大正六年の「層雲」に掲載された一句。蜜柑狩りの句とすれば、どこに出かけたのだろう。日記は残っておらず、漱石の『草枕』の舞台探訪を兼ねて、玉名郡小天《おあま》（玉名市）に出かけたと思いたい。

さらに想像をふくらませ、雅楽多に出入りする五高生の工藤好美らに誘われ、店番は妻のサキノに任せ、愛児健を連れて、有明海に望む蜜柑の山里へと出かけた。峠を越えるとき、「箱根の山は天下の険　函谷関も物ならず…」と健も元気な声を張り上げた。小天の温泉にも入り、健はくたびれ、五高生に背負われて帰って来た…。ただこの句は前年の蜜柑の季節に作られていて、健はまだ小学校に入学していない。

参考に漱石の句も。「温泉《ゆ》の山や蜜柑の山の南側」

味噌汁のにほひおだやかに覚めて子とふたり

大正六年「層雲」一月号に随筆「白い路」を寄せ、「暖かい飯の匂い、味噌汁の匂いが腹の底までしみ込んで、不平も心配もいっとなく忘れてしまう。朝飯の前後は、私のようなものでも、いくらか善良な夫となり、慈愛ある父となる」

「貧乏」によって、肉体的にも二つの幸福を得たとも。「一つは禁酒であり、他の一つは、飯を甘く食べること」。禁酒はすぐに破るが、貧乏は人間的にしてくれる、と。

大正七年、「層雲」発表の「飯」十一句の一つ。サキノは店に立ち、山頭火は健と二人でちゃぶ台についている。

飯の白さの梅干の赤さたふとけれ

飯のあたゝかさ手より手へわたされたり

まつすぐな道でさみしい

随筆「白い路」の続き。午後、妻子を玩具展覧会へ行かせる。久々に母子打ち連れての外出。いそいそとしてうれしそうに出て行く。その後ろ姿を見送っているうちに覚えずほろりとした。仕入れや店頭装飾を考える。絵葉書や額縁、文学書といったものは陳列の巧拙にかかっている。「我々の商品は売れるものではなくて売るものである」と同業者が言ったそうだ。実に経験が生んだ至言である、と山頭火は思う。

二時間ほどして妻子が帰って来た。子供が玩具を片端から買ってくれといって困らせたという。夜は早く妻に店番を譲って寝床へ入り込む。「いろ／＼の幻想がちらつく。私の前には一筋の白い路がある。果てしなく続く白い路が」

掲句は昭和四年「層雲」の「托鉢の旅を続けつつ」の一句。

青い灯赤い灯人のゆく方へついてゆく

大正六年三月十日、防府の椋鳥句会に出席した山頭火は二日後、小倉で途中下車し、駅前旅館に上がりこみ、さんざん飲んで寝てしまった。懐には金がなく、句会で一緒になった下関郵便局の渡辺さとる（のちに砂吐流）と小橋蓮男に手紙を書き、旅館の女将に持たせた。十五円は二人には大金だったが、工面して非番の渡辺が女将について行ったら、山頭火は頭から蒲団を被り、恥ずかしがった。

渡辺は十八歳になったばかりで、山頭火に俳句のことを聞きたくて下宿に伴い、一緒に寝た。熊本からの山頭火の礼状に「私にもかつてはあなたのやうな時代がありました、花が咲いて鳥が啼《な》いて…」。さとるはこの二つの手紙をのちに表装にした。掲句は九月二十九日の渡辺宛てのはがきから。

けさも雨なりモナリザのつめたき瞳

大正六年六月、九州新聞に山頭火選「白光会句鈔」が出現する。「自信ある句を募る。投稿は市内下通町一丁目雅楽多書房白光会宛の事」

山頭火は「印象詩として第一歩を踏み出した俳句は象徴詩として完成されなければならない」と論じている。「モナリザのつめたき瞳」とは店の複製画、それともサキノの冷たい目。ほかに次のような自作の見本句を付けていた。

汽車が吐き出す人むきむきに暮れてゆく
桐並木その果てのポスト赤し
積荷おろす草青々とそよぎけり

「新しい句を募る、内容形式すべて自由」と再度呼びかけている。

水はれいろう泳ぎ児のちんぽならびたり

大正六年七月、遠来の客、横浜の「層雲」同人芹田鳳車を水前寺公園に案内したときの句。成趣園の清冽な湧水が柵を越えて、天然プールになっていた。子供たちは泳ぎに飽くと岸に腰を下ろし、また次々と飛び込む。

のちに市民プールに整備され、敗戦後、古橋広之進ら日大水泳部は冬の合宿でこのプールで泳いだ。子飼《こかい》商店街の女の子、林田民子は夏休み、友達と連れ立って出かけた。泳ぎ疲れ、夕焼けを背にテコテコ歩いて帰ってきていたが、民ちゃんが「アノサノコラサ」と調子をつけると、みんな元気が出た。のちの水前寺清子。このプールは、昭和三十五年の熊本国体で城内にプールが出来る前まで親しまれた。

うづくまるそこに水音ありけり

炎天の街のまんなか鉛《なまり》煮ゆ

大正六年、「層雲」発表句。「電話地下線工事」との前書。九州の郵便・電気通信を管轄する逓信局は熊本に置かれた。

桜町にモダンなオフィスビルが建てられ、大規模な電話線埋設工事が進められた。炎天下、地下ケーブルの鉛が煮られ、蜃気楼のように街が揺れて見える。改造されていく都市の構造だ。

街のまんなか掘り下ぐる土の黒さは

土掘る音その音のみのまぶしき陽

こういう工事現場を見ることは嫌いでもなかった。真っ黒になって働く人々に共感し、「炎天下」という言葉はその後の山頭火の俳句のモチーフとなる。

力いっぱい子が抱き上ぐる水瓜かな

山頭火一家が熊本に移り住み二年目の夏の作。大正六年、息子の健は六歳に。

馬子は水瓜をかじりつゝ馬はおとなしく

近郷の農家が西瓜を馬車に積み、売りに来る光景はどこでも見られた。

いずれも『山頭火全集』には未掲載だが、九州新聞学芸欄「白光会句鈔」に出てくる。当時、九州新聞は練兵《れんぺい》町にあり、木造二階建ての小さな洋館造り。通りをはさんで大和座（のちに歌舞伎座）があり、窓を開け放った夏の夕方など役者の乗り込みや、観客の出入りなどが青桐の葉うら越しにのぞかれたという。

九州新聞は大正十二年、花畑《はなばた》町に白亜の近代的な社屋を建て、移転する。モダン都市・熊本を彩る建築物として親しまれる。

親子顔をならべたり今し月昇る

店の前にバンコ（縁台）を出して、親子仲よく夕涼みをしていると、月が昇ってくる。あるいは銭湯に出かけていたら、月が出ていて、親子で眺めている。そんな光景が浮かぶ。

月見入る子が寝入れば月が顔照らす

この句も私は好きだ。山頭火の句を愛した国文学者蓮田善明（熊本市出身）に佳品『鴨長明』がある。蓮田によれば、長明にも妻子がいて、幼子を詠んだ歌があるという。庵を結び、『方丈記』を書いた長明と山頭火には共通したところがある、と大山澄太に語っている。出家得度をし、漂泊のあと、庵を結んだ山頭火は月を見上げ、幼いころの健と妻のサキノをせつなく思うことがあったのではないか。

鳴子ひくその手のふとさあかるさは

大正六年九月十九日、熊本市内で子規忌句会が催されている。一ヵ所は南千反畑吉田病院宅で、ホトトギス系の銀杏会の広瀬楚雨、三浦十八公、九州日日新聞記者後藤是山《ぜざん》らが集い、九州日日に報じられている。もう一ヵ所は公会堂の部屋を借りて芳川九里香、小野水鳴子など「白川及新市街」の新傾向派らが集った。「空は曇って星一つ見えず、暑苦しいこと甚だしい。スイッチをひねって電燈をパッと付けると、出来るだけ短く切った山頭火の頭が光りだす」と九州新聞にユーモラスに描かれている。

漱石が熊本に残した紫溟吟社に広瀬楚雨は二十歳で参加。紫溟吟社の名も地元の俳人らに受け継がれるが、明治四十二年春、「銀杏会」に改称する。

街あかりほのかに水は流れたり

熊本の街のなかを白川が流れている。大甲橋が架かったのは大正十三年。山頭火が移って来たころはまだない。明午《めいご》橋、安巳（安政）橋、長六橋が架かり、夕涼みに橋の上にたたずむと、街の灯を映し、ほのかに水が流れているのがわかる。九州新聞に掲載された山頭火主宰「白光会句鈔」の作。

熊本の街を「水あかり」の街と呼んだのは歌人安永蕗《ふき》子《こ》だが、江津湖や白川ばかりでなく、街のなかでも水がこんこんと湧き、どの家にも井戸があり、汲み上げた水をたらいに張って、西瓜、瓜、胡瓜《きゅうり》などの夏野菜を冷やした。

監獄署跡穴あれば水湧きけり

これはいまの熊本市役所あたりの光景。

月をまともに鼓うつ子の声更けたり

大正六年、「層雲」発表句。「花街を過ぎて」と前書あり。夜更け、二本木界隈を歩いていて、耳にとめたのか。鼓を打っているのは、置屋の下地っ子だろうか。芸妓として一本立ちするまで芸を見習う女の子であり、買われてきた子もいたという。

その前年の熊本の句に。

夕ぐれのせつなさ女ひそかに三味弾けり

下通町の「雅楽多」の裏には静養軒（一時、精洋軒とも）という料亭があった。細川藩の家老、有吉家の屋敷跡で築山や池がめぐらされていた。仕舞屋《しもたや》風の家も残っていて、そこから聞こえてきたのか。まだ人通りもそんなに多くなく、昼間は静かで、こんな句も。

真夏真昼の空の下にて赤児泣く

入日まともに人の家焼けてくづれぬ

夕方、火事があったのだろう。それが夕日と重なり、ゆらゆらと揺れ、家が焼け崩れていく。山頭火は店の前に出て、火事見物に加わったのだろう。恐ろしいまでの光景で、だが、句にせざるを得なかった。そこに美を見たためだ。しかし、焼け跡でこんな光景に遭遇する。

焼跡あるく女の背の子泣きやまぬ

山頭火が熊本に移り住んだころの句には、街の人々の姿が映しだされ、胸がせつなくなる。それを彼は「生きもののいのちのかなしさ」と見る。

路次のたそがれ犬に物いふ女をり

いさかへる夫婦に夜蜘蛛さがりけり

夜中、夫婦喧嘩をしていると、天井から蜘蛛が下がっている。夫婦喧嘩の場合、概ね原因は夫にある。この場合もおおかた山頭火が店の金を持ち出し、外に飲みに出かけたのだろう。わずかな収益で親子ようやく食べている。仕入れのお金はどうするの。「分かっている…」と思いながらもあまりにも言い募られるとだんだん腹が立ってくる。大正六年「層雲」発表句。

しかし、妻子と離れ、ひとり庵を結ぶと、夜の訪問者の蜘蛛だって懐かしい。

ゆふべなごやかな親蜘蛛子蜘蛛

あの熊本での暮らしだって喧嘩ばかりしていたわけではない。親子仲よくなごやかな日々もあったのだ。

鳴く虫のひとつ店の隅にて更けてあり

米屋町《こめやまち》の薬店「油屋健生堂」の息子、友枝寥平を夜中、料亭の仲居が訪ねて来て、山頭火からの手紙を差し出した。障子紙に一気に書いた借金依頼状だった。若い仲間を誘って夜、料亭にあがり、さんざん遊興したのだろう。最後まで付き合ったのが五高生の工藤好美。お金が足りず、雅楽多に取りにやらせたと思われる。ところが、戻ってこず、困り果てて「どうぞゲルト二十円貸して下さいまし」と仲居に手紙を持たせたのだ。「七日午後十時牢獄にて」とある。

寥平は用立てて仲居に渡し、山頭火は放免されたが、工藤が姿を見せなくなり、心配した山頭火が防府に住む工藤の文学仲間伊東敬治に尋ねたはがきが残っていて、大正七年七月七日のことと推定できる。この句は店番する当時の山頭火の心境。

今はただ死ぬるばかりと手を合せ
山のみどりに見入りたりけむ

大正七年七月十五日、山口県の愛宕山中（現岩国市）で弟の二郎の縊首《いしゅ》死体が発見された。遺書には「かきのこす筆の荒《すさ》びの此跡も苦しき胸の雫こそ知れ」「帰らんと心は矢竹にはやれども故郷は遠し肥後の山里」の二首のあと、「肥後国熊本市下通町一丁目一一七の佳人《かじん》」と記され、連絡先に同住所の「種田正一方へ」とあった。「佳人」とは美人の意。本人が「住人」と書くところを間違えたか。それとも何か意味があるのか。

二郎は伯母の家で養嗣子として育てられたが、種田家破産後に離縁され、熊本の山頭火の家に身を寄せていた。ふと姿を消し、案じていたところに自殺体で発見されたとの連絡。山頭火が手を合わせたのは岩国に駆けつけて？　それとも阿蘇の方角を眺めたのか。「またあふまじき弟にわかれ泥濘ありく」の句も。

活動の看板畫など観てありくこのひとときは
たふとかりけり

大正七年七月二十四日夜、熊本市公会堂での熊本短歌会に寄せた歌。電気館、世界館などがたち並ぶ新市街で絵看板を見て歩き、その心情を詠んだものだが、警察からの連絡で自殺した弟を茶毘に付して戻って来て、一週間少ししか経っていない。弟の死はショックだったと思われるが、それでいながら、映画館の絵看板を見上げながら、「このひとときはとうとい」と思う山頭火がいる。

この落差はなんであろうか。幼年期の母の不幸な死に次いで弟の自殺を山頭火に関する多くの本は深刻にとらえているが、弟の死はひとつの「終わり」を意味したようにも感じられる。新市街の雑踏の中にいてひとときの心のやすらぎを覚えたのであろう。雅楽多では銀幕のスターのブロマイドも扱っていた。

熟柿のあまさもおばあさんのおもかげ

大正七年十月九日、山頭火が妹シヅの夫町田米四郎に宛てたはがきがくまもと文学・歴史館に収蔵されており、次のくだりが読める。

「老祖母ハ先月初旬より病疾リユウマチ起り、手足不自由となりて屎尿の世話をせねばならぬやうに候何分頽齢《たいれい》之事故心配居候／サキノも此の春以来、兎角《とかく》病弱にて充分の世話も出来兼ね居事遺憾に尓《のみ》存候」

一家離散で祖母のツルは娘の婚家で二郎を養子にしていた有富家に引き取られたが、二郎が家を出されたとき、一緒に熊本の山頭火を頼ったと推測されるはがきだ。没落転々の憂き目に「業やれ業やれ」と呟いていた祖母は自分の実家に寄寓し、大正八年十二月に亡くなったという。享年九十一。掲句は昭和九年「老祖母追憶」の作。

風ごう〳〵まぎれずもわが尿の音

かつて短歌は若者たちの文芸だった。九州日日新聞や九州新聞に歌会の作品を持ち込み、紙面を飾った。彼らは行きつけのカフェーや街で出会うと、互いに肩をたたきあい、「悲しいではないか」と言葉を交わしたという。

山頭火より十九歳若い西本白果（清樹）は早熟で、才気があった。のちに山頭火についてこう語っている。「非情な寂しがり屋だった。一緒に酒をのんで歩いて帰る。みちみちの話の中から人生の寂しさがにじみ出すようだった。後輩にはとても優しかった」。そして、「立ち小便なんか好きな人だった。追回《おいまわし》田畑《たばた》（花畑町）のゲス（カラタチ）垣のところで四、五人で立ち小便をしたことがある」と。掲句は大正七年九月の河村義介へのはがきにある。

水はみな音たつる山のふかさかな

大正七年「層雲」発表句。「栃木《とちのき》温泉にて」とある。阿蘇南郷谷（南阿蘇村）の白川渓流に面した温泉郷。対岸に北向山を望む。すぐ下流にここの泉源から引いた戸下温泉があり、明治三十二年、漱石が五高の同僚山川信次郎と阿蘇旅行した際、最初の宿とし、「温泉《いでゆ》湧く谷の底より初嵐」など八句残している。この阿蘇旅行は『二百十日』に結実する。

「生きものの命　十一句」の冒頭にあり、栃木温泉の句はこれだけなのか。店があるので家族旅行ではなさそうで、文学仲間に誘われたか。「さびしさまぎらす碁石の音もさびしくて」は同室の光景だろう。山頭火の日記には碁や将棋の話は出てこない。負けず嫌いで手を出さなかったのか。

一すぢの煙悲しや日輪しづむ

大正七年十月、日本でもスペイン風邪が大流行となる。山頭火は十一月二十日、木村緑平（本名好栄）にはがきで「私の一家もとうとう感冒にやられて二、三日休業しました、此節ではもうだいぶよくなりました。（略）朱鱗洞氏が流行感冒で逝去されたさうです。惜しい人を亡くしたと思ひます、憐惜に堪へません」と伝えている。

野村朱鱗洞は松山の俳人。「層雲」創刊時からの同人で、山頭火より十一歳年下だが、俳壇デビューは早い。大正五年「層雲」九月号で山頭火は朱鱗洞の「森の中陽にとゞく椎は花ざかり」を評価している。享年二十四。沈む日輪に朱鱗洞の早すぎる死を追悼している。

酔ひしれて路上に眠るひとときは
安くもあらん起したまふな

山頭火は年下の文学青年を好む。茂森唯士《ただし》もその一人。五高の図書館の下級職員で、学生らに交じって英文学を聴講、校友雑誌「龍南」にも発表していた。五高教授だった高木市之助は茂森の容貌を「トルストイ伝に載っていた青年時代の写真にそれこそ瓜二つだった」と書いている。ロシア正教会の牧師、高橋長七郎のもとに通い、ロシア語を学んでいた。山頭火に出会ったのは短歌の会で、「商店の番頭」といった印象を受けた。

大正八年三月、茂森は文部省への転勤の辞令をもらい、その送別会を山頭火と友枝寥平が開いてくれた。二本木遊郭の場末、石塘口《いしどもぐち》のなじみの店で、山頭火はカン高い明るい声でひっきりなしに笑い、十八番の「桑名の殿様」を仲居の三味線でうたった。

そのとき、茂森が山頭火に書いてもらったのがこの短歌である。五高生の工藤好美が九月、早稲田の文学部予科に進むと寂しさがいっそう募った。

人の汗馬の汗流るるままに

この句を添えた山頭火のはがきが二通残っている。日付はどちらも大正八年八月十二日。木村緑平には「此夏は是非お出なさいまし、寥平さんと二人で待つてをります。（略）私の店は三年坂交番の上とお訊きになればよく解ります、御来遊の前ちよつとお通知を願ひます」。緑平はまだ熊本の雅楽多には訪ねていなかった。

もう一通は渡辺さとるに宛てたものだが、渡辺は六月に下関郵便局を辞めて上京、市ケ谷に間借りし、商業学校に通っていた。「私は相かはらずのらりくらり暮らしてをります。（略）もう一年ばかり句作しないといつてもいゝ位です」と書いている。

真夏の炎天下、馬も馬を引く人間も汗に濡れている。熊本で山頭火は自分の俳句に行き詰まっている。

炎天の学校の銀杏いよいよ青く

山頭火は額縁などを風呂敷に包み、肩から背負って小学校などに行商に出かけていたという。外商であり、そう恥じることもない。最初のころこそ校門や玄関の前でうろうろしても、意を決し、職員室や校長室をのぞけば、相手をしてくれるものだ。下通に店を張っており、それなりの信用もある。だんだんそういう商売が身に付き、如才なくなっていく自分が嫌になっていったのではないのか。この句は大正七年、「層雲」に発表した「汗」十一句の一つ。

熊本城は「銀杏城《ぎんなんじょう》」と呼ばれ、城下のお寺や神社にもイチョウが多く、学校の敷地にも植えられた。銀杏の実が色づき始めるころ、山頭火は額縁などの商品を東京の茂森唯士のもとに送り、上京に備えている。

3　東京暮色、そして出家

泣いて戻りし子には明るきわが家の灯

山頭火が妻子を熊本に残し、上京したのは大正八年十月だ。「層雲」の消息欄にそうある。八月十二日、渡辺さとるに「もう一年ばかり句作しない」と書いているように「層雲」にも大正七年の「汗」十一句を出したのを最後に遠ざかっている。

なぜ、妻子を置いてまで東京に出て行ったのか。熊本で自分が目ざそうとしていた俳句づくりに行き詰まり、新境地を東京に求めたのか。文学がこの世にあると知ったものの宿命である。それに自分がいなくても店はやっていけると思ったのだろう。サキノは身勝手な夫に半ばあきらめの境地だとしても、息子の健は別だ。泣いて家に戻っても父の姿はない。家の中は灯が消えたように寂しかった。掲句は大正七年の「層雲」発表句。

霧ぼうぼうとうごめくは皆人なりし

山頭火が頼ったのは茂森唯士だった。戸塚の駄菓子屋の二階に下宿し、露英字新聞の記者をしながら、夜は東京外語の露語専修科に通っていた。茂森の隣室を山頭火は借りた。額縁の行商に小学校に出かけたが、うまくいかなかった。工藤好美が探してきた東京市水道局のアルバイトに出るようになるが、セメント試験場の肉体労働だった。「紅塵」十四句を「層雲」に発表した。

山口県の河村義介に出したはがきには「東京に出てきてからの私はすてきな勤勉になりました、私の過去を知つてゐる友は驚いて呆れてをります」

電車路の草もやうやく枯れんとし
赤きポストに都会の埃風吹けり

雪ふる中をかへりきて妻へ手紙かく

大正九年三月一日、木村緑平への葉書。住所は麴町区隼人町二二双葉館に変わっている。「私は相かはらずです、東京は此頃よく雪が降ります、雪の降る日はしみじみ腰《こし》辨《べん》情調（？）を感じます」。そして掲句。

双葉館に転居したのは、茂森が亡命して来たユダヤ系の大学生ブラウデと共同生活をするためで、山頭火も一緒に付いてきた。ブラウデとは下手な英語で山頭火は話していたという。山頭火は茂森の世話で「日露実業新報」に評論「芭蕉とチェーホフ」を発表している。三月三十一日の緑平の手紙には「東京もすつかり春景色となりました」とあり、「浅草の人ごみにまじるとき一しほさびしさをおぼえます、しかしやつぱり浅草はいいところです」

とんぼ捕ろ〳〵その児のむれにわが子なし

サキノの実家は山頭火が許せなくなっていた。身勝手が過ぎる。本郷湯島の果物屋の二階にひとり転居していたが、義兄から手紙が来て、離婚届の用紙が入っていた。「サキノもそのつもりだな」と山頭火は感じ、捺印して送り返した。十一月十一日、離婚届が出され、サキノは佐藤姓に戻った。

山頭火は東京市臨時雇員に昇格、勤め先も九段下の一ツ橋図書館に変わった。仕事ぶりが買われ、本採用となり、ボーナスも出て、茂森を誘い、京王線で府中まで行き、蛙の声が聞こえる料亭で芸妓をあげて飲んだ。健に父のことを聞かれ、サキノは「東京で勤め人をしている」と答えた。大正十年発行の冊子「市立図書館と其事業」に山頭火の「独居雑詠」十四句が載っており、この句も見られる。

山は今日も丸い

せっかく正職員になった図書館も病気を理由に辞める。上司が代わり、気が合わなかったらしい。大正十二年九月一日、関東大震災に遭遇。社会主義者狩りのとばっちりで憲兵に連行され、巣鴨の刑務所に留置された。

釈放され、やっとの思いで熊本に戻ってくる。結婚で帰省していた茂森唯士の世話で坪井川の川港として栄えた高橋の海産物問屋「浜屋」の蔵の二階を借りた。そこから金峰山が見え、茂森が訪ねて行くと、「山は今日も丸い」と言ったという。結局、身を寄せるところはサキノのもとにしかなかった。息子の健はその年の四月から名門校の濟々黌に通っていた。山頭火は俳句から遠ざかっており、そのころの句は残っていない。

斯《か》くも遠く灯の及ぶ水田鳴く蛙《かわず》

大正十三年六月、九州新聞の「九州俳壇」選者を荻原井泉水が引き受ける。震災直後、妻と母を相次いで亡くし、遍路となって小豆島八十八所を巡拝して戻って来たばかりだった。十日付の第一回冒頭の句は小郡の国森樹《じゅ》明《みょう》（信一）「きんぽうげの夕明り裸足で戻る」。のちに山頭火が其中庵を結べたのは国森のおかげだ。

熊本に戻っていた山頭火は句作から遠ざかり、「層雲」もやめていた。ただ一句、十六日付に「山」のイニシャルでこの句が採られている。明らかに山頭火の作だ。遠くから一筋の灯が暗い水田に及び、そこに鳴く蛙は山頭火。遠くから照らす一条の灯は井泉水選による「九州俳壇」のことだろう。木村緑平、尾崎放哉、三宅酒壺洞、杉田作郎、小林銀汀などの句が次々と現れる。

雀一羽二羽三羽地上安らけく

大正十三年夏の夜遅く、熊本市に滞在していた山口県小郡農学校出身の伊東敬治は通りで人々が群れて騒いでいるのに出くわす。のぞくと電柱のもとに同郷の山頭火が泥酔してしゃがみこんでいた。

宿舎に連れ帰って一緒に寝た。翌朝、快晴で暑かった。いつも持ち歩いている扇子に書いてくれたのが雀の句。

その後、山頭火は酔って市電を止め、東外坪井《ひがしそとつぼい》（坪井三丁目）の千体仏報恩寺（曹洞宗）の望月義庵のもとに知人に連れてこられた。彼を泊めたあの夏の日から二カ月後、同寺に伊東が訪ねて行ったら、廊下の一番奥の机の前に坐っていた。机の上にはただ一冊『無門関』が置かれていた。すぐ外に連れ出され、料理屋で酒の相手をさせられたという。

けふも托鉢ここもかしこも花ざかり

「山頭火の思い出」という座談会が昭和二十六年十一月十五日付熊本日日新聞に掲載されている。熊本時代の山頭火を調べに来た大山澄太を迎えて開かれ、その座談会でサキノが〝市電事件〟を明らかにした。

山頭火が泥酔し、公会堂（現市民会館）前で電車を止めた。それを見ていた木庭という人が報恩寺の望月和尚のところに伴った。ずいぶん変わった人で、子供に天偉勲とか地利剣とか名付けていた。この木庭某は長いことわからなかったが、木庭市蔵だと平成十八年、確認された。望月に禅を学び、観相術も得意だった。山頭火とは短歌会で知り合ったとも考えられる。大正十五年三月没、四十七歳。上通町で印鑑を彫り、大正六年、「あけぼの」という月二回のタブロイド判の新聞を出していた。報恩寺の句碑にある掲句は味取観音での作。

追放す邪宗徒もありて夜長船

山頭火は出家したとき、サキノに聖書を与えている。

彼女は三年坂にあったメソディスト教会に通い、洗礼も受けた。ここは徳冨蘆花も受洗し、木下順二も通った。店があり、気が向けば行く、という感じだったようだが、大山澄太に彼女が語ったところによれば、山頭火は「わしはずぼらで妻子を養うことの出来ぬ男だ。この後、女一人の道は険しいことと思う。どうしても信仰の力によらねばなるまい。これを持って、教会へでもゆくか」と言ったという。

サキノに与えた聖書は以前から持っていたものだろう。彼が中学時代を過ごした山口は、ザビエルが布教した地だ。掲句は明治四十四年作。

久しぶりに掃く垣根の花が咲いてゐる

大正十四年二月、報恩寺の望月義庵のもとで出家得度した山頭火は、名を耕畝《こうほ》とあらため、四月には鹿本郡山本村（熊本市北区）の味取観音の堂守になった。里の子らを集め、日曜学校を開いた。お茶接待用の長い机を並べて教え、みほとけの教えを平仮名で綴った本を与えた。桃色や橙色の表紙に裏には「種田耕畝」と紫の色も鮮やかにスタンプが押されていた。

本堂の空地に花畑も作り、下から水を運んだ。

「麻のすみぞめの衣にけさをかけ、衣の裾を短くしめて味取から植木の町へと托鉢なさる身軽な足どりの後姿が、ありありと浮かんで参ります」と日曜学校に学んだ小田千代子が綴っている。山寺のやさしい和尚さんである。

鐘がなるなるあの山越えて

味取観音には、村の青年たちがよく泊りがけで遊びにきていたという。昭和五十五年に熊本日日新聞に連載された「山頭火を歩く」で執筆者の一人福島次郎（作家）が味取に訪ねて行ったころまでは、直接、山頭火に会った人たちが健在だった。取材は夜の酒座となり、一番話題になったのは「鐘がなるなるあの山越えて」という句。山頭火自身が青年たちの前で繰り返し口ずさんでいたという。もちろん全集には入っていない。

山頭火と一番親しかったのは、すでに故人となっていたが、星子太平。毎晩のように観音堂で語り合う仲であったが、ある日、植木町の行乞から帰ってくるや、「きょうは特によい句が出来た」と太平に告げて満悦の態だった。その句が「鉄鉢にもあられ」。ええっと思ってしまう。味取を去るとき、一年間書き散らしたものを全部、太平にやった。むさい体で風呂をもらいにくる山頭火をかねがね快く思っていなかった星子家の人たちは、太平の死後、それを襖の下張りに使った。山頭火ブームが起きたころ、昼火事で星子邸とともに灰となった。

松はみな枝垂れて南無観世音

味取観音は国道3号線沿いにあり、高速の植木インターの近くだ。国道側から庫裏《くり》に通じる坂のわきにこの句碑と山頭火像が建っている。当時も交通の便はよく、大牟田の三井鉱山の炭坑医木村緑平へのはがきに「ここにお出でになるには省線植木駅乗換、鹿本線山本橋駅下車、十丁ばかり、又植木駅から山鹿通ひの自動車で一里ばかり」

「晴天なら毎日托鉢に出ます」とあり、立願寺温泉（玉名市）にも出かけ、気に入っている。省線（JR鹿児島線）だと高瀬（玉名）駅で下車すればいい。山鹿温泉に出かけるには軽便の鹿本線があった。一時、山鹿温泉鉄道と改称。昭和四十年に営業廃止となり、廃線跡はサイクリングロードになっている。泊まりに来た緑平は「夕べの鐘を撞き忘れ二人酔うてゐた」という句を残す。

ほうたるこいこいふるさとにきた

味取観音の堂守だった大正十四年八月五日、山口県防府に山頭火は帰郷している。木村緑平に宛てたはがきに「三年振りに父母の墓前に額づきました」とある。

妹シヅが嫁いだ町田家に厄介になったが、頭を丸めた雲水姿を見て、シヅはおかしみを感じたのではないか。種田家が一家離散して足かけ十年。神妙に父母の墓前で観音経を読誦している姿に涙も滲んできて、シヅの夫も「お坊さんになって戻られたか。よかった、よかった」、そんな感じではなかっただろうか。

出家得度してまだ半年のにわか坊主だ。山頭火が寅さんに、妹のシヅがさくらに思えてくる。この句は昭和七年作。

悲しみ澄みて煙まつすぐに昇る

大正十四年八月六日夕、山頭火は大分県佐伯の工藤好美の実家に現れた。防府に帰省した際、工藤の妹千代がひと月前に亡くなったのを知り、防府から駆け付けたのだ。突然雲水姿で現れた山頭火に工藤は驚く。

工藤が五高から早稲田大学に進むと、山頭火が上京してきて、一ッ橋図書館に勤める。工藤を訪ねてきては、同居する千代に図書館でのことなどを面白おかしく語り、笑わせたという。

「非常に照れながら、お経をあげてくれた。そのあとで僅かなお布施を出すと、またいっそう照れながら、それでも、どうにか受け取ってくれた」とのちに英文学者となった工藤が書いている。掲句は東京在住の大正九年「紅塵」から。

枕もちて月のよい寺に泊りに来る

味取観音の堂守のころ、山頭火は里人から頼みごとをされた。手紙の代筆など喜んで引き受けたが、〝まっぽしさん〟と思われ、病気の祈禱も持ち込まれた。村上護は著書『種田山頭火』に堂守のころ、山頭火は色恋の噂に悩まされていたという土地の人の話を紹介し、この句を挙げている。ちょっとした艶笑譚だが、大正十四年八月十六日、防府から味取観音に帰山したと木村緑平に伝えたはがきに記された一句。緑平にも類似句があり、枕持参でやってきたのは緑平。「また枕持参で来ませんか」

と誘っている句と見るべきだろう。
はがきにはこんな句も。

真夜中はだしで猫がもどつて来た

第二章　乞食坊主の生き方

4　行乞漂泊に

分け入つても分け入つても青い山

大正十五年四月十四日、坪井の報恩寺から山頭火は木村緑平にはがきを出している。「あはたゞしい春、それよりもあはたゞしく私は味取をひきあげました。本山で本式の修行するつもりであります。出発はいづれ五月の末頃になりませう。それまでは熊本近在に居ります、本日から天草を行乞します」

味取観音の堂守をやめて最初に向かったのは天草だが、当時の日記は残っていない。真っ白な画用紙にその風景を描くとすれば、「分け入つても分け入つても青い山」だ。一代句集『草木塔』では「大正十五年四月、解くすべもない惑ひを背負うて、行乞流轉の旅に出た」の前書に続きこの句が出てくる。天草は島だが、青い山々からなっている。天草島原の乱の後、島のあちこちに禅寺が造られ、教化され、托鉢僧にやさしい土地だ。

炎天をいただいて乞ひ歩く

高千穂神社裏参道に昭和四十七年、地元高校の教師らによって「分け入つても分け入つても青い山」の句碑が建立された。緑平への山頭火のはがきをもとに大山澄太が「大正十五年六月十七日、熊本の報恩寺をあとにして御船へ、そこから下益城郡浜町《ママ》を行乞し（略）県境を越え宮崎県高千穂へ出る途上の作」（『山頭火の道』）と見なしたことによる。ただ、肝心のはがきが所在不明で『山頭火全集』に収載されておらず、はがきにその句が記されていたわけでもなさそうだ。

山頭火はなぜ、日向路へと向かったのか。若山牧水のふるさと東郷村（日向市）を見たかったのでは、と私は想像をたくましくする。酔えば、山頭火は牧水の「幾山河越えさり行かば寂しさの終《は》てなむ国ぞ今日も旅ゆく」を朗唱したという。

「分け入つても分け入つても青い山」は日本列島のどこにでもある風景だ。この句を愛するひとの誰の心にも宿っている。

掲句は「青い山」と並んで発表された。

しとどに濡れてこれは道しるべの石

大正十五年、「層雲」に発表された「分け入っても―」「炎天をいただく」との一連の句で、私は阿蘇の原野をさまよう山頭火を思い描く。

雨に降られ、しとどに濡れたとも解釈できるが、炎天に汗でびっしょり濡れたと鑑賞したい。そしてその道しるべの石は野尻村尾下《おくだり》（高森町）の石工甲斐有雄《ありお》の手によるものでは…と思いたい。幕末から明治にかけ、彼によって設けられた石の道標は千九百基にも上り、阿蘇外輪や高千穂、久住まで広範囲に及ぶ。

味取観音の堂守を辞めた山頭火は、天草から戻った後はしばらく熊本を足場にあちこち行乞してまわっていたのではなかろうか。実は高千穂もそんなに遠くもない。阿蘇の外輪山の連なりにある。望月義庵も南阿蘇の生まれだ。

二階あがれば鏡台のひかり

山頭火の熊本の句友、友枝寥平の妻が大正十五年七月二十七日、二十三歳の若さで亡くなる。恋女房だった。残された長男久士は二歳。米屋町の老舗の薬屋「油屋健生堂」に山頭火が弔問に来ているのは、ほかの弔句や弔歌の短冊と一緒に掲句の短冊もまとめられていることでもわかる。

文芸仲間は二階に通された。そこは夫婦部屋でもあり、妻の鏡台に夕日が差していて、そのひかりに山頭火は失われたいのちと残された愛を見たのだろう。山頭火が報恩寺で出家、得度したとき立ち会ってくれたのも寥平だった。

味取観音を下山してからの足取りはなかなかつかめないが、少なくともこの時期、熊本にいたことを裏付ける弔句である。

そこから青田のほんによい湯かげん

三井三池の炭鉱を辞め、柳川市郊外浜武で開業医となった木村緑平のもとに山頭火が現れた。大正十五年八月十一日のこと。

色のあせた法衣に菅笠、地下足袋と托鉢僧らしい姿だった。星の美しい晩だった。ふろあがりの裸を、青田を渡って来る風に吹かせながら、味取観音を下山してからのこと、二階の手すりに椅子を寄せて、これからのことなど、蚊帳にふたり寝てからも話し続けた。

翌朝早く山頭火は出立し、佐賀のほうへ向かって行ったが、風のふくまま、気の向くまま、どこをどう歩いて、どこへ向かったのかわからない。『山頭火全集』書簡の註から。掲句は昭和八年、小郡の其中庵時代の作。

木の葉散り来る歩きつめる

大正十五年九月三日、山口県湯本温泉（長門市）から防府の妹シヅの夫、町田米四郎に出したはがきがくまもと文学・歴史館に収蔵されている。

「朝晩ハだいぶ涼しくなりました、私ハ故郷の山河を歩きまハつてここまで来ましたが、もう近いうちに一応帰熊します」

熊本を出て、柳川近郊の木村緑平を訪ね、佐賀に向かった山頭火は唐津に出て、福岡、北九州を経て、故郷の山河をめぐっていたらしい。いったん熊本に戻るが、十月二十七日、防府町役場に出頭し、戸籍を正一から耕畝と改名。荻原井泉水に「私はたゞ歩いてをります、歩く、たゞ歩く、歩く事が一切を解決してくれるやうな気がします」。同年の「層雲」発表句。

鴉《からす》啼いてわたしも一人

山頭火は旅先から荻原井泉水に「放哉居士の往生はいたましいと同時に、うらやましいではありませんか、行乞しながらも居士を思ふて、瞼の熱くなつた事がありました」とはがきを出している。

九州新聞の井泉水選「九州俳壇」に尾崎放哉の句が次々に登場する。「おそくまで話し山の星空傾き尽す」「冬空もいで来た一輪の花」「傘にばりばり雨音さして逢ひに来た」といった句だが、山頭火はそれらの句に刺激を受け、俳句に回帰したのではないかと私は考える。山頭火が味取観音を引きあげ、行乞に歩き出すのは放哉が小豆島で孤独な死を遂げた直後である。

掲句は放哉の「咳をしても一人」に和している。

お経あげてお墓をめぐる

昭和二年末から四国遍路をしていた山頭火が小豆島に渡り、念願の尾崎放哉の墓参を果たしたのは翌三年七月。西大寺町（岡山県）から木村緑平に寄せたはがきに「放哉墓前の句」としてこの句と「墓のしたしさの雨となつた」が記されている。荻原井泉水にも「小豆島の五日はほんとうに有難い五日でありました。（略）放哉坊は死処を得た、大往生だ、悟り臭くなかつたゞけそれだけ偉大だつたと思ひました。メイ僧のメンかぶらうとあせるよりホイトウ（乞食）坊主がホントウなるなん」と。

放哉は井泉水と一高、東大同期。妻と離別。エリートサラリーマンから寺男になり、作風が異彩を放つようになる。

尾花ゆれて月は東に日は西に

「すつかり秋になりました、殊に此地は高原で、旅のあはれが身にしみます、私は相かはらず徒歩禅―或は徒労禅をつづけてをりますが、一先づ帰熊するつもりで、西へ西へと向ってをります」。昭和三年九月十七日、旅先から荻原井泉水への便りに。「徒歩禅」とは面白い。歩く座禅という意味か。「俳句は気合のやうなものだ、禅坊主の喝のやうなものだ」とのちに書いている。

同年十月六日、木村緑平に「これから西しようか、東しようかと迷つています」と、この戯作の一句を。「芭蕉翁、蕪村翁、併せて兄に厚く深くお詫び申上ます」

熊本に戻ったのは昭和四年三月十一日。四年ぶりで、「あまり変つてをりません。変つてゐるのは私だけです」と緑平に。

5　雅楽多で店番、そして阿蘇山行

山が恋しい杜鵑花売りに来た

「春、春、花、花、人、人――店番十日で、もう神経衰弱になりました」と木村緑平にはがき。層雲社の振替口座番号と熊本の支部火山会の所在名を尋ねており、神経衰弱になったとこぼしながら、山頭火は張り切っている。

火山会の石原元寛（雲芝）に連絡が取れ、昭和四年三月三十日、石原と木籔馬酔木が連れたって、雅楽多に訪ねてきた。石原は新屋敷の特定郵便局の息子。木籔は日田出身で二人とも九州逓信局員。ツルゲーネフの流行った時代の話、「層雲」第一期時代、托鉢の体験などを聞かされ、二人はすっかり魅了された。四月十三日、元寛の家で句会を開いている。緑平に「私も此生活にだんだん慣れて来て、人間の臭さが鼻につかなくなりました」と。掲句はそのはがきに添えている。杜鵑花とは、サツキツツジのこと。

月のさやけさも旅から旅で

長く消えていた山頭火の消息が九州新聞に現れだす。昭和四年八月三十日夜、突然、元寛を訪ねて来て、馬酔木宅で句会。九月十四日、山頭火が放浪の旅に戻ることになり、送別の句会。十八日、山鹿温泉から緑平に「青葉、炎天、そしてとう〳〵。秋風また旅人となつた」とはがき。太宰府に出かけ、福岡の同人らに歓迎句会を開いてもらうが、行乞の気分になれないと引き返してきて、九月二十八日、馬酔木宅でまた句会。元寛は井泉水から十一月初旬、来熊するとの快諾を得て、山頭火の行方を探していただけにうれしくなる。
掲句は句会での句で『山頭火全集』未収載だが、ほかにもこんな句が。

　芙蓉咲かせて泥捏《こ》ねてゐる

壁に入日の木の葉散らうとする

十一月五日付の九州新聞に「寥平居偶會」という小さな記事が。米屋町の友枝寥平宅に山頭火が訪ねて来ると、先客がいたのか主客三人に。寥平は病んでいたが、三人とも酒好き。部屋には地橙孫の額文字「寥平寥」が掲げられ、寥平が生けた菊も。澄み切った秋空に見入りながら、飲み、作句しながら、「だんだん酔うてくる月がよすぎる」夜更けとなった。寥平、善雄、山頭火の句が三句ずつ掲載されており、善雄は九州新聞の記者かもしれない。山頭火は掲句のほかに「雲はちぎれて葉のない樹」「誰にも話しかける落葉落ちる」
　友枝家には「此秋も青桐三本」「寥平さびし煙草のけむり」「菊投げ入れて部屋を明るうする」などの山頭火の短冊が残っている。

山はしぐれる草鞋《わらじ》穿《は》きかへる

十月二十七日、山頭火は肥後大津から木村緑平に「私は熊本を出たり入つたり、そして今はまた歩きまはつてをります、熊本に於ける半年の生活ほどみじめなものはありませんでした」と。雅楽多での店番はみじめとは思えないが、放浪癖が身についた山頭火はサキノとの暮らしが窮屈になったのか。また何か仕出かしたのか。
　三十日、南郷の高森町からも緑平に「何とヨナがふる田舎町で少し酔ひました」とはがきを出しており、掲句と大津町での作句の改作「もみづりて蓼《たで》の葉はそよぐよ」を添えている。山頭火は荻原井泉水らと共に阿蘇内牧《うちのまき》の宿で会うことを熱望するが、緑平は福岡での「層雲」大会に出席することにしており、勤務医としてそれ以上休みは望めなかった。

すすきのひかりさえぎるものなし

　出家し、托鉢僧になった山頭火に会わなければ…と師の荻原井泉水は思っていた。昭和四年十一月、福岡での「層雲」大会にやってきた彼は三日、熊本の同人らのはからいによって山頭火と阿蘇で会うことになった。博多で井泉水、原農平、三宅酒壺洞、高松征二、荒尾で中村苦味生、熊本で石原元寛、木籔馬酔木も汽車に乗り込み、内牧駅で下車すると、雲水姿の山頭火が改札口に近づいてきた。日に焼け切った顔、ギラギラとした近眼鏡の奥に、人なつっこい、少し潤んだ眼があった。

大型フォードに八人が詰め込まれ、ススキの原の大観峰に。五岳に向かって指差しながら、山頭火は言った。「私は、あの根子岳と高岳の間を越えて来たのです」。掲句は九州新聞に連載された八人のリレー紀行「阿蘇山行」から。

稲穂明るう夫婦で刈つてゐる

十一月三日、その夜の宿は阿蘇北外輪山の麓、内牧のひなびた塘下《ともした》温泉。暗くなっても電灯はつかない。博多の同人三宅酒壺洞が提灯を下げて入って来た。「提灯さげて温泉に入っている、はどうか」と山頭火が笑わせたら、ポカリと電灯がついた。

句会で井泉水が採った山頭火の作が掲句。阿蘇谷で見かけた光景であろうか。塘下温泉は同じ内牧だが、漱石が泊まった宿からは少し離れている。徳富蘇峰も泊まり、そのとき、北外輪の遠見ケ鼻に登り、大観峰と名付けた。二〇一六年の熊本地震に遭ったが、浴場は昔のたたずまいのまま残っている。井泉水と山頭火がつかり、裸のつきあいをした温泉はここだけである。

去年《こぞ》の色に咲いたりんだう見ても

阿蘇の宿に泊まった一行は翌日、阿蘇登山。三合目辺りの杉林を抜けると、視界が開け、前方の中岳から噴煙が立ち上り、振り返ると外輪山が見え、山頭火を立たせ、九大生の高松征二がカメラにおさめた。有名な写真だ。

山上の火口縁を歩きながら、「ここで死を選ぶ人はどこからやるのだ」などと話しているなかに山頭火も。山上の絵はがき売りが「四、五日前にも若い男の飛び込みがあって、昨日まで死体が見えていた」と教えてくれた。山頭火の墨衣の裾からビール瓶がのぞいている。中身は酒。馬の背越えで久住山の方角に向かい悠然と放尿。

よほど愉しかったのだろう。一年後の九州行乞で山頭火は由布岳の麓でリンドウを見つけ、福岡、熊本の句友に掲句を添えてはがきを出している。

つかれた足へとんぼとまつた

昭和四年十一月四日、阿蘇の火口を見物した一行は宮地側に下山している。

阿蘇高女の校長木村桑雨が車を用意して待っていた。「ここが宮地の飛行場です」との説明に眺めると一面の枯れ草原。馬が二、三頭遊んでいた。阿蘇神社を参拝し、宮地駅に着くと、別府行きの改札が始まっており、山頭火は別離の哀感を体一杯に感じ、井泉水を見送り、熊本行きが来るまで駅前の店で酒を酌み交わした。

山頭火は杖立《つえたて》に向かうため、内牧で下車。リレー紀行「阿蘇山行」のアンカーである山頭火は「何と握り合った手のあたたかさよ。夕風が身にしむことよ」と結んでいる。英彦山、耶馬渓、国東半島と巡っているが、この句は豊後亀川から九州新聞に「消息」として投函した葉書にある。

掻《か》けば剝《は》げる肉体の秋

十一月十二日、日田盆地から木村緑平にこんなはがきを出している。

「わかれのつらさが、だいぶうすらぎました、明日は降つても照つても彦山拝登しますつもり、内ノ牧から杖立、杖立から日田までの間は雑木紅葉のうつくしさがめざましいものがありました」

カルモチンもないさびしさで寝る

そして、「こんな愚痴をかいても許して下さい、私も井師にお目にかかつたのを一転機として、いよいよ句作三昧に入ります」。カルチモンは睡眠導入剤。いつも持ち歩いていたが、切らしたようだ。酒代にも困っていると訴えている。それにしても「肉体の秋」とは面白い。

投げられしこの一銭春寒し　コヂキ

豊後高田の呉服屋の店先に旅僧が立ち、布施を乞うた。店の主人は足が悪く、一銭銅貨をほいと旅僧の前に投げた。すると旅僧は矢立を取り出し、紙切れに何やらさらさらと書いて置いていった。掲句だ。まだ三十歳のころだった主人は冷水をあびせられたようで、自分の戒めに表装して残した。

この話は昭和四十八年十一月、同地の俳人高井左川の調査に出かけた球磨郡の郷土史家高田素次が熊本の文化雑誌「日本談義」で明らかにした。呉服屋の主人は左川の甥であった。字体も山頭火のそれであり、ほぼ間違いないと高田は見なしている。確かに昭和四年十一月二十四日、山頭火は宇佐から中津の松垣昧々に「今日は高田に出ます」とはがきを出している。

けふもひとり旅空が白んで来た

昭和四年十一月二十九日の九州新聞学芸欄に子飼句会の記事があり、そこに「阿蘇から」として山頭火の句が載っている。同句会の西喜痩脚に旅先から送ったはがきに記されていたのだろう。

痩脚は本名與一。西鋤身崎（西子飼）の砂糖商。自由律の俳誌「白川及新市街」の有力同人だったが、有季定型句に戻っており、句会には吉武月二郎が植木町から指導に来ていた。月二郎は福岡県宗像の生まれ。山頭火より二つ年下。熊本に流れて来て、ちくわの行商を経て、植木の市場に勤めた。飯田蛇笏の「キララ」の創刊同人だ。自由律から遠ざかった痩脚だが、山頭火との付き合いが切れたわけでもなかったのだ。

法衣《ころも》こんなにやぶれて草の実

山頭火が熊本に戻ったのは師走の三十日、その夜、元寛、馬酔木と忘年会をしている。緑平への寄せ書きのはがきに掲句が記されている。

昭和五年の元日は「雅楽多」で迎えた。五日にまた三人組で新年会を開いており、緑平に寄書したなかに「お正月まづ物を盗まれた」と山頭火。「山頭火にも盗まれるものがあったと見える」と緑平は笑っているが。十三日もはがきを出し、三人組で花岡山に登り、もう梅が咲いていたと。そして「私も当面の或る事件が片附けかなければ出られません」とあり、次の句が。

　捨てきれない荷物のおもさまへうしろ

山頭火にいったい何があったのか。盗まれたものとは何だったのか。

八十八才の日向《ひなた》のからだである

荒尾に中村苦味生（国久）という年少の句友がいた。炭坑夫である。小学校を三年までしか行っておらず、十五歳で坑内にもぐった。

昭和五年三月、山頭火は筑豊に托鉢を兼ねて木村緑平を訪ねた帰り、万田の彼の家に立ち寄った。雲水のお坊さんが訪ねて来たことを祖母も母も喜んだ。夕食に煮魚を出すと、きれいに食べ上げ、祖母は「あのお坊さんはイミョウ（風格）がある」と感心した。この句は再び訪ねて来たとき、その老女を詠んだものだ。苦味生には「二つの太いちぶさがいこうている坑内の燈だ」という句がある。

苦味生も熊本の「雅楽多」に三度ほど訪ねて来ており、サキノのことを「大変な美人で、私はあとにも先にもこんな美しい人を見たことはないほどだ」と語っている。

しく〳〵と子が泣けば落つる葉のあり

山頭火の一人息子、健は済々黌を卒業し、大分高商に進んだが、退学。飯塚の鉱山会社に勤めながら、秋田鉱山専門学校への進学をめざしていた。

昭和五年三月、受験の準備に帰省してきた健とひさびさに顔を会わせた。「逢へば父として話してくれる」と緑平にはがきで伝えている。そして合格。「緑平さん、よい父となりえないものが、どうしてよい俳人となることが出来ませう」

山頭火のまぶたには、映画のフラシュバックのように幼い健と過ごした日々がよみがえってきただろう。蛙と遊ぶ健、父子仲よく眺めた月、泣き虫だった健…。掲句は大正六年、健は満で六歳。二年後、山頭火は妻子を置いて上京する。あれから十三年、健は十九歳の春だった。

熊が手をあげてゐる藷《いも》の一切れだ

昭和五年四月十三日、熊本に戻っていた山頭火は元寛、馬酔木に日銀勤務の蔵田稀也の三人で江津湖に屋形船を浮かべ、〝移動句会〟を行なっている。

南阿蘇の若い句友白石黙忍禱（基《はじめ》）に宛てた寄せ書きのはがきがくまもと文学・歴史館に寄贈されており、「酒、句、サイダー、豆、なんでもありました、とにかくおちついてやりませう」と山頭火は記している。黙忍禱（後に忍冬花）は大地主長野家に事務員として働いており、自分の境遇と将来について山頭火に相談したことがあったらしい。前年九月に水前寺に開園した熊本動物園にも仲間らと出かけており、生まれたばかりのカンガルーと熊の子が人気を集めていた。

れいろうとして水鳥はつるむ

球磨郡免田村（あさぎり町）に川津寸鶏頭という「層雲」同人がいた。了円寺の年若い僧侶だ。本名勝見、芸術の素養があり、球磨農を出て、水俣の女学校で音楽と絵を教えている。京都に出て小学校に勤め、子供らから慕われた。兄の死で寺を継いだが、肺病に罹る。

見舞いに行った中村苦味生から「案外元気だ」と聞き、山頭火は訪ねている。昭和五年の初夏のこと。ありあわせの山菜料理と焼酎がふるまわれた。床に臥した寸鶏頭を相手に山頭火は焼酎を飲みながら、話しこみ、やがて枕手に横になる。寸鶏頭はそんな山頭火に「蛙鳴く夜の病人へ長うなつて下さる」と作句。

了円寺には山頭火が掲句を揮毫した見事な書が残っている。

のぞけば豚のうめく

熊本市上通に「三四郎」というおでん屋があった。主人の松本改蔵は五高生におっさんと呼ばれ、親しまれていた。改蔵から雅楽多のサキノのもとに「山頭火が来ているからちょっと来てくれ」と電話がかかってきて、出向くと、山頭火が酔っぱらってツケ馬を引っ張ってきていた。改蔵は「ウチの分はお払いにならなくてもいいが、よその店の分までお払いするわけにはいかない」

山頭火はあちこちの店で迷惑をかけていたようで、大正十五年六月二十三日、木村緑平に、前掛をかけ行商にも出ているが、自棄酒を飲み借金が残っている、と泣きついており、緑平は応じている。「三四郎」でのことは、昭和二十六年十一月の熊本日日新聞での座談会でサキノが明かした話。

掲句は三月七日、荒尾の中村苦味生宅で緑平に寄せ書きしたはがきから。

6 日記焼き、新たな旅の文学を

焼き捨てゝ日記の灰のこれだけか

昭和五年八月二十一日、山頭火は友枝寥平と熊本市内の写真館で写真に納まっている。寥平は白絣のさっぱりとした着流し。山頭火は法衣に鉄鉢を持った雲水姿。人吉経由で宮崎、大分、北九州へと旅立つ前の記念写真だ。手帳に寥平は「山頭火ひょうひょうとして病むまいぞ」と餞別の句も認《したた》めた。

山頭火は旅立つ前に日記を焼き捨てたという。過去の一切を清算するためであったが、新たな旅の文学の始まりでもあった。

九月九日、七時の汽車で宇土へ、宿に置いていた荷物を受け取って、九時の汽車で八代《やつしろ》に。「私はまた旅に出た――」。句だけでなく、「行乞記」を旅の宿で綴ることになる。

朝は涼しい草鞋踏みしめて

九月十日、八代萩原塘の宿、吾妻屋で目覚める。前夜、餞別《せんべつ》のお金を飲み尽くした。午前中八代行乞、午後は重い足を引きずって日奈久《ひなぐ》へ。宿の織屋で以前、宇土で同宿したお遍路さん夫婦と一緒になった。「私は所詮《しょせん》、乞食坊主以外の何物でもないことを再発見して、また旅へ出ました」と各地の句友にはがきをだした。「温泉はよい。ほんたうによい。こゝは山もよし海もよし」とも。

翌日は午前中行乞、午後休養。「此宿は夫婦揃つて好人物で、一泊四十銭では勿躰《もったい》ないほど」。その翌日も天気がいいのに休養。「入浴、雑談、横臥、漫読、夜は同宿の若い人と共に活動見物」。どんな映画を見たのだろう。

かな〳〵ないてひとりである

日奈久の織屋を出た山頭火は一里ばかり歩き、汽車で佐敷《さしき》へ。「三時間行乞、やつと食べて泊まるだけいただいた」と行乞記に。この夜の宿は川端屋。「此宿もよい。爺さん婆さん息子さんみんな深切だつた」

翌日、球磨川沿いに五里歩いた、水も山もうつくしかった筧《かけい》の水を何杯も飲んだ。一勝地《いっしょうち》に泊まるつもりだったが、汽車で人吉に向かう。友枝寥平にはがきを投函している。「私もどうやら旅人らしい気分になりました…」と記し、「大空の下を行く何処へ行く」と句を添えた。

炎天の下を何処へ行く

九月十四日、人吉に着くとすぐに郵便局を訪ね、局留めの来信七通を受け取った。「友の温情は何物よりも嬉しい。読んでゐるうちにほろりとする」と。ただ友枝寥平からの来信がないのがいささか不満。

寥平からのはがきを受けとったのは三日後の十七日、宮崎県京町（現えびの市）で。「此次は都城《みやこのじょう》局、おはがき一本おたのみいたします。旅ではそれが何よりのよろこびです」。そして前のはがきの句「大空の下を行く何処へ行く」を「炎天の下を何処へ行く」に訂正している。自分の句に対するこのこだわりは尋常でない。もし、山頭火がいま生きていたら、いちはやくブログを始めたであろう。

あの雲がおとした雨にぬれてゐる

人吉では宮川屋に投宿した。「旅のあけくれ、かれに触れこれに触れて、うつりゆく心の影をありのまゝに写さう、私の生涯の記録としてこの行乞記を作る」と書いている。

九州新聞にもはがきを出した。「やうやくにしてまた旅に出ました、例の如く行き当りばつたりで、足に任せて歩きつづけております。けふは球磨川ぞひに、山峡をここまで来ました。ぞんぶんに山を眺め水を飲みました。或はアルコールを揚棄することが出来るかも知れません。いづれ、行乞記を書いてお目にかけます」。はじめから「行乞記」は人に読ませる意図をもって書いているのだ。

ゆふべひそけくラヂオが物を思はせる

人吉の町を行乞。疲れて宿に戻る。九月十五日、熊本では藤崎宮秋の例大祭。飾り馬を追う勢子のかけ声が耳元によみがえってくる。「何といつても熊本は第二の故郷、なつかしいことにかはりはない。あはれむべし、白髪のセンチメンタリスト、焼酎一本で涙をこぼす！」

向かいからラジオの音が聞こえてくる。どこからかジャズのレコードも響いている。「ジャズ〳〵ダンス〳〵、田舎の人々でさへもう神経衰弱になつてゐる」。山頭火が耳にしたラジオの音はサキノの住む下通の「雅楽多」の裏手に昭和三年六月に九州唯一のラジオ局として開局したＪＯＧＫ（ＮＨＫ熊本放送局）からの電波によるものだった。

さゝげまつる鉄鉢の日ざかり

人吉で多いのは宿屋、料理屋、飲食店。春をひさぐ女性らしき姿も。普通の人より彼女らが報謝をしてくれる。

仲買人から農家の窮状を聞かされる。旧盆を越えかねた家も多かったそうだ。椎茸《しいたけ》は安いし、まゆも安い。桑畑をつぶしてしまいたいが、役場で慰撫されていると。日雇いに出て男で八十銭、女で五十銭。炭を焼いて一日せいぜい二十五銭。鮎《あゆ》を一生懸命釣って日収七十銭から八十銭。これでは生きている楽しみがない。

鰯《いわし》の新しいのを宿のおかみさんに酢漬けしてもらい一本いただく。鰯が五銭、酢醤油が二銭、焼酎が十三銭。「行乞記」は当時の人々の暮らしを知る貴重な記録でもある。

泣きわめく児に銭を握らし

人吉の町で托鉢していたら、家から老女がよちよち出て来て、報謝してくれた。その老女を見て、山頭火は祖母のツルを思い出し、泣きたくなる。

山頭火が九歳三カ月のとき、母が自ら命を絶った。不憫さもあって祖母に甘やかされて育てられた。「不幸だつた――といふよりも不幸そのものだつた彼女の高恩に対して、私は何を報ひたか、何も報ひなかつた。たゞ彼女を苦しめ悩ましたゞけではなかつたか。九十一才の長命は、不幸が長びいたに過ぎなかつたのだ」

人吉の先の日向路で泣きわめく児に銭を握らす光景に

出あうが、幼い正一（山頭火）と祖母との間にもそんなことがあったのかも。そのまま見た光景が山頭火には句になる。

このいたゞきに来て萩の花ざかり

山頭火は人吉で肥薩線に乗り、日向に向かう。歩いて加《か》久《く》藤《とう》峠を越えたかったが、少し脚気気味で車窓からの鑑賞。「人吉から吉松までも眺望はよかつた、汽車もあえぎ〳〵登る。桔《き》梗《きょう》、藤（藤袴《ふじばかま》か？）、女郎花《おみなえし》、萩、いろんな山の秋草が咲きこぼれてゐる」

吉松で二時間ばかり行乞、二里歩いて京町、また二時間ばかり行乞。吉松も京町もいまはえびの市。街はずれの宿に投宿。豆腐屋だ。熱い温泉にゆっくり浸ってから、焼酎醸造元の店頭に腰かけて一杯味わう。球磨の米焼酎と違い、芋焼酎。焼酎ばかりでなく、すべてが宮崎よりも鹿児島に近い。山の町で、行乞していると子供がついてくる。旧銅貨が多い。

かさなつて山のたかさの空ふかく

九州山地と霧島連山に囲まれた小林町（現小林市）での句。「このあたりはまことに高原らしい風景である、霧島が悠然として晴れわたつた空へ盛りあがつてゐる、山のよさ、水のうまさ」とすこぶる気にいっている。そして「西洋人は山を征服しようとするが、東洋人は山を観照する、我々にとつては山は科学の対象でなくて芸術品である。（略）私はぢつと山を味ふのである」

山頭火はのちに「父と子の間は山と山に重なっているようなものだ」と書いているが、山の重なりに父と自分、また息子の健と自分を思うことがあったのだろうか。母なる山という言葉はあるが、父なる山もあっていい。

霧島に見とれてゐれば赤とんぼ

糸瓜《へちま》の門に立つた今日は（子規忌）

小林町を行乞していた九月十九日は子規忌。その日、九州新聞は学芸欄で「けふは子規忌」として荻原井泉水の論考「ホイットマンと俳聖芭蕉」と山頭火が旅先から寄せた「破草鞋――旅日記から」十三句を掲載している。アメリカの詩人、ホイットマンは「自由詩の父」と呼ばれるが、井泉水は芭蕉もその中心思想となったものは「自由」だと指摘、「平民の心を以て書いた詩、それが万人の詩である、真実の詩である」と論じている。井泉水の論考の向うに山頭火が九州の山野を歩いており、偶然とはいえ、リアルタイムで山頭火の世界と芭蕉とホイットマンの詩の精神が重なっている。

あの雲がおとした雨に濡れて涼しや

お信心のお茶のあつさをよばれる

昭和五年の秋のお彼岸を山頭火は都城で行乞している。宿で「今日の行乞相はよかつた、近来にない朗らかさである。この調子で向上してゆきたい」と上機嫌である。彼岸の中日、都城の願蔵寺の境内では善男善女がたくさん参詣していた。露店も五、六あった。彼はそこでまたしても少年時代を思い出し、センチになった。

都城から緑平に「おはがきありがたく拝見、明後日は宮崎で旅のたよりをさし上げることが出来ませう、昨日は六里歩いて五時間行乞、すつかりくたぶれました、それでも今日もまた行乞しました」。「次は宮崎局」と添えており、「旅の胡椒《こしょう》のからいこと」と句も。まるではがきによるツイッターだ。

うまい匂ひが漂ふ街も旅の夕ぐれ

九月二十五日、都城から日豊線で宮崎市に。「層雲」の杉田作郎を訪ねるが、旅行中。黒木紅足馬《こだるま》を訪ねたら、会えた。夜、宿に紅足馬が中島闘牛児を伴い、訪ねて来て料理屋に案内される。

「私ひとりで飲んでしやべる、初対面からこんなに打ち解けることが出来るのも層雲のおかげだ、いや俳句のおかげだ、いや〳〵、お互の人間性のおかげだ！」。翌日の夜は闘牛児宅で句会、というより飲み会。その翌日は作郎も帰って来て、「予想したやうな老紳士」だった。その夜は作郎宅で句会、二時近くまで過ごす。大変な歓待ぶりだ。「層雲」の間では、山頭火はすでに有名人だったのだろう。緑平にははがきに寄せ書きして「旅の月も厨にいれてねる」

物思ふ雲のかたちのいつかかはつて

宮崎市は大淀川の河口に位置し、港町であったが、明治になり、県庁が置かれ、発展した比較的新しい都市だ。山頭火は根気よく市街を行乞。二、三日雨が降っても困らないだけの余裕も出来ている。宮崎神宮を参拝。樹木が若くて社殿は大きくないが、簡素な日本趣味がいいと感じた。町の名物大盛うどんを食べる。一杯たった五銭。

翌日、生目《いくめ》神社に詣でる。眼病の神様。いま、国指定史跡となった生目古墳群があるが、山頭火はこの大淀の丘に登って宮崎平原を見下ろし、五、六年前、日向の丘から丘へ、水音を踏み分けながら歩いたことを思い浮かべている。となると、それ以前にも日向を行乞していたことになる。

傾いた屋根の下で旅日記書いてゐる

秋空の下を歩いていると、子供が声を張り上げて、草津節をうたっている。「草津よいとこ一度はおぢやれ、お湯の中にも花が咲く」チョイナ〳〵。大正年代に始まった新民謡の一つだが、レコードの普及にラジオ放送の開始が加わり、流行に輪をかけている。

両手が急に黒くなったことに気づく。山頭火は毎日、鉄鉢をささげているので秋日に焼けたのだ。日に焼けるとともに世間の風に焼けるのである。

宮崎市の木賃宿では「修行遍路」が酔いしれて宿のものを手こずらせ、同宿人の眉をしかめさせている。遍路といっても善男善女とは限らない。「からだには鯨青《いれずみ》のあとがある手合」もいる。宮崎地方では、そのように酔うてくだを巻くことを「山芋を掘る」という。

山頭火の「行乞記」は世俗を映す鏡である。

波の音たえずしてふる郷《さと》遠し

九月三十日、「秋晴申分なし」。求めた草鞋がしっくりと足になじみ、いい気分。「芭蕉は旅の願ひとしてよい宿と、よい草鞋とをあげた」と山頭火は記す。

青島を見物。神社境内の水を味わう。「久しぶりに海を見た。果もない大洋のかなたから押し寄せて砕けて、白い波を眺めるのも悪くなかった」

緑平への絵はがきには「しんじつ秋空の雲はあそぶ」

その夜は木賃宿（ボクチンと山頭火は称する）ではなく旅館。客も一人きり。読んだり書いたりしているところに、国勢調査員が訪ねて来る。前回は味取観音の堂守のときだった。次は墓の下か、いや墓など建ててくれる人などいるまい、と。山頭火四十七歳十ヵ月。いまなら、「まだ若いですね」と言われる。

秋暑い乳房にぶらさがつてゐる

こういう光景は昭和三十年代までは農村部では見られた。電車の中で授乳しているのを見たアメリカ人が日本は「野蛮国」と言ったというが、ウーマンリブの後、平川祐弘東大名誉教授がアメリカの大学に招かれ、講義をしていたら、女子学生らがわが子に授乳を始め、ミルクの匂いが漂ったと書いている。

こんなにたくさんの子を生んではだか
はだかではだかの子にたたかれてゐる

愚図って母親の裸をたたいているのだ。少子化のいまでは懐かしくもうらやましい光景。

秋日に焼けた山頭火の手は黒いが、報謝する老女の手も真黒だ。

お経あげてお米をもらうて百舌鳥《もず》ないて

「宮ノ浦で米一升五合あまり金十銭ばかり戴いたので、それだけでもう今日泊つて食べるには十分である。それだのに私はさらに鵜戸《うど》を行乞して米と銭とを戴いた、それは酒が飲みたいからである、煙草が吸ひたいからである。報謝がそのまゝアルコールとなりニコチンとなることは何とあさましいではないか！」。なんとも正直。

現日南市宮浦の村落はどの家も中流程度で、富が平均しているように映った。そこから鵜戸神宮に向かった。日向灘に面した絶壁の洞窟に本殿がある。

宿で木村緑平にはがきを書く。「明日は油津《あぶらつ》へ向かひます」

こゝに白髪《しらが》を剃りおとして去る

いま、飫肥《おび》町も油津も日南市だ。飫肥は伊東氏飫肥藩五万七千石の旧城下町だが、托鉢していたら、一銭銅貨を投げられた。山頭火は黙ってその一銭を拾って、その家の女性に返した。「彼女は、主婦の友の愛読者らしかつた」

ある店では女の声で「出ませんよ」と言われた。「彼女も婦人倶楽部の愛読者だつたらう」。山頭火は婦人雑誌を読む女性にどうも偏見があるが、この山間の地にどれくらい婦人雑誌が購読されていたか。

宿に戻る途上で、行きずりの娘さんからうやうやしく十銭報謝された。何か心配ごとがあるのか。彼女に幸福あれと心から祈った。理髪店で頭を剃ってもらった。「若い主人は床屋には惜しいほどの人物だつた」

みんな寝てしまつてよい月夜かな

山頭火が旅した昭和五年の中秋の名月は十月六日、油津町（日南市）の肥後屋に泊まり、「十五夜の明月も観ないで宵から寝た、酔つぱらつた夢を見た」と「行乞記」に。夜中、喉が渇いて起きた。井戸の水に明月が映っていたのか、「月の水をくみあげて飲み足つた」と作句。

「油津といふ町はこぢんまりとまとまつた港町である、海はとろ〳〵と蒼《あお》い、山も悪くない、冬もあまり寒くない、人もよろしい、世間師のよく集るところだといふ」

旅から旅へと渡り歩きながら、日々の稼ぎを得る世間師。ここで『男はつらいよ　寅次郎の青春』のロケがなされた。

よいお天気の言葉かけあつてゆく

日南市油津でロケがなされた『男はつらいよ　寅次郎の青春』にこんな場面がある。マドンナ役の風吹ジュンは理髪店を営んでおり、彼女に寅さんは気持ちよさそうにひげを当たってもらっている。「行乞記」では、山頭火は油津に来る前、理髪店で頭を剃ってもらっており、そこの若い主人をほめている。

山田洋次監督は山頭火の句や「行乞記」を早い時期から参考にしていた形跡がある。渥美清も「風天」という号で俳句を作っていたことはよく知られている。彼は山頭火のファンで、こんな句も詠んでいる。「コスモスひょろりふたおやもういない」

この掲句は油津で得た句のひとつだが、寅さんの映画でもよく言葉をかけあってゆく。見知らぬ人にも…。そこからドラマが始まる。

ふる郷忘れがたい夕風が出た

さらに山頭火と寅さんについてだが、『寅次郎恋歌』で志村喬が旅先で見た光景を話して聞かせる。庭先にりんどうの花が咲いていて灯がともり、一家の食事が始まろうとしている。「寅次郎君、それが人間の本当の生活というものじゃないのかね」。これは道頓堀での「みんなかへる家はあるゆふべのゆきき」の山頭火の句からイメージされたように思える。『寅次郎の青春』ではどうなのか。

共同で脚本を書いてきた朝間義隆監督に直接電話で確かめたことがある。「寅さんという旅暮らしの、いまや初老の男を私たちは追いかけているわけです。旅の孤独と人との出会い。山頭火の心境に似てきても少しもおかしくはない」。確かに寅さんも初老になっていた。

酔うてこほろぎといつしよに寝てゐたよ

山頭火は野宿をすることがあった。宿がなく、仕方なくということもあったが、酔っぱらい、道端や草むらに寝てしまうことのほうが多かったようである。

油津から目井津へと行乞。途中、焼酎屋で焼酎をひっかけ、いい気分となり、宿で一緒になった遍路さんと飲みに出て、野宿してしまった。草の中に寝ていて、波の音も聞こえる。鶏の鳴き声に気がつくと、酔い覚めの目に星がまたたいていた。

どなたかかけてくださつた筵《むしろ》あたゝかし

「このあたりの海はまったく美しい、あまり高くない山、青く澄んで堪へた海、小さい島――南国的情緒だ」。風も朗らか。

秋の空高く巡査に叱られた

「やうやく海を離れて山へ来た、明日はまた海近くなるが、今夜は十分山気を呼吸しよう」。志布志湾に向かって歩いている。山頭火は海ったいより山の間を歩くのを好んだ。うまい水があり、「こんなにうまい水があふれてゐる」という句がそこで生まれた。

榎原《よわら》（日南市）の宿でぐっすり寝て、海に面した福島（串間市）に。翌日、細い街を行乞し、鹿児島県志布志に。

翌日、巡査に行乞を注意された。裏町に逃げ、駅で新聞を読み、宿に戻った。若い巡査いわく、「托鉢なら托鉢のやうに正々堂々とやりたまへ」。中学校では運動会。おそらく花火も。まるで戦前の懐かしい映画を見ているような光景。

しみじみ食べる飯ばかりの飯である

行乞にうるさい鹿児島県を早々に退散。宮崎県都城行きの汽車に乗る。

材木屋と飲食店の多い都城に三泊。有水《ありみず》に行乞しながら、「農村の疲弊を感ぜざるを得なかった。日本にとって農村の疲弊ほど恐ろしいものはない」と山頭火は思う。「豊年で困る、蚕を飼つて損をする――、いつたい、そんな事があつてい丶ものか、あるべきなのか」

薩摩・日向の家屋は板壁だ。宿の主人の話で謎が解けた。旧藩時代、真宗はご法度だったが、壁に塗り込んでまで阿弥陀如来を礼拝するので土壁を禁止したのだという。べんとう行李にご飯をちょっぴり入れてきて、草原で食べた。蝶々がひらりと飛んできた。

だんく〵晴れてくる山柿の赤さよ

日本の秋を彩るのは柿だ。十月十六日、そんな光景の山道を下って来ると、大淀川の響きが大きくなり、自動車の巻き上げる埃を浴びる。

昭和五年にもなると、結構、車が普及している。高岡町（宮崎市）の梅屋に投宿し、「この宿は大正十五年の行脚の時、泊つたことがある」と書いている。

九月二十八日の日記には、宮崎市の大淀の丘から眺め、五、六年前に日向の丘から丘を水音を踏みながら歩いたことを思い出している。大正十五年といえば、四月十四日、山頭火が味取観音を降り、行乞漂泊の旅に出た年だ。「天草に向かう」と木村緑平にはがきで伝えているが、いつ、この宿に泊まったのか。どんなコースをたどってやって来たのか興味がそそられる。

コスモスいたづらに咲いて障子破れたま丶

十月十六日、「在る農村の風景」の句をまとめ、九州新聞に寄稿している。

子を負うて屑繭《くずまゆ》買ひあるく女房である
出来秋のまんなかで暮らしかねてゐる
こんなに米がとれても食へないといふのか
出来すぎた稲を刈りつ丶呟いてゐる
刈つて挽《ひ》いて米とするほこりはあれど
豊年のよろこびとくるしみが来て

二本一銭の食べきれない大根である

米価は前年比で四割に下落。「豊年飢饉」という新語も登場した。

大地ひえ〲として熱あるからだをまかす

高岡町（宮崎市）の宿で旅の疲れが出たのか、焼酎が過ぎたのか、風邪気味で体がすぐれない。

それでも朝から行乞に出たら、発熱して悪寒がおこる。路傍の小さな堂宇を見つけ、狭い板敷に寝ていると、近所の子供らが四、五人やってきて、声をかける。見ると地面に茣蓙《ござ》を敷いて、そこに横たわりなさいという。横たわり、うつらうつらして夢ともなくうつつともなく、二時間ほど寝ているうちに、足もひょろつかず声も出そうで、行乞を続けた。

宿に戻り、寝床につく。夕方には回復、一番風呂に。酒屋で一杯だけ飲み、宿で寝ていると、どこかで新内を語っている。哀調は病める旅人の愁いをそそる。

われとわれに声かけてまた歩き出す

秋空の下、高岡町から行乞しながら、本庄（国富町）の街に着くと、大正十五年に泊まったおぼえのある宿を見つけ、泊まる。相客は坑夫あがりのお遍路で、夕飯のとき、焼酎をあびて不平を並べ、うるさくて外へ出る。

ぶらぶらしてカフェーに入り、ビールを飲み、その余勢で「朝鮮女の家」に行った。五人の娼婦を相手に話すのだが、彼女らは故国の言葉でぺちゃぺちゃとしゃべり、山頭火は負けずにブロークンイングリッシュで対抗した。勘定を一銭銅貨ばかりで払うのに同情してくれ、五十銭の菓子代を三十銭に負けてくれた。

山頭火は娼婦を買っていない。九州の片田舎にも「朝鮮女の家」があり、彼女らは素朴で、人間的で、人柄も悪くない。

腰のいたさをたゝいてくれる手がほしい

妻（西都市）まで五里の山路を歩いた。妻局留置《とめおき》の郵便物を受け取るためだ。留置郵便ははがき、手紙、雑誌合わせて十一あった。「大正十五年に一度踏んだ土である」とまたここでも書いている。「もう二度とこの山も見ることはあるまいと思つたことであるが、命があつて縁があつてまた通るのである」

緑平からのはがきに福岡の酒壺洞を訪ねたことが記されていたらしく、「私も早く熊本近在におちついて、味取の時のやうに、またきていたゞきませう。『家を持たない秋が深うなつてくる』といつたやうな句が出来ないやうになりたいものであります」と返事を書いている。そして「イモシヨウチユウの誘惑から逃れて、ほつとしたら、こんどは新酒が誘惑します」

まつたく雲がない笠をぬぎ

この句は十月二十六日、宮崎県都農町《つの》への途上の作。「ほんとうに秋空一碧《いっぺき》だ、万物のうつくしさはどうだ、秋、秋、秋のよさが身心に徹する」。四時過ぎ、さつま屋に草鞋を脱ぐ。隣の湯屋に行き、向かいの酒屋で新聞も読ませてもらう。軒先に流れる小川の音がさらさらと聞こえる。

「米の安さ、野菜の安さはどうだ、米一升十八銭では敷島一個ぢやないか、見事な大根一本が五厘にも値しない。菜葉一把が一厘か二厘だ、（略）農村のみじめさは見てゐられない」。米一升がたばこ一箱の値段とはあんまりだ。実りの秋というのに。農家はどうやって冬を越せというのか。

大山澄太の手で昭和二十七年、熊本市の大慈禅寺にこの句碑が建っている。

どうやら霽《は》れるらしい旅空

秋の天気はうつろいやすい。宮崎県美々津町行乞中、降り出し、門川町では宿に一日中閉じ込められた。門付けや香具師《やし》など〝世間師〟は雨が降り続いたら、商売があがったりだ。恨めしそうに空を見上げる。ただ山頭火の場合、日記や俳句を整理し、骨休めにもなる。

いちにち雨ふり故郷のこと考へてゐた
夕闇の猫がからだをすりよせる
牛がなけば猫もなく遍路宿で

同宿の老遍路さんは善良だが、大変な喘息《ぜんそく》持ち。蚤《のみ》にも悩まされる。

翌朝は雨も上り、延岡へと向かう。

跣足《はだし》の子供らがお辞儀してくれた

延岡への途上、学童らがお辞儀をしてくれた。農村ではどこでもそうだが、子供はみな、裸足で登校する。学校にはちゃんと足洗い場がある。ハイカラな服を着てハイカラな靴をはいた子供よりなんぼか親しさを感じる、と山頭火。

延岡の町に着くと、すぐに郵便局に。局留置郵便を受け取る。二十通ばかりの手紙やはがき。熊本のサキノからの小包も。中味は袷《あわせ》だ。ちゃんと洗い張りし、綿も打ち直し、その心のあたたかさが身にしみる。戸籍上は離婚した妻である。

二、三年前山陰で同宿したことのある若い世間師に会う。世の中は広いようで狭い。「お互に悪い事は出来ませんなあ」。翌朝、彼は南に、自分は北へと別れ、夕方、今度は大分で同宿したテキヤさんと同部屋に。イカサマ賽子《さいころ》の実技を見せてもらう。

山の一つ家も今日の旗立てゝ

山頭火は延岡から日豊線に乗るが、佐伯には下車していない。港のある城下町で托鉢するにはよさそうだし、年少の親友工藤好美の実家がある。大正十四年八月、工藤の妹が亡くなったと知り、雲水姿で駆け付けている。

重岡で下車、そこから宿場町の小野市まで三里。一時間ばかり托鉢したが、見事な菊を作って陳列している家が多かった。いまは佐伯市。そして三重町まで八里の山道を急ぐ。どこからともなく聞こえてくる水の音、小鳥の声、木の葉のそよぎ、路傍の雑草、無縁墓。掲句は山越えで見かけた光景か。十一月三日は明治節。戦後は文化の日となった。峠を登りきって少し下ると、西日を浴びた祖母山がそびえていた。草に座って眺め、一服。ちょっとはずんで銘柄は「みのり」。刻みたばこで、キセルでぷかり。

犬が尾をふる柿がうれてゐる

托鉢で村から村へと訪ね歩くと、犬の出迎えを受けることも。ずっと犬につきまとわれることも。それは里人への犬の忠義心なのか。

吠える犬吠えない犬の間を通る

白犬と黒犬と連れて仲のよいこと

日向《ひなた》子供と犬と仲よく

吠えつゝ犬が村はづれまで送つてくれた

網代笠に墨衣の托鉢僧と子供たちと犬、それに鈴なりの柿の木を配すれば、童画の世界だ。昭和十年、妹のシヅの家を訪ねて、こんな句も詠んだ。

しきりに尾をふる犬がゐてふるさと

笠に巣食うてゐる小蜘蛛なれば

三重町（豊後大野市）は山の町だ。店頭に草鞋がぶら下がり、酒も安く、親しみを感じる。いつのころからか小さな蜘蛛が網代笠に巣食っていて、行乞していると、目の前に糸を垂らし、アクロバットを演じる。愛しくて「何かおいしものをやりたいが」

荻原井泉水らと阿蘇山に登ったのは昭和四年十一月四日。あれからちょうど一年になる。福岡、熊本に帰る一行が車窓から見送るなか、背を向け、ずんずん歩き、北外輪山を越え、時計の針の方向で杖立から日田、英彦山、国東半島をめぐり、熊本への帰路、この三重町に泊まっている。阿蘇山は西の方角だ。

二泊して竹田に向かう。急に寒くなり、吐く息が白く見える。牧口、緒方を行乞。丘から丘へ。水の音、雑木紅葉――。

酔ひざめの水をさがすや竹田の宿で

竹田は蓮根《れんこん》町といわれているだけあってトンネルが多いのに驚く、と「行乞記」に。町に入るまで八つの洞門をくぐった。滝廉太郎のふるさと。城の石垣だけがそびえる岡藩の城下町だ。この夜は前年泊まったなじみの宿で、主人もその妻も好人物。汽車の響きが耳元に聞こえてくる。豊肥線だ。サキノがいる熊本市まで、汽車賃一円五十銭と三時間あれば、帰ることが出来る。心が揺れる。

夜もすがら水声が聞こえてきて、『奥の細道』の芭蕉の同行者、曽良の句「夜もすがら秋風きくや裏の山」が思い出され、「夜をこめて水が流れる秋の宿」を作った。

町で地下足袋を買う。白足袋に草鞋が好きだが、雨天には破れやすく、泥がハネ上がって困る。

あかつきの湯が私一人をあたゝめてくれる

久住山の麓には温泉場が多い。竹田町の宿を立った山頭火は小雨がけぶるなか、湯ノ原《はる》（竹田市直入町長湯）へと向かう。「雑木山と水声と霧との合奏楽であり、墨絵の巻物」の世界だった。

湯ノ原に着くと一時間ほど行乞。宿に荷をおろし、洗濯、入浴、理髪、喫飯（飲酒はもとより）といやはや忙しいこと。「小国《おぐに》には及ばないが」と断りながらも「解放的で大衆的なのがよい」とここの温泉を評価。「日本に生まれた幸福を考へずにはゐられない、入浴ほど健全で安価な享楽はあまりあるまい」と温泉賛歌。

夜もすがら瀬音がたえず、子守唄に。暗いうちに起きて、湯へいく。朝湯はなんともいえない。ぽかぽか身心を温めてくれる。

あばら屋の唐黍《とうきび》ばかりがうつくしい

湯ノ原（竹田市）を朝七時に出た山頭火は天神山（由布市）に向かう。地下足袋をやめ、草鞋をはいた。草鞋が足にしっくりして、疲れない。

草鞋は割箸と同じように履《は》き捨ててゆくところが日本的でうれしい。旅人の感情がそそられる。

法眼のいうところの「歩々到着」だ、と山頭火は論じる。前歩を忘れ後歩を思わない一歩々々だ、一歩即一切だという。「こゝまで来て徒歩禅の意義が解る」。なるほど、山頭火は歩きながら、禅をなし、句作をしているのだ。まさに「喝！」である。

ふと左手を見ると高い山が霧に隠れている。久住山だ。家々の軒下に唐黍の実がずらりと並び、いかにも山国らしい光景。

ホイトウとよばれる村のしぐれかな

晩秋の山里は美しい。「山々樹々の紅葉黄葉、深浅とりぐ\、段々畠の色彩もうつくしい、自然の恩恵、人間の力」

小屋野（由布市）に着いたら、ざっと降ってきた。農家に雨宿りさせてもらう。お茶をいただく。土間の上がり框《がまち》だろう、腰をかけていると、いろんな人が来て、話して行く。神様のこと、仏様のこと、酒の話。ようやく晴れてきて、村里を一時間ほど行乞し、半里歩いて、天神山（同）の木賃宿に着く。文中には「感じのわるくない村町」とあるが、掲句のような句に出あうと、私はドキリとする。

物貰ひ罷《まか》りならぬ紅葉の里を通る

小野屋も天神山も久大線沿いにあり、地名が駅の名に残る。

しぐるゝや人のなさけに涙ぐむ

天神山の木賃宿は風呂を立てず、近所にも湯屋がなく、五、六里歩いてきた体そのままで寝なければならない。アルコールのおかげで眠ることが出来たがさまざまな夢を見る。よい夢、わるい夢、懺悔《ざんげ》の夢、故郷の夢、青春の夢、少年の夢、家庭の夢、僧院の夢…。

暗いうちに目が覚め、荻原井泉水著『旅人芭蕉』を読む。荒尾の炭坑夫俳人、中村苦味生が送ってくれたもので、その温情を感じる。ありがたい本である。これで三度読む。六年前、二年前、そしていま。時空を超えて、山頭火は芭蕉とともに歩いている。

冷たい雨が降っていて、腹具合もよくなく、滞在休養して原稿でも書こうかと思っていたら、だんだん晴れて、青空が見えてきて、草鞋を履く。

支那の子供の軽業も夕寒い

湯ノ平温泉（由布市）は山の湯の町。石畳、よろず屋、温泉宿、料理屋等々。湯は熱くて、豊かだ。飲んでもうまく、胃腸病にも効くとかで、がぶがぶ飲んだ。

子供二人を連れた大道芸人の中国人と同宿に。大人は五十歳くらい。顔にあばたがある。子供は日本人化していて、草津節を歌っていて、山頭火に話しかけて笑う。

夜も働らく支那の子供よしぐれるな

夕方、街に出て、温泉客を相手に軽業を見せ、投げ銭を得ているのだろうか。あるいは座敷に呼ばれて芸を見せるのか。翌朝、こんな光景が――。

支那人が越えてゆく山の枯すゝき

映画のシーンを見ているようだ。

刺青《いれずみ》あざやかな朝湯がこぼれる

昭和五年のこの九州行乞で山頭火が初雪にあったのは十一月十二日。湯ノ平を出て、由布院湯坪へ向かう途中、ちらちらと小雪が降った。

四方なだらかな山に囲まれ、そしてもくもくともりあがった由布岳、と山頭火は描写する。中腹までは雑木紅葉。そこへ杉、檜が割り込んでいるのは、経済的と芸術的との相克だが、それはそれとしてよろしい、と。中腹から上は枯草、絶頂は雪。

この地方はいたるところに湯が湧いていて、湯で水車が回っているところもあるそうな、と。泊まった筑後屋は評判通りに気安く、親切で、安くてよろしい。「ぶく〳〵湧き出る内湯は勿体ないほどよろしかつた」と温泉評論家の山頭火は高い評価。

寝たいだけ寝たからだ湯に伸ばす

おべんたうをひらく落葉ちりくる

山頭火は由布院から玖珠《くす》町へ向かう。久大線豊後中村駅（九重町）で降り、行乞しながら玖珠町に。山国は寒い。駅にはストーブが焚《た》かれていた。翌朝、宿の裏の川で顔を洗う。川向こうは森町（現玖珠町）で、名勝深耶《しんや》馬渓《ばけい》の入口。

玖珠郡には豊後森藩が置かれた。一万四千石。もともとは村上水軍、関ケ原に敗れ、伊予国来島《くるしま》城から転封。童謡「夕やけ小やけ」の作詞者、久留島武彦はその直系。童話の口演をして全国を巡った。「日本のアンデルセン」のふるさとは森林あり、草原ありで、九州のアルプスを見まわした光景はよかった。

森町ではほとんどすべての家が報謝してくれた。造り酒屋が三軒。一杯ずつ飲んでまわり、山頭火はすっかりいい気分に。

「浜口首相狙撃さる」の新聞報道を行乞中、知る。

虱《しらみ》よ捻《ひね》りつぶしたが

森町（玖珠町）の宿で、軽業師の子供二人を連れた中国人とまた一緒になった。実の親子なのかはわからない。

また逢うた支那の子供が話しかける

同室となり、「支那人の寝言きいてゐて寒い」。同宿の同郷人とも話し、言葉の魅力といったものも感じる。

掲句はその宿での作だが、私は小学校で虱駆除のDDT散布を受けた世代だ。脱脂粉乳の給食も覚えている。敷布団に蚤がぴょんとはね、それを指先で押さえて笑って見せた割烹着の母が懐かしい。

同地方でも菊づくりが盛んで、山頭火は足をとめる。

また逢へた山茶花も咲いてゐる

山頭火は深耶馬渓を下る。行乞はしない。悠然として山を観る。巻たばこを吹かしながら。耶馬渓駅で軽便鉄道の耶馬渓線に乗車、中津の松垣昧々《まいまい》のもとに急ぐ。十一月十五日のこと。

昧々は本名・重敬、山頭火より十歳年下。山頭火は熊本に転住した翌大正六年九月、昧々に宛てて「熊本は私にとって悲しい土地となりました」と当時の落胆ぶりを伝えており、山頭火の消息、その内心の変化を最もよく知っている「層雲」同人の一人。

一年前にも山頭火は訪ねて来ており、「また逢ふまでの山茶花の花」という句を残している。

いつも変わらない温情、よく飲んでよく話した。寝酒も用意されていた。

河豚鍋食べつくして別れた

大分県中津の松垣昧々宅に泊まった山頭火は朝酒をふるまわれ、すこぶるよい機嫌に。昧々と散歩に出かけ、福沢諭吉旧居を見物、「土蔵そのそばの柚の実も」と作句。そして眼科医木村宇平宅で昼酒。銭湯の汐《しお》湯に入り、内科医村上二丘宅を訪ね、筑紫亭で句会。フグチリでさんざん飲んでしゃべる。昧々居に戻る途中、「ならんで尿する空が暗い」。これも句。

日記に「メイ僧のメンかぶらうとあせるよりもホイトウ坊主がホントウなるらん」と記している。他人に甘えることに愧《はじ》るところもあったのだろう。昧々の家は資産家だったらしく、宇平宅は記念美術館に、二丘宅も医家資料館になっているとか。

山を観るけふいちにちは笠をかぶらず

中津町船場の松垣昧々に見送られ、山頭火はすたすたと歩きだす。「別れて来た道がまつすぐ」と句にしているが、朝酒が体にまわり、「酔うて急いで山国川を渡る」との句も。港町の宇之島（豊前市）に泊まり、熊本市米屋町の友枝寥平に「中津では愉快でした。句会はフグ会で」とはがきを出している。

「あらなんともなや　きのふはすぎでふぐとじる」という少々解読不明の句も添えて。そして、「熊本附近に草庵を結びますつもりで辛抱しています」。掲句に「この気分は悪くないでせふ」と自画自賛。

寥平ら句友からの郵便を昧々宅宛てで受けとっており、木賃宿でしんみり読み直し、返事を書いているが、寂しくてたまらず濁酒を二、三杯ひっかけている。

吠えて親しい小犬であつた

福岡県椎田《しいだ》（築上町）まで来たら、我慢できず、日豊線に乗り、門司の「層雲」の句友久保源三郎の家に急ぐ。駐在所で場所を聞き、石段を上ってゆくと、子を背負った若い奥さんが下りてきて、源三郎夫人だった。

これは句になりそうでなかなかまとまらない。犬のほうはすぐ出来た。

源三郎も夫人も彼の父も好感を持たないではおられない人柄。たらふく酒を飲ませてもらい、たらふく河豚を食べさせてもらい、絹夜具に寝かせてもらった。

翌朝、朝風呂に入り、源三郎と一緒に出かける。幾らか金を借りて、サラリーマンの彼と駅で別れる。しぐれがやみそうもない。

ふる郷の言葉となつた街にきた

関門を渡り下関に。「なつかしい土地だ、生れ故郷へもう一歩だ、といふよりもすでに故郷だ、修学旅行地として、取引地として、また遊蕩《ゆうとう》地として——二十余年前の悪夢がよみがへる」。朝鮮から渡って来た人が多いのに驚く。男は現代化しているが、女性はチマチョゴリを着てゆうゆうと歩いている。

昨日もシケ、今日もしぐれ。宿の隣室でやけ気味に「土方殺すにゃ刃物はいらぬ、雨が三日降りやみな殺し」と歌っている。山頭火も「わがふところは秋の風どころぢやない、大シケのスッカラカンだ」。バクチに負けてきた男が相撲見物の金を同宿の者にせびっている。ゴーリキーの『どん底』だ。

時化《しけ》でみづから吹いて慰む虚無僧さん

風の中声はりあげて南無観世音菩薩

下関には弁護士となった兼崎地橙孫がいる。山頭火は大正五年春、新傾向俳句の旗手、五高生の地橙孫らを頼って妻子を伴い、熊本に流れて来た。

あれからもう十四年になる。山頭火は乞食僧になり、地橙孫は社会的地位も固めている。訪ねて行ったら、不在だった。出て来た夫人に挨拶して宿に戻って来た。「白状すれば」と日記に。昨春も馳走になりっぱなしで、少し借りたものもそのまま。

「下関は好きだけれど、煤烟と騒音とには閉口する」と。狭苦しい街を人が通る。自動車や荷馬車、オートバイ、自転車も通り、その間を縫いながら、あちこち行乞する。

「ほんたうに嫌になります」

お経とゞかないヂヤズの騒音

街のなかを托鉢してまわるが、騒音に声をはりあげ、「ヂヤズとお経とこんがらがつて」という句も。行乞記にはジャズという言葉がよく出てくるが、曲名は書かれていない。どんなジャズが巷に流れていたのか。昭和三年にレコード化された浅草オペラの二村定一の歌う「私の青空」や「アラビアの唄」ではなかったろうか。エノケンも歌った「私の青空」の歌詞（堀内敬三訳）はこうだ。「夕暮れに仰ぎみる輝く青空／日が暮れてたどるは我が家の細道／狭いながらも楽しい我が家／愛の灯影のさすところ／恋しい家こそ私の青空」。山頭火が日暮れてたどっている道は、わが家の細道ではない。あえて「愛の灯影のさすところ、恋しい家」に背中を向け、芭蕉や一茶がたどった道を歩いている。

しぐるゝや西洋人がうまさうに林檎かじつてゐる

翌朝、下関から関門海峡を渡り、いったん門司に戻っている。船のへさきに立ち、法衣を寒風に任せ、近代風景を鑑賞、「多少のモダーン味」を味わった。「門司風景を点綴《てんてい》するには朝鮮服の朝鮮人の悠然たる姿を添へなければならない、西洋人のすつきりした姿乃至《ないし》どつしりした姿も、（略）門司海岸の果実売子を忘れてはならない」

句会を開くということで朝十時前に久保源三郎宅を訪ねたが、主客二人では句会にならず、山に登った。源三郎は紳士型の洋装、山頭火は地下足袋で頬かむりの珍妙姿。下関に戻り、弁護士の兼崎地橙孫を訪ねている。

ありがたいお金さみしくいたゞく

訪ねて行った兼崎地橙孫は熊本の五高生時代、自負心のかたまりのような若者で、それは出自にあった。祖父は橙堂という漢学者で佐久間象山門下、桂小五郎とも交遊があった。父は地外と号し、貿易商で、引退後、徳山藩史の著述に余生を費やす。「地橙孫」という号は祖父と父の号に由来する。

二人は酔って少々意味不明の寄せ書きのはがきを熊本の友枝寥平に送っている。一宿して翌朝、裁判所に行く地橙孫と連れ立って歩く。「汽車賃はありますか」「辨当代はありますか」と聞かれたら、「ありません」と答えるしかない山頭火である。おかげで行乞しないで門司に渡り、八幡へ向かう。

だが地橙孫は、山頭火の句自体は気に入らなかったらしく、こんなことを言ったことがあるという。「君のように出鱈目な句を作っていては、真の俳句の味を味わえまい。もう少し苦心してはどうか」。山頭火は答えた。「僕はこれが一番いいのだ」(上田都史著『近代俳人列伝』)。

風の街の朝鮮女の衣裳うつくしい

山頭火の句友には勤め人が多いが、八幡の飯尾星城子は警察の剣道師範。ようやく訪ね当てた家には禅坊主の田代俊和尚がいた。いわゆる禅坊主は好みでないが、好きにならずにはいられない山頭火だった。翌朝、八幡署の道場で剣道六段の小城満睦教士に紹介される。

景色のいい河内山水源地にも登り、小城教士の雲閑亭で夕飯を馳走になり、句会にも出て、夜の十二時に散会、四人でおでん屋に腰かけ、別れの盃を交わす。「行乞記」には「しぐるゝや煙突数のかぎりなく」(八幡風景)などの句が連なっているが、掲句が私には一番心にしみる。煤煙とバラック式長屋、そして玄界灘からの風が吹く町であった。

逢ひたいボタ山が見えだした

田川郡糸田村（現糸田町）には炭鉱医木村緑平がいる。八幡から徒歩で向かうが、直方《のおがた》で我慢できなくなり、汽車に乗る。駅で伊豆地方の大地震の号外を読む。心は緑平宅へと驀進《ばくしん》し、そして夫妻の温かい雰囲気に包まれるわけだが、「味々居から緑平居までは歓待優遇の連続である。これでよいのだらうか」と自省する。

ボタ山も見た。香春岳《かわらだけ》も見た。四度目の訪問。緑平は心の友だ。物心両面から山頭火を支えてくれた。いま、こうして「行乞記」を読めるのも緑平のおかげだ。ノートに整理し、送って来た日記を大事に保存してくれていたためである。

ボタ山の下で子のない夫婦で住んでゐる

山頭火はボタ山を人間の山だと書いている。「自然の山、人間の山、山みなよからざるなし」

緑平宅でプロレタリア文学者同士の闘争記を読んで嫌な気がしたという。「人間は互に闘はなければならないのか、闘はなければならないならば、もつと正直に真剣に闘へ」。底辺を歩き、貧しい人々の暮らし（そこにも人間的な喜びも愛もある）を見て来た山頭火だからこその言葉であろう。

緑平が勤務に出て、夫人が蓄音機をかけ、旅情を慰めてくれる。医者の家とはいえ、慎ましい暮らしむきだ。緑平には雀を詠んだ句が多いが、まるで仲のよい雀のつがいのような夫婦である。

いつも動いてゐる象のからだへ日がさす

炭鉱医の木村緑平宅から近郊探訪を兼ね、行乞に出る。香春町に泊まり、来た道を戻る。河原に座り、笠の手入や法衣のほころびを縫い、ついでに虱退治も。香春三山が水に映っていて、夕の香春もよい。河川敷でサーカスをやっていた。若い踊り子や象や馬がサーカス気分を発散していた。「バカボンド、ルンペン、君たちも私も同じ道を辿《たど》るのだね」

枯草の上で老遍路と話す。老人は目をしばたたき、人の恋しさ、生きていることのうれしさ、苦しさを話し続けた。

夜は緑平宅で句会。門司から源三郎、後藤寺町（田川市）から近藤次郎、四人の顔ぶれ。源三郎と枕を並べて寝た。

猫もいつしよに欠伸《あくび》するのか

木村緑平宅での句会の翌日、山頭火は後藤寺町（田川市）の句友近藤次郎に彼の家に伴われる。妻が三人の子を連れ実家に戻っており、猫が一匹留守番をしていた。緑平宅から酒を一本さげてきており、豆腐と春菊で湯豆腐にして飲む。翌日、無理やり次郎を行商に出し、猫と過ごす。

次郎のため大根膾《なます》をこしらえ、夜遅くまで話しこむ。家庭がうまくいっていないようだ。次郎宅に四泊もし、昭和五年十二月三日、山頭火は四十八回目の誕生日を迎えている。

家賃もまだ払つてない家の客となつて

鰯さいても誕生日

水を挟んでビルディングの影に影

熊本を旅立ったのは九月だった。炎天下、人吉、日向路を歩き、大分県の湯の里をめぐり、中津、門司、下関、八幡、糸田、後藤寺と句友の家を泊まり歩き、はや師走に。

笹栗の霊場に出かけ、遍路宿に泊まった山頭火は十二月五日、福岡市役所に三宅酒壺洞を訪ねている。酒壺洞の仕事が終わるまで、托鉢を兼ねて市内見物に。

「さすがに福岡といふ気がする、九州で都会情調があるのは福岡だけだ、街も人も美しい、殊に女は！若い女は！」

熊本は都会としてすでに福岡に差をつけられている。街も人も若い女性も福岡がずっと美しい？　それはないよ、山頭火！　掲句は中洲をはさんだ風景だろう。

飛行機飛んで行つた虹が見える

福岡市内を行乞していたら、空き家の壁に「酒呑喜べ上戸党万歳！」の張り紙。それを眺め、「肉体に酒、心に句、酒は肉体の句で、句は心の酒だ」と酒飲み山頭火は哲学する。

夜は三宅酒壺洞の家で句会。彼は市役所職員だが、花街の酒屋の息子。時雨亭、白楊、青炎郎、鳥平、善七らが集まった。肉体に酒、心に句。愉快なはずだ。

酒壺洞宅に泊まった翌日も福岡市内をうろつく。飛行場見学に行き、ちょうど郵便飛行機が来て、初めて飛行機というものを間近に見た。

時雨亭の家に泊まり、翌日、福岡の盛り場を歩き、かん酒屋に寄って酢牡蠣で一杯やり、それでは福岡よさよなら！

枯草ふみにじつて兵隊ごつこ

福岡にサヨナラした山頭火は二日市温泉（筑紫野市）に泊まり、「からだあたゝまる心のしづむ」と作句。松崎（福岡市東区）の句友で歯科医柴田双之介宅に二泊し、田主丸《たぬしまる》（久留米市）の西国十九番札所石垣山観音寺に参拝。耳納《みのう》山麓を歩き、善導寺（久留米市）に泊まり、十八番札所の観興寺へ拝登、「山裾の静かな御堂である」。久留米の郵便局で局留めの雑誌や手紙を受け取り、羽犬《はいぬ》塚《づか》（筑後市）まで歩く。

掲句は途中見かけた光景であろう。翌朝、清水《きよみず》観音（みやま市）に。十六番札所。『娘巡礼記』を残した高群逸《たかむれいつ》枝《え》は、両親が清水の観音に願をかけてくれたため、無事生まれ、「観音の子」として育てられた。

山道わからなくなつたところ石地蔵尊

清水観音は旧柳川藩領。参道の店で雉《きじ》ぐるまが売られ、北原白秋には「雉ぐるま」の童謡も。白秋の母の里の南関と柳川とちょうど真ん中の里山にある。

雉は子の雉　父恋し
鳩は子の鳩　母恋し
雉　雉　雉ぐるま
雉はけんけん　鳩ほっぽ
啼いてお山を今朝越えた

山頭火は清水山を下ろうとして道に迷い、出たところに石のお地蔵さんが立っていた。「遍路山道の石地蔵尊はありがたい」と山頭火。原町（みやま市山川町）の宿に泊まり、共同浴場に入った。

石地蔵尊へもパラソルさしかけてある

山頭火は豊前街道を羽犬塚、瀬高とくだり、清水観音を登拝し、原町に投宿。そのまま街道を進み、右折すれば、南関の外目《ほかめ》。白秋の母の実家石井家がある。しかし、南関には向かわず、原町から大牟田の方へ回り、渡瀬、三池町と行乞し大牟田に投宿。荒尾の原万田《はらまんだ》に向かう途中、見かけた光景。

大牟田で得た句に。

霧、煙、埃をつきぬける

荒尾には海達公子という少女詩人がいた。小学二年の作「夕日」を白秋は「赤い鳥」で賞賛した。万田坑近くで育つ。父の松一も「赤い鳥」に投稿。もし、「層雲」に投稿していたら、山頭火と親しい仲になっていたかもしれない。公子は昭和八年、十六歳で夭折。

明るくて一間きり

翌日、荒尾の中村苦味生に会うため、山ノ上町へと急ぐ。三月にも訪ねて来ているが、坑内長屋の出入りはやかましい。苦味生は山頭火を迎えに行き留守。「母堂の深切、祖母さんの言葉、どれもうれしかつた」。句稿を改めていると、苦味生が戻って来て、酒と夕飯をいただく。「苦味生さんには感服する、あゝいふ境遇であゝいふ職業で、そしてあゝいふ純真さだ、彼と句は一致してゐる、私と句とが一致してゐるやうに」

入浴もし、夜は苦味生の友人の家に泊めてもらう。翌日はゆったりと過ごし、長洲駅まで苦味生と一緒に歩く。もう月が出ていた。別れるのが惜しくなり、浜辺で酒を酌み交わした。松葉を集め、たき火をし、かんをつけ、貝殻を盃に。あとはもう汽車に乗れば、熊本である。

7 「三八九」に賭ける

あてもなくさまよう笠に霜ふるらしい

昭和五年十二月十五日夜、山頭火は九十八日ぶりに熊本市に帰ってくる。駅に降り立つが、下通のサキノのもとには足が重たく、米屋町の薬舗友枝寥平を訪ねるが、不在。木藪馬酔木の家で晩飯を馳走され、石原元寛の家で十一時過ぎまで話して別れ、「さて、どこに泊らうか」「まゝよ」と一杯ひっかけて駅の待合室のベンチに寝た。うつらうつらしているうちに朝が来た。飯屋で霜消《しもけし》（朝酒）で体を温め、高橋に寝床を探しに行き、引き返して再び寥平を訪ねるが、留守。春竹の「茂森さん」を訪ね、夫婦のあたたかいご馳走をいただき、本妙寺下の安宿に泊まる。茂森さんとは、茂森唯士と兄弟のように育った従兄弟で戦後、手広くコンクリート建材を商う。「だんご3兄弟」の茂森あゆみの祖父。

寝るところが見つからないふるさとの空

本妙寺下の本妙寺屋に泊まった山頭火は坪井の報恩寺の望月義庵に挨拶に行く。「和尚さんはまつたく老師だ、慈師だ、恩師だ」。茅野村（熊本市）の庵が空いていると聞き、出かけたら、もう人が住んでいた。

市内に戻り、日銀勤務の蔵田稀也の家では旅僧の風体を夫人や子供たちに笑われながら、馳走になる。お布施までいただく。いい気分で寥平を訪ね、二人が会えば、いつもの形式で、ブルジョア気分になり、「酒、酒、女、女、悪魔が踊り菩薩が歌ふ、……寝た時は仏だつたが、起きた時は鬼だつた」。芸妓も呼び、寥平の金で豪遊したのだろう。

じっとしておれず、独鈷山《どっこさん》の麓の池上村付近を歩き、気に入った場所で、空想の庵を結んでいる。

道はでこぼこの明暗

下通で女の細腕一つで絵はがき屋「雅楽多」を営むサキノのもとに顔を出したのは、熊本に戻って六日後の十二月二十一日の夜。その間、本妙寺屋と川尻の砥用屋《ともち》をねぐらに、うろついている。掲句は本妙寺屋でのこと。「行乞は嫌だ、流浪も嫌だ」と感じており、ともかく家を借りて落ち着きたい。そこで会員制のガリ版雑誌を発行し、自立しようと考えている。

その日も石原元寛と家探しに行くが、不調。川尻に戻り、酒を飲み、砥用屋で飯を食い、布団を敷いたが、眠れそうにない。川尻電車でサキノのもとに行き、驚かせた。自分の思惑もあって逢わなかったが、彼女はなつかしそうに、同時に用心深くいろんなことを話した。山頭火は酔いと疲れで寝込んでしまった。

やっと見つけた寝床の夢も

家を求め、方々探してまわり、もうあきらめて歩いていると、春竹の植木畑の横丁で「貸二階」の張り札を見つけた。正確には市内春竹琴平町一丁目六一森永梅方。二階の一室で貸主も悪くなく、さっそく移ってくることに決めたが、無一文、「緑平さんの厚情にあまえる外ない」「三八九居《さんばく》」と名付けることを決めていた。三八九とは禅門の言葉で、「絶対」を意味するらしい。翌二十五日には、移って来ることが出来た。「私はなぜこんなによい友達を持つてゐるのだらうか」

二十六日の日記に「晴、しづかな時間が流れる、独居自炊、いゝね」

周囲は植木畑。葉ぼたんが美しい。

酔へば人がなつかしうなつて出てゆく

二十八日の夕方から街へ出て、「Y君の店に寄る、Y君もいゝ人だ、I書店の主人と話す、開業以来二十七年、最初の最深の不景気だといふ」と日記にある。

Y君とは水道町の文房具店、立春堂の主人で歌人の安永信一郎と見てまず間違いないだろう。当時、九歳の長女蕗子、のちに歌会始の選者となる彼女は山頭火が訪ねて来て、「町のはずれに西瓜小屋を買うた。そこへこもってわしは俳句をつくる。あんたも来て歌をつくるといい」と父に話していたのを覚えていて、随筆に書いている。西瓜小屋は琴平の三八九居のことだろう。

山頭火は「雅楽多」に出かけ、サキノから餅を一袋もらって帰った。立春堂と雅楽多は「キネマ旬報」の特約店で、古川ロッパが同誌の宣伝に来たとき、世話をしている。

今年も今夜かぎりの雨となり

昭和五年大晦日。所持金四銭。銭湯に行き、ヒトモジ一把《わ》買ったら、無一文に。夕方、友枝寥平を訪ね、事情を明かし、少し借りる、いや大いにかすめ、「寥平さんのすぐれた魂にうたれる」

見切り品の白足袋を十銭で買い、水仙一本二銭、酒一升一円、炊事具少々、はがき六十枚、その他こまごましたものを買い、お歳暮を持って報恩寺に挨拶に行った。間借りした部屋に戻ったが、あまりに気が沈むので二、三杯ひっかけ、そして人懐かしくなり、街をぶらつき、最後に雅楽多のサキノのもとを訪ねる。

大晦日はどこの店も徹夜営業。酔うてしゃべって、年忘れしたが、自分自身も忘れた、と日記に。

水仙いちりんのお正月です

昭和六年の元日を山頭火は年末に越して来た春竹琴平町の「三八九居」で迎える。雨、かなり寒い。「いつもより早く起きて、お雑煮、数の子で一本、めでたい気分になつて、Sのところへ行き、年始状を受取る、一年一度の年始状といふものは無用ぢやない、断然有用だと思ふ」。Sとは妻のサキノ。戸籍上では離婚しているが。下通町で絵はがき屋「雅楽多」を営む。息子の健は濟々黌を出て大分高商に進むが、中退。秋田鉱山専門学校に学んでいる。

山頭火は元日に年賀状を書くものと思っていて、五十枚ばかり書いた。賀正と書いただけでは気がすまず、いろいろ書いて疲れた。さきほどから捨て犬の鳴き声が聞こえる。

正月二日の金峰山も晴れてきた

山頭火の句に見る昭和六年の熊本の正月光景——。街角の手品師だろうか「うまい手品も寒い寒い風」。花畑町の兵営跡の空地に有田洋行会のサーカスがかかり、「おとなしく象は食べものを待つばつかり」

今年のお正月もお隣りのラヂオ
ひそかに蓄音機かけてしぐれる

日記に「蓄音機も、どの家庭にもある」。そしてこんな句も。「自動車も輪飾かざつて走る」。へーぇという感じ。いまは車に正月の輪飾りなど誰もしないが、そういえば、マイカー時代が到来した昭和四十年代、輪飾りをしてふるさとへと向から車の列が見られたものである。山頭火の句は世相を映す鏡でもある。

詫《わび》手紙かいてさうして風呂へゆく

正月二日夕、山頭火はぶらぶら新市街の雑踏を歩き、句友木藪馬酔木を訪ね、馳走になり、だいぶ遅くなって年賀状が来ていないかとサキノの店に寄る。彼女の機嫌が悪いところに酔ったまぎれに言わなくていいことを言って、とうとう喧嘩に。

「あゝ何といふ腐れ縁」と日記に書いているが、翌朝、「昨夜はすまなかつた、酔中の放言許して下さい、お互にあんまりムキにならないで、もつとほがらかに、なごやかに、しめやかにつきあはふではありませんか」という趣旨のはがきを出している。

そして垢も煩《わずら》いも洗い流そうと風呂に出かけている。離婚したとはいえ、サキノに相当未練がある。

重いもの負うて夜道を戻つて来た

山頭火は「三八九居」で新年句会をやろうとサキノのもとから火鉢を提げて帰る。下通の「雅楽多」から長六橋を渡り、琴平神社そばの二階の間借り部屋まで歩いて二十分ほどの距離だが、火鉢は重く、どしゃぶりに。途中、でこぼこ道に足を踏みすべらして、下駄の鼻緒が切れた。情けない顔で突っ立っていると、家の中から見ていた老人がすぐに糸と火箸を持って来てくれて、鼻緒を立ててくれた。

その小さな出来事、ちょっとした親切に山頭火は日記に「実人生は観念よりも行動である、社会的革命の理論よりも一挙手一投足の労を吝《おし》まない人情に頭が下る」と書いている。

葉ぼたん畑よい月がのぼる

一月五日、「三八九居」で新年句会。集まったのは石原元寛、木藪馬酔木、蔵田稀也の三人、山頭火を加えても四人。いつもの顔ぶれである。

琴平は植木屋が多く、間借りしている家の前の畑には正月用の葉ぼたんがまだ残っていた。誰もが葉ぼたんを作句した。「遥かに煙突が見えて葉ぼたん畑」という句に「それは実景そのままである」と「三八九居だより」に書いている。遥かに見えた煙突は大江にあった長野製糸の工場の煙突であろう。句会を終え、熊本駅から駅弁を買ってきて、晩餐《ばんさん》会。

だいぶ酔って街へ出て、またサキノの店に。「やつぱり逢ひたくなる、男と女、私と彼女との交渉ほど妙なものはない」

送つてくれたあたゝかさを着て出る

一月七日、七草かゆ。山頭火は米を倹約しようと二日に一回はかゆを食べているが、とうとう餅も尽き、米もなくなり、朝はお茶だけですました。午後は屑うどんを少しばかり買って食べた。夜は蜜柑《みかん》の残りを食べ、「お茶がやつぱり一等うまい」

翌日、郷里の妹シヅから小包が届く。着物が入っていて、お金も。「あゝ何といふ肉縁のあたゝかさだらう！」。さっそくその着物を着て、そのお金で買い物をして歩く。米一升十六銭。農家のことを思えば、「安すぎる、粒々辛苦、そして損々不足などゝ考へざるをえないではないか」

街で見かけたのか「吹いても吹いても飴が売れない鮮人の笛かよ」。居酒屋でどぶろくを飲んでいる。毎日、はがきや手紙を書いており、「通信費には困る」

尿する月かくす雲のはやさよ

山頭火が起きてすぐ前の畑に尿して道を横切ろうとしたところに、まごまごと走る自転車がやってきた。お巡りさんで、「そこへ小便してはいかんぢやないか」と説諭して去った。

山頭火は立ち小便を好んだ。熊本に移り住み、一、二年のころ、公会堂での短歌会を終えて帰るとき、若い短歌仲間と並んで排尿行為をしたが、当時は、いまよりもずっとうるさかった。街のあちこちに公衆トイレがあり、し尿は入札され、農家に肥料として引き取られていたからだ。市にとっては財源となった。

のちに山口県小郡に庵を結び、野菜づくりもするが、その畑に野壺が埋められていて、大事な肥料として溜めることになった。

また降りだしてひとりである

起きると、そのままで木炭と豆腐を買いに行く。久しぶりに豆腐を味わい、「やつぱり豆腐はうまい」と日記に。道を歩いていると、「お正月」の童謡を母子《おやこ》で歌っている。憂鬱になり、二、三杯ひっかけ、その勢いでサキノの店に出かけ、こたつを借りるが、「酒くさい」と叱られた。琴平町の貸し間「三八九居」に帰り、「帰家穏坐とはいへないが、たしかに帰庵閑坐だ」。昨夜も今夜も鶏が鳴きだすまで眠れない。不眠症でもあったのだろう。

隣室は独身者らが借りていて、「雪空、いつまでも女の話で」。階下は夫婦が住んでおり、「夜ふけてさみしい夫婦喧嘩だ」。「縫うてくれるものがないほころび縫つてゐる」。山頭火の手にかかるとすべて俳句に。

おみくじひいてかへるぬかるみ

一月十日、熊本地方は寒波に襲われ、積雪となった。「近来にない寒さだつた。寒が一時に押し寄せたやうだつた、手拭も葱《ねぎ》も御飯も凍つた、窓から吹雪が吹き込んで閉口した」

ありがたいことにこたつがあり、粕汁もあった。朝湯に出かけ、朝酒。「勿体ないなあ」と山頭火。

その日は金毘羅さんの初縁日。借りていた部屋は琴平神社の西裏手にあり、お詣りの老若男女が前の街道をぞろぞろと通る。「信仰は寒さにもめげないのが尊い」。二本木遊郭の娼妓らの信仰も集め、白川に架かった世安橋を渡り、女たちが集団をなして参詣に来たという。

ヤスかヤスかサムかサムか雪雪

一月十日の雪の日、「ふれ売一句」とある。琴平の間借り部屋「三八九居」で布団にくるまり、ふれ歩く行商の声を聞きながら、詠んだのだろうが、私にはこんな光景も浮かぶ。

新市街の電気館の向かいに大衆食堂「ヤスカバー」があった。トルコ帽にひげ面、厚子《あつし》の仕事着に前掛けをした主人が鐘を鳴らし、「ヤスカ、ヤスカ」と呼び込みをしている。新聞にも「安く売るのはおいらが病ひ、いきのきれなきやなおらせぬ」と広告を出している。その前を通りかかると、夜空から雪が降ってきて、雪、雪、雪、寒か、寒か…。どこかで飲みたいが、懐は寂しい。サキノのところに寄ろうか、それとも琴平の部屋に帰り、布団にくるまって寝るか。山頭火版「夫婦善哉」の世界である。

かあいらしい雪兎が解けます

一月十一日。「曇つて晴れる、雪の後のなごやかさ」とある。いつものように、ご飯を炊いて、そして汁鍋をかけておいて銭湯へ。その帰りにでも見かけたのだろうか。

そういえば、私にも母が大雪の朝、雪兎をこさえてくれた思い出がある。ザルに雪を集めて兎のかたちを作り、赤い目は南天の実、耳は南天の葉。種田家でもそんなことがあったのではないか。幼い息子のためにサキノが雪兎を作り、それをドテラ姿で懐手をして、眺めている父親の山頭火。この句にはそんなやさしい視線が感じられる。

熊本に来て最初の冬の句に——。

雪をよろこぶ児らにふる雪うつくしき

あるだけのものを着てあたたかくしている。

雪もよひ、飯が焦げついた

一月十三日、荒尾の中村苦味生から「方向転換」の手紙がきた。プロレタリア俳句が一世を風靡《ふうび》し、炭鉱労働者として社会の矛盾を痛感する苦味生としてはやむにやまれない決断だった。山頭火は苦味生の気持ちがわかるだけに「お互に、生きる上に於て、真面目であるならば、人間と人間とのまじはりをつゞけてゆける、めい／＼嘘のない道を辿りませう」という意味の返事を出した。

「層雲」のなかで絶大な人気があった山頭火だが、プロレタリア俳句の台頭で、「かかる逃避をあえてする山頭火は灰色ブルジュアの幽霊だ」と「俳句前衛」を創刊した横山林二は書いてのけた。苦味生は歌誌「まるめろ」に参加するが、その後も山頭火との関係は続く。

霙《みぞれ》ふるポストへ投げこんだ無心状

十三日の午後、山頭火は会員制の俳誌「三八九」発刊の趣意書を蔚山町《うるさんまち》の黎明社に持ち込んでいる。原稿のまま、ガリ版のヤスリと鉄筆を借りて自ら切ったのかはわからないが、そこは謄写刷り専門の店。主人が留守で、その弟子を説いて摺り上げた。それを持って元寛のもとへ駆け付けて、あちこちの句友に郵送した。

趣意書には「山頭火翁は長らく旅から旅へと行乞流転してゐられましたが、このたびいよいよ熊本に旅の草鞋を脱がれることになりました。つきましては、翁の日々の米と塩とを備へる意味に於て…」とあり、久保白船、石原元寛、木村緑平の連名となっている。元寛が書いてくれたのであろうが、山頭火本人も「私を解し私を愛して下さる方々の御援助をひたすら願ひます」と添えており、会費制でこの趣意書は、無心状と言えなくもない。

一把一銭の根深汁です

根深葱は葉鞘部が白くて長いものを指す。葱の基部に土寄せして栽培し、軟白にすると広辞苑にもある。だし汁に根深葱のぶつ切りを煮て、みそを溶き入れれば、出来上がり。きわめて簡便かつ安価な冬の味覚。

池波正太郎の時代小説『剣客商売』などにも登場する。池波によると胡麻油や鶏の皮少々など少量の油分を加えるといっそううまくなるという。

芭蕉や蕪村など多くの俳人に詠まれてきたが、山頭火の句はいかにも簡便で、生活の味がする。ほかに「雪の日の葱一把」。また「ホウレン草の一把一銭ありがたや」。男の台所ではないが、今夜あたり根深汁でも作ってみるとするか。

子のために画《か》いてゐるのは鬼らしい

熊本に戻って一ヵ月を迎えた一月十五日夜、山頭火は句友木藪馬酔木の家を訪ね、ポートワインをよばれる。この日、家主から部屋代前払いの催促を受けていた。さすがに馬酔木には言いだせない。

サキノを訪ねると、珍しく機嫌がよく、店の奥で新聞を読みながら、お金のことを切り出す時を待った。そこに地震が来て、大きく揺れた。揺れがおさまり、ほっと顔を見合わす。彼女に話すと、初めての無心を快く聞いてくれた。ありがたかった。同時にいろいろ相談も受けた。

逓信局に勤める馬酔木は人柄がよく、家庭でもいい夫、いい父親だった。掲句の鬼の絵は節分の面か。

星があつて男と女

一月十六日。曇、やがて晴、暖かかった。午後散歩、春菊を買って帰る。夜も散歩。誘惑に負けて濁酒、焼酎各一杯。唐人町、新市街、どこを歩いてもいまでいうセールス品ばかり。

デパートのてつぺんの憂鬱から下りる

サキノのもとに訪ねている。以下、日記。

「……へんてこな一夜だつた、……酔うて彼女を訪ねた、……そして、とう／＼花園、ぢやない、野菜畑の墻《かき》を踰《こ》えてしまつた、今まで踰えないですんだのに、しかし早晩、踰える墻、踰えずにはすまされない墻だつたが、……もう仕方がない、踰えた責任を持つより外はない……それにしても女はやつぱり弱かつた」

ぬかるみをきてぬかるみをかへる

サキノのもとで一夜を過ごした山頭火は「雅楽多」を出て、新町にまわり、「くすり湯」に入ってコダワリを洗い流す。そして一杯ひっかけて琴平の三八九居に戻り、ぐっすり寝る。暖かい日だったが、「私の身心は何となく寒かつた」

なぜ、そんなにこだわるのか。彼女のもとに帰ってやればいいではないか、と常人の私などは思うのだが、彼のこだわりは別なところ、生き方にあり、文学にとりつかれた業が感じられる。それでいながら、人一倍さびしんぼうであった。

「今日は一句も出来なかつた、心持が逼迫してゐては句の出来ないのが本当だ、退一歩して、回光返照の境地に入らなければ、私の句は生れない」

ということで、掲句は別な日の句。

日向ぼつこする猫も親子

小正月も過ぎ、好天気が続いている。「朝湯の人々、すなはち、有閑階級の有閑老人もおもしろい、寒い温かい、あゝあゝあゝの欠伸」。湯銭は三銭。三銭の幸福。山頭火もはた目には有閑老人？　濁酒を飲む、ホウレン草を買う。

「元寛さんを訪ねて、また厚意に触れた、馬酔木さんに逢うて人間のよさに触れた」

餅をもらったのか、「餅二つ、けふのいのち」。ルンペンを見かけ、「うらゝかにいたづらに唄うて乞うてゐる」とひとごとのように。街角の易者には「巷に立つて運命を説いている髯」。花畑町の歩兵第二十三連隊跡地ではまだ有田洋行会のサーカス興行がやっていて、「さぞ寒からう象にもフトンがない」「しきりに鼻をふる象に何かやれ」「君ケ代吹いてオットセイは何ともない」

寒ン空、別れなければならない

一月二十三日、日銀熊本支店の蔵田稀也が急に岡山支店長に栄転となり、夜は石原元寛宅で木藪馬酔木と四人で送別句会を開いた。山頭火が三人に用意した記念品は郷土民芸品、イチモツを抱えた愛敬たっぷりの素焼きの木葉猿《このは》。絵はがき屋の雅楽多で土産品として扱っていたのだろう。「酔うて別れて思ひ残すことなし、よい別れだつた」と山頭火は日記に書いている。

後年、稀也が大山澄太の「大耕」に寄稿した文章がある。夏の蒸し暑い日の午前十一時ころ、雅楽多に訪ねて行ったら、山頭火はいま起きたところで、サキノが「あれですよ、あれですからね」と言った。店の次の間に蚊帳がまだ吊ってあり、敷布団に脱糞していた。「あれではね」と稀也はサキノに同情的だった。

ぬかるみ、こゝろ触れあうてゆく

一月二十四日。「うらゝかだつた、うらゝかでないのは私と彼女との仲だつた」と日記に。「米の安さ、野菜の安さ、人間の生命も安くなつたらしい」。昭和恐慌のどん底で、東北では「娘売ります」の張り紙も。しかし、山頭火はどこか暢気《のんき》だ。「朝湯のこゝろよさ、それを二重にする朝酒のうまさ」

翌日、岡山に栄転する日銀の蔵田稀也を見送りに熊本駅まで出かけたが、見いだせず、新聞を読んで帰ってくると、木藪馬酔木が来訪。石原元寛もやって来て、うどんを食べ、同道して出かけ、ようやくガリ版の鑢《やすり》板を買ってもらい、「今夜もまた元寛君のホントウのシンセツに触れた」

握りしめるその手のヒビだらけ

一月二十六日。雨、終日終夜、会誌「三八九」の原紙に向かい、鉄筆を走らせる。

　いちにちいちりんの水仙ひらく

二十八日、「ありがたい手紙が来た、来た、来た」。そしてやっと謄写刷りが出来た。元寛宅を訪ねて喜んでもらう。納本、発送、うれしい忙しさ。入浴してたばこを買う。一杯ひっかける。「生きるとは味ふことだ、物そのものを味ふとき生き甲斐を感じる、味ふことの出来ないのが不幸の人だ」。商店の主人となり、店番をするより、自らガリを切り、仲間を募り、自由律俳句という創造活動に携わる、これこそが生きるということだ。

鰯三百匁《もんめ》十銭、十四尾あり、一尾が七厘の計算。「何と安い、そして何と肥えた鰯だらう」。デフレがひどいが、文無しにはありがたい。

犬を洗つてやる爺さん婆さんの日向

間借り先の琴平界隈で見かけた光景だろう。昭和六年の一月は寒波に襲われたが、月末は暖かく、すっかり春の陽気になった。

夕方、「三八九」第一集を持って米屋町の友枝寥平を訪ねる。同誌の一人一句に寥平の名で「寒い角いくつも曲つて戻る」、本名の伴蔵の名で「母は私のもの、私は母のもの」と前書して「雪つもる夜の母は縫うてゐる」

老舗薬舗の主人だ。誘われ、蕎麦屋に行ったら、なぜかそこは「エロ味ぷん〳〵」で一日本店で飲み直す。一日本店とは、二本木の一日亭のことだと思われる。女将の三浦じんは侠気の持ち主で、孫文らの中国革命に尽力した宮崎滔天も頼ったことがあったという。寥平にタクシーで送られて帰った。

一杯やりたい夕焼空

寥平のおごりで豪遊した山頭火は翌日、「宿酔日和《ふつかよい》」に。サキノのもとに出かけ、厄介になる。当然のごとく「不平をいはれ、小言をいたゞく、仕方ない」

夜は春竹の「茂森さん」を訪ね、友情にあまやかされる。なんと甘ったれの山頭火だろう。それを正直に書いているのも彼らしい。そして「やつぱり独りがよい」とは…。隣室の若者に「袋貼り貼り若さを逃がす」と〝忠告句〟も。

そして二月を迎える。「三八九」第一集を発送し終え、ほっとし、心も身も軽い。

荒尾の中村苦味生から送金されてきて、「真情」に触れる。たんぽぽが咲いており、夕焼空に一杯やりたい気分。夜はおぼろ月が美しかった。

このみちや
いくたりゆきし
われはけふゆく

数えの五十歳、知命の年を迎えた山頭火は、会誌「三八九」第一集で「私を語る」と題し、「袈裟《けさ》のかげに隠れる、嘘の経文を読む、貰いの技巧を弄する、応供の資格なくして供養を受ける苦悩に耐えきれなくなった」と明かしている。

「本来の愚に帰れ、そしてその愚を守れ」と自らを叱咤する山頭火だが、わがままな二つの願いを持っている。一つは好きなものを好きといい、嫌いなものは嫌いといいたい。やりたいことをやって、したくないことはしない。二つ目は「コロリ死にたい」

この三行の句は、一九六〇年代末、流行った日本のフォークどこか似ていると思いませんか。

重荷おもくて唄うたふ

山頭火の後援会である三八九会の会誌「三八九」は月一回発行で、会費は月額三十銭。特別会友は五十銭。謄写判刷菊版二十ページ内外。「其《その》存在理由の重点を句作の研究よりも会友相互の親睦に置きます」と。山頭火は米一升十六銭で買っており、会費は安くはない。

そのことは彼自身、分かっていて、付録に古俳諧の謄写版刷十数ページ内外を添えると約束しているが、果たせなかった。とはいえ、一人で二十ページほどをこつこつ鉄筆でガリを切って、謄写印刷の店に持ち込む。ただのぐうたら人間にはとても出来ず、責任もかかってくる。掲句は同誌に発表した句で、街角での光景だろうが、自分の心情も重ねている。

凩《こがらし》、書きつゞけてゐる

「三八九」第一集に加わった会友に詩人吉村光二郎がいる。少年のころから俳句をやり、大正六年、山頭火が九州新聞に持っていた投句欄「白光句会鈔」にも銀二の俳号で投じている。

「先日一週間あまりは零下何度といふ極寒でしたが、また此頃は山の生活もあたたかく暮らしよくなつてゐます」という消息を添えて、「チエーンかけた雪の自動車」の句を寄せている。光二郎は熊本県土木部の職員で、小国の現場にいたころだろうと思われる。子息の滋は小説を書き、「父と子」で熊日文学賞。

免田の病床にある川津寸鶏頭から「我ながら情けないほど弱りました。秋までは到底駄目です」という悲痛な消息も。それを鉄筆で書き写す山頭火の目にも涙…。

豆腐屋の笛で夕餉《ゆうげ》にする

二月二日、山頭火は風邪気味だが、お金が入り、まず米を買い、醤油も買った。「更けてやつと出来た御飯が半熟」。よく眠られ、朝の快さ。「生きるも死ぬるも仏の心、ゆくもかへるも仏の心」と日記に書いた。

妙に暖かく、「寒の春」という造語も必要だと。馬酔木宅を訪ねてビールを馳走になる。「子供はお宝、オタカラ〳〵」とあやしている。

節分の四日は「ひとりで、しづかで、きらくで」。そして五日、まだ雨が降っており、春雨のような風情。毎日、うれしい手紙が来る。「雨風の一人、泥濘の一人、幸福の一人、寂静の一人だつた」。おみくじをひいたら、凶だった。

この日でもって「三八九日記」は終わっている。何があったのか。

ひとりの火をおこす

昭和五年九月九日に始まる「行乞記」は師走の十五日、熊本に戻っても書き続け、琴平に〝寝床〟を得た翌日の二十八日からは「三八九日記」と名を改めるが、翌六年二月五日で終えている。

山頭火に何があったのか。何も起きておらず、二月六日、木村緑平に「三八九会はおかげでうまくゆきさうです」とはがきを出している。会友の数も三十五、六人。まだ十人ばかりの入会の可能性があるが、「あまり多くなっても困ります、手数がうるさい」と。毎日ガリ版を切ったり、はがきを書いたり、会誌を郵送したりで、日記を整理する余裕などなくなったのだろう。

掲句は日記の最後に記されており、緑平へのはがきにも添えている。火吹き竹を吹いている姿が浮かんでくる。

あるだけの米を炊いて置く

「私は長いあいだ漬物の味を知らなかつた。やうやく近頃になつて漬物はうまいなあとしみ〴〵味うてゐる」と山頭火は「三八九」第2集「扉の言葉」に書いている。

清新そのものの白菜の塩漬、鼈甲《べっこう》のような大根の味噌漬、辛子菜の香味、茄子の色彩、胡瓜の快活、糸菜の優美…。粕漬の濃厚よりも浅漬の淡白を好む。それもおいしくご飯が炊けてのことだろうが、「よい女房は亭主の膳にうまい漬物を絶やさない。私は断言しよう、まづい漬物を食べさせる彼女は必らずよくない細君だ！」。誰のことを言っているのか。

「漬物と俳句との間には一味相通ずるところの或る物がある」とも。

春が来た窓をあけろ

昭和六年二月八日、山頭火はカメラを提げた石原元寛と近郊探訪。

花岡山をめぐり、「日本一酒呑の碑」を見る。明治十年ころ、その男はいつも酔っ払って飴を売ってまわっていたという。「飲んだくれの心理は飲んだくれでないと解らない」と満腔《まんこう》の同情と敬意を表しているところを元寛がパチリ。

金峰山のほうへ向かうと梅もちらりほらりと咲いている。藪椿も…。宮本武蔵の座禅石が残る谷尾崎は隠棲するによさそうな場所だ。「あのあたりに草葺の一室が欲しいですな。第一に安全第一ですよ、エロもグロもプロもブルもありません」「なるほど、なるほど」と言ったところをまたパチリ。この日の句も写真も残っていない。掲句は「三八九」第三集から。

いこへば梅の香のある

花岡山と万日山には、それぞれ変わった坊さんが独居していた。花岡山には浄土宗の曇映さんが畑を耕しながら。万日山には沢木興道が果樹園の中の別荘を借りて。のちに駒沢大に迎えられ、「昭和の禅者」として有名になる沢木は楠木町（中央街）で五高生らを相手に禅道場「大徹堂」を開いていた時期がある。

木村緑平へのはがきでは、一年前の昭和五年一月十二日の半日、石原元寛、木藪馬酔木と連れ立って花岡山へ登り、曇映和尚を訪ね、万日山の別荘ものぞいている。もう梅が咲いていた。沢木は留守がちで会えなかったかもしれないが、曇映和尚の独居暮らしは、その後の山頭火の参考になったのでは…。掲句は大正十五年行乞途上作。

嵐、嵐、嵐、一切を吹きまくり

山頭火は「久しぶりに、ほんとうに久しぶりに活動写真を見た」と「三八九」第二集（昭和六年三月五日発行）に書いている。見たのはソ連映画『アジアの嵐』。

「予期したやうによかつた。監督プドフキン、主役に扮したイニキシーフ、彼等の熱と力とは私にもしつかりと感じられた。最後の場面は殊によかつた。嵐、嵐、嵐、一切を吹きまくり吹きとばさずにはゐない嵐だつた」

新市街の世界館で上映。「吠えろ蒙古、起てアジア」と新聞広告に。「雅楽多」では、映画スターのブロマイドを売っており、「キネマ旬報」の特約店でもあった。サキノから招待券をもらい、出かけたのだろうか。句が見つからないので文章から。

逢ふまへのたんぽゝ咲いてゐる

南阿蘇に白石黙忍禱という年若い俳人がいた。本名基《はじめ》、のちの忍冬花。「三八九」第一集を受け取り、「昨日、ふか〳〵と風に吹かれてゆく小さな一粒の草の實をひろうてきました。この一粒の草の實に佛の命はあるのだと思ひました」と消息を寄せている。

三八九居にも訪ねており、「茶碗も鍋もそこにあつて南無観世音」と作句。「三四月暖かになりましたら、（南阿蘇の）羅漢さんや清水寺へ元寛さんとお出で下さい。（略）野ッ原のまんなかでお酒も飲みませう、鳥の聲を聞きながら」。結局それは果たせなかったが…。清水寺は望月義庵が少年期、修行した名刹。掲句は「三八九」第一集を発送した二月一日の句。

行き暮れて水の音ある

会誌「三八九」に会友山中重雄の名が見える。熊本在住。第一集に寄せらた句の互選では「それでよいわたしで眠れない」が四点の高得点に。その上の五点句は掲句としてあげた山頭火の句だ。

第二集互選結果では重雄の「ねてみてもやせた手をこする」が三点。「もう春の雨ふる病んでゐる」が二点句。山頭火は「ねてみても」をすぐれた句と認めながら、若さを要求する。「それは無理な要求ではない、いや正当な要求であると思ふ」。山頭火らしい優しい励ましの言葉だ。

重雄は山中紫陽花という名で、昭和十五年から十七年にかけ荒木精之の「日本談義」にも新傾向の句を発表しているが、どういう人物だろう。

涸《か》れきつた川を渡る

昭和六年三月八日、鎌倉で「層雲」の萩原井泉水らが山頭火の句を論じた。それが「三八九」第三集に収載されている。

まず掲句について。山頭火をよく知る原農平は「山頭火君のほがらかな人柄がそのまま句になつている」。井泉水は「山頭火を知つているものにはすぐ共鳴できても知らぬものには響かないのでは困る」としながらも「川を渡りつつ、そこに感慨を覚えたからこそ句としたに違いない。つまり作者は、その大自然の鏡にうつる自分の姿をはつきり見出した」と。

「一つの自画像として自分を描いたものだといつていい」とまで師に持ち持ち上げられ、自信家の山頭火もうれしかっただろう。

笠も漏りだしたか

前回に続き、山頭火の句をめぐる座談会から。

「雨だれの音も年とつた」を「すばらしく老巧な句だ」と井手逸郎。「上手過ぎはしないだろうか」という声に井泉水は「上手過ぎるといふならば、この『も』の字だ。この『も』一つで、ぐつとしなつてそこに千鈞《せんきん》のものを支へる力を出してゐる、そこがこの句の中心となつてゐる」

さらに「笠も漏りだしたか」を「僅かに九字だけれども、それで山頭火といふ人の全体的の気持といふものが云ひつくされてゐる。これに比較されるのは」として尾崎放哉の「咳をしてもひとり」を井泉水はあげる。

放哉亡き後、山頭火は「層雲」きってのスターとなっていた。

花に水やる私もよばれる

ある日、うかうかと花畑に入った。サイネリア、シクラメン、フリージア、ヒヤシンス等々。二鉢、三鉢買うともなく買った。濃紫のサイネリアはAさんに、パパさんだから。深紅のそれはGさんに、独身だから。そうして雛菊の一鉢は自分に。

あんたにあげる花に水やる

嫌になるときは何もかも嫌になる。あれだけ好きな酒盃を手にすることすら嫌になる。そういう日の二句、三句。

腹立たしい火をふく

心おさへて爪をきる

どんより曇って、風も吹かない日はまた困る。窓をあけて眺めると、「なやましい空の飛行機だ」。「三八九」第三集から。

水もさみしい顔を洗ふ

三月十五日夕、酒井仙酔楼が伏見からやって来て、二十数年ぶりの再会。

髯も隠しきれない笑顔だつた

お城、水前寺と引っ張りまわし、動物園では動物のように食べ、寝転んだ。水前寺の水は美しいが、道路の埃には困ると長髭をしごいた。

十六日夜、元寛宅で歓迎句会。いつもの顔ぶれで、山頭火一人で飲んで酔って何が何やらわからなくなってしまう。

また水にもどつたあふれる水　　仙酔楼
椿咲いて私が通る　　馬酔木
春風の羅漢の顔をなでる　　元寛

そして山頭火の掲句。「かうして逢うて、かうして別れる、それが人生だ」

たまたま逢へた顔が泣き笑うてゐる

「三八九」を出し始めた山頭火はいきいきとしている。緑平へのはがきに見て取れる。三月十九日、秋田鉱業専門学校の息子、健が春休みで帰って来て、顔を会わせ、その喜びを句にしてはがきに添えている。久保白船から書留も来て、「あなたからもお礼を申上げて下さい」と緑平に。

第三集は井泉水らによる座談会「山頭火を語る」が加わり、ページ数も増えた。山頭火ひとりでガリを切るわけだから発行がずれた。桜も満開。いい陽気に。四月七日、秋田へ帰っていく息子を駅まで見送った。「今月は三八九を早く発行して御地方を行脚しますつもり、だいぶ停滞してゐたので垢がたまりましたよ」と。

暗い窓から太陽をさがす

昭和六年四月十九日付の九州日日新聞の記事。

「十七日夜十時ごろ熊本市城見町《しろみまち》料亭大和屋に市内琴平町種田耕畝（四七）と自称する男が訪れ二階の客間で芸妓をあげ散財したあげく勘定を請求されると現金の持合せがないから乾児《こぶん》をすぐ支払ひに遣はすからと言葉巧みに欺きて自動車を呼ばせ呆気にとられてゐる仲居らを尻目にかけ悠々と逃走した訴へにより北署で犯人厳探中」

城見町なら「雅楽多」はすぐそばだが、向かったのは新屋敷の石原元寛の家だったようで、すぐには金の工面が出来ず、熊本北署に留置され、検察に回されることになってしまった。九州新聞は記事にはしていない。

裁かれる日の椎の花ふる

四月二十七日、木村緑平へのはがき。

「御無沙汰いたしました、私もとう／＼突き当るべきものに突き当り、落ちるところまで落ちました（略）、これからはいよいよ本来の愚にかへり、本来の愚を発揮します、ヒトリとなつてベンキヨウいたしませう、三八九やれるだけやりますから御懸念なきように」

石原元寛が緑平に宛てた手紙には「小さい一つの悲喜劇に過ぎないと信じます。（略）畳のない生活であつたので痔が悪くなつて困つてをられるそうで…」

新聞ザタになり、ここまで世間に恥をかかされたら、サキノも笑いごとでは済まされない。息子の将来にも傷がつく。しかし、後始末をするのは彼女しかいない。

結局、「三八九」は第三集で休刊となる。

何もかもメチヤクチヤになつた梅雨

無銭飲食事件を起こした山頭火のその後はどうだったか。五月五日、木村緑平へのはがき。「暗い窓から太陽をさがす」の句に続き、「ひきつゞいて痔——脱肛が悪くなり、やうやく昨日今日、三八九編輯《へんしゅう》です、申訳ありません。蒔《ま》いたものは刈らなければなりません」

六月十三日、山頭火から緑平に。「お詫もお礼も何も彼もメチヤクチヤです、一度お目にかゝりたいと念じてをります」。住所は下通町一丁目一一七雅楽多方となっており、三八九居は引き揚げたのだろう。六月二十一日のはがきには掲句が。そして二十九日、「今日は逓信局へ出張販売に出かけます、四面不景気の声、それに囲まれては多少何とかしてやらずにはゐられません、家庭復帰?!」

第三章　安住の庵を求めて

8　熊本よ、サラバ

星へおわかれの息を吐く

無銭飲食で新聞ザタとなった山頭火は八ヵ月後の昭和六年十二月二十二日、再び旅に出た。自筆ノートには三百余日にわたって空白があり、「行乞記　九州地方」として再び、日記を書きだす。「私はまた草鞋を穿かなければならなくなりました、旅から旅へ旅しつゞける外ない私でありました」と句友らにはがきを出したとある。

熊本駅から植木で下車。山鹿温泉まで軽便の切符を買うが、味取で途中下車し、「HさんGさんを訪ねる、いつもかはらぬ人々のなさけが身にしみた」。Hさんとは星子太平のことであろう。味取観音時代、山頭火ともっとも親しく、山頭火も貰い湯に行っていた。このころ、星子光という歌人の作が九州新聞によく登場する。確証はないが、光が太平の号だとすれば、太平は山頭火を文学の師として接していたのではないか。その夜、星子宅に泊まり、堂守をした観音堂の明けの鐘が鳴るまで、山頭火は寝つけなかった。

ふるさとを去る今朝の鬚を剃る

味取から九時発の軽便、鹿本鉄道で山鹿に。二時間ばかり行乞。一年ぶりの行乞で調子が出ない。ひょっこり知人に会う。うどんをご馳走になり、お布施をいただく。芝居小屋の八千代座の看板も見上げたであろう。味取観音の堂守のころも托鉢で山鹿温泉に来ていたのではないか。柳川屋に投宿。

「一杯ひつかけて入浴。同宿の女テキヤさんはなか／＼面白い人柄だつた、いろ／＼話し合つてゐるうちに、私もいよ／＼世間師になつたわいと痛感した」

掲句は山鹿から木村緑平に宛てたはがきにある。日記には「ずんぶり浸るふる郷の温泉《ゆ》で」という句があり、熊本は第二のふるさとであった。

翌朝八時過ぎて出立。途中ところどころ行乞しつつ、ようやく県境を越える。

うしろ姿のしぐれてゆくか

福岡との県境、小栗峠を八女のほうでは「山中峠」という。五木寛之氏に私は「そういわなかった？」と尋ねられた。北朝鮮で小学校長をされた五木氏の父君は引き揚げ後、短い期間だが、この峠で車の運転手相手に店を開いていたという。

小栗峠の先は八女。福島町の中尾屋に泊まるが、その夜は雪だった、と「行乞記」にある。福島から久留米に向かう道すがら、山の雪がきらきら光って旅人を寂しがらせ、思いだしたように霙《みぞれ》が降ったと…。「自嘲」と前書したこの句の碑が八女市中央公園にある。

しぐれてゆく小栗峠を越え、サキノのいる熊本を去って行く山頭火のうしろ姿が映画のフェイド・アウトのように消えて行く。

旅から旅へ山山の雪

福島町（八女市）で同宿となったお坊さん、籠屋のおかみさん、周旋屋さん、女の浪花節語りさん、みんなとりどりに人間味たっぷり。久留米の宿では火鉢を囲んで与太話に興じる。痴話げんかやら酔っ払いやら、いやはや賑やかなこと。

二日市（筑紫野市）の宿で床を並べた遍路さんから神戸のこと、大阪のこと、京都のこと、名古屋のことなどを教えられる。「いゝ人だつた、彼は私の『忘れられない人々』の一人となつた」

山頭火は旅先で一度ならず「忘れられない人々」に出あうが、これは国木田独歩の小品『忘れえぬ人々』にちなんだ言葉であろう。独歩は千葉県の生まれだが、山口中学に学んでおり、山頭火の先輩に当たる。

大樟も私も犬もしぐれつゝ

寒い中での行乞は辛い。時どき憂鬱になった。「こんなことでどうすると、自分で自分を叱るけれど、どうしようもない身心となつてしまつた」ともう弱音を吐いている。「毎日赤字が続いた、もう明日一日の生命だ、乞食して存《なが》らへるか、舌を噛んで地獄へ行くか」

大宰府の市街を九時から三時まで行乞。「赤字がそうさせたのだ、随つて行乞相のよくないのはやむをえない、職業的だから」。太宰府天満宮の印象は樟の老樹ぐらい。さんざん雨に濡れて参拝して二日市の宿に戻る。宿では娘さんや近所の若衆らも集まって歌かるたをしていた。

「太宰府三句」として掲句などしぐれの句を作っており、「うしろ姿のしぐれてゆくか」はここで浮かんだ句であろうか。

幼い靨《えくぼ》で話しかけるよ

太宰府から博多に汽車で。三宅酒壺洞宅泊。酒壺洞は市役所勤めだが、酒屋の若旦那でもある。「今夜はよく飲んだ、自分でも呆れるほどだつた、しかし酔つたいきほひで書きまくつた、酒君はよく飲ませてもくれるけれど、よく書かせもする」

山頭火の句は「層雲」同人らに人気があり、酒壺洞は旅費の足しにと思って句を揮毫させたのだろう。若山牧水も大正十四年、雑誌の資金稼ぎに九州に揮毫旅行に来ている。

そうした気遣いを知ってか知らずか、山頭火本人は「この旅で、私は身心共に一切を清算しなければならない。そして老慈師の垂誨《すいかい》のやうに、正直と横着とが自由自在に使へるやうにならなければならない」と。

酒壺洞の幼子にとろけるような山頭火の笑顔が…。

越えてゆく山また山は冬の山

二日市温泉に戻り、一泊した山頭火は地下足袋を履いて筑豊へと急ぐ。徒歩七里。「冷水峠は長かつた」。山家、内野、長尾を行乞。「久しぶりに山路を歩いたので身心がさつぱりした」

筑豊線長尾（現桂川）駅前の後藤屋に投宿。豆田炭坑の湯に入れてもらう。「山の中はいゝなあ、水の音も、枯草の色も、小鳥の声も何も彼も。――このあたりはもうさすがに炭坑町らしい」。夫婦で、子供と犬とみんな一緒に車を引っ張って行商をしているのを見て、「おもしろいなあ」

翌日は大晦日。飯塚町を行乞。暖かい。宿に戻る。おだやかに沈みゆく太陽を見送りながら、自然に手を合わす。

ラヂオでつながつて故郷の唄

昭和七年元日を現桂川町の後藤屋で迎える。雑煮も食べた。中年で、木葉猿を思い出す。宿の子にお年玉を与え、鯉一尾を家の人々におごり、財布には五厘銅貨ばかり。

二日は糸田の木村緑平に会える。よろこびで身心を軽くする。天道町を行乞し、飯塚町を横切り、鳥尾峠を越えて、午後三時にはもう冬木の坂の上の玄関に草鞋を脱いでいた。同地方は旧暦で正月を祝う。ところどころしめ縄が張られ、国旗がひらひらするだけだが、緑平宅での山頭火はすつかり正月気分だ。

三日も終日閑談、酒あり句あり、ラジオもあって申し分なし。九州の中央局ＪＯＧＫからの放送だったら、肥後の手まり唄「あんたがたどこさ」、それとも「おてもやん」？

遠く近く波音のしぐれてくる

木村緑平のもとでなごやかな正月気分を味わった山頭火は、四日、歩きだすが、朝酒に酔っぱらって、いちに ち土手に寝そべってしまう。風があたたかく、気ものびのびに。金田町（田川郡福智町）に泊まり、翌日、歩いて歩いて赤間町（宗像市）に。翌日、赤間、東郷町を行乞。川に沿って進み、宗像神社へ参拝。

「水といつしよに歩いてゐさへすれば、おのづから神《こうの》湊《みなと》へ出た、俊和尚を訪ねる、不在、奥さんもお留守、それでもあがりこんで女中さん相手に話してゐるうちに奥さんだけは帰つて来られた、遠慮なく泊る」

海辺の禅寺、呑海山隣船寺（大徳寺派）。住職田代俊は山頭火のよき句友というか、理解者であり、度々草鞋を脱がせてもらう。

鉄鉢の中へも霰《あられ》

雨も降り、足も痛く、神湊（宗像市）の隣船寺に一日休養するが、じっとしておれず住職が戻るまで行乞に出る。昭和七年一月八日、松原は美しく、最も日本的な風景だが、「雪と波しぶきをまともにうけて歩くのは、行脚らしすぎる」と山頭火。そして、山頭火の代表句の一つ「鉄鉢の中へも霰」が生まれた。

凍えた体を温めるのは銭湯に限る。「入浴ほど安くて嬉しいものはない、私はいつも温泉地に隠遁したいと念じてゐる」。ただし銭湯三銭は高い、二銭が妥当ではと山頭火は行乞記に記す。

芦屋町の木賃宿で二人の朝鮮の行商人と一緒に。「老鮮人は風采も態度もすべて朝鮮人的で好きだつた、どうぞ彼の筆が売れるやうに」

暮れて松風の宿に草鞋ぬぐ

昭和七年一月九日、芦屋町から鐘ケ崎へと嫌々行乞。神経痛か右足の関節が痛い。雪、風、不景気。それでも食べて泊まれるだけはいただいた。同宿三人、めいめい勝手なことを話し続け、「政変についても話すのだから愉快」と山頭火。

満州事変が勃発したのは前年九月。民政党による若槻内閣は不拡大方針をとったが、関東軍は満州全土を占領。粉雪が舞う師走の十一日、超党内閣を目指す安達謙蔵内相（熊本出身）が辞任勧告を拒否、内閣不統一により第二次若槻内閣総辞職、十三日、犬養毅内閣が成立する。

それからまだ二十日も経っておらず、これから日本はどうなるのか。景気は、人々の暮らしは――。山頭火ならずとも気になるところだ。

波音の県界を跨ぐ

神湊の隣船寺に戻り、句友である住職田代俊に三日間、歓待される。

一月十五日、山頭火は赤坂（福岡市）から礼状を出している。「あの三日間は一生忘れることの出来ないものとなりました、私はあれから油山参拝、それから雷山拝登、これから肥前路へ入ります」。深江（糸島市）に泊まり、翌十八日は雨あがる。行乞しながらぶらぶら歩く。左は山、右は海、その一筋道を旅人は行く。動きやすい心を恥じ入りながら。松の切り株に腰をかけて一服やっていると、ボテフリ（魚などを担いで売る）の漁婦が通りかかり、乞食僧に「お魚はいりませんか」。親切なのか皮肉なのか、「とにかく旅中の一興」だ。

佐賀県に入り、虹の松原を歩き、浜崎町（唐津市）に投宿する。

初誕生のよいうんこしたとあたゝめてゐる

山頭火は玄海灘に面した浦々の漁村を托鉢して歩いている。

道が分かれて梅が咲いている光景にも出あうが、まだ厳冬。前日の深江（糸島市）では、宿で朝飯を済ますと合羽を着て笠を傾けて雨の中へ飛び出した。山頭火も世間師。雨だ、風だといってじっとしているほど懐に余裕はない。

佐賀県に入ると、天気もよくなり、この句は浜崎町（唐津市）での作。托鉢で訪れた家の縁側で休ませてもらい、見かけた光景だろうか。初誕生の赤子のうんちをほめ、おしめを換え、厚着をさせているのか、産湯に入れているのか。祖父母も取り囲んでいるようにも思える。

松に腰かけて松を観る

浜崎町（唐津市）の宿で門付芸人の若い大黒さんと同宿に。以前、路上で話したことがあり、「世の中は広いやうでも狭い」。浪花節屋でもあり、同宿者の求めに応じて一席うなった。外題は「ジゴマのお清」

一年ぶりに頭を剃った。理髪店の女主人に「ほんたうに久しぶりに頭を剃りました、あなたの頭は剃りよい」と言われた。

浜崎町から虹の松原まで足を延ばす。「領巾振《ひれふり》山は見たゞけで沢山らしかつた。情熱の彼女を想ふ」と素気ないが、「松原の茶店はいゝね、薬罐からは湯気がふいてゐる、娘さんは裁縫してゐる、松風、波音」。石になった佐用姫より生身の茶店の娘さんに温かいものを感じた。

けふのおひるは水ばかり

唐津の町には三泊している。飯塚と同様、その年に市制がしかれたが、「より多く落ちつきを持つてゐるのは城下町だからだらう」

同宿の鍋屋さんに誘われて唐津座に。最初の市会議員選挙の演説会。政談演説というものを聴いたのは初めてというが、五銭の下足代を払って十一時過ぎまで拝聴、「物好きには違ひない」と本人も。身近な選挙で、政党間の対立も激しく、お金を払うほどの娯楽性もあったかも？

その翌日が投票日だが、行乞を済ませ、近松寺にも参拝。唐津藩主らが祀られ、近松門左衛門の遺髪墓も?。少数与党の犬養首相は解散に打って出て、号外の鈴が響く。「唐津といふ街は狭くて長い街だ」

しんじつ玄海の舟が浮いてゐる

唐津郵便局で局留めの郵便物を受け取る。そこには緑平、酒壺洞からのお布施も。陽気に誘われるまま、唐津近郊の佐志まで行乞し、投宿。

「緑平老の肝入、井師の深切、俳友諸君の厚情によって山頭火第一句集が出来上るらしい、それによつて山頭火も立願寺あたりに草庵を結ぶことが出来るだらう、そして行乞によつて米代を、三八九によつて酒代を与へられるだらう、山頭火よ、お前は句に生きるより外ない男だ、句を離れてお前は存在しないのだ！」と行乞記に。

「山頭火第一句集が出来上るらしい」と第三者のように書いているが、もちろん、彼自身の願望であり、草庵を結ぶことも、だ。立願寺は現玉名市。緑平が勤務医を務める三井三池鉱山の奥座敷だ。

朝凪の島を二つおく

波の音、雨の音で佐志の宿で目を覚ます。呼子まで行乞。午後から晴れてきて、大寒とは思えないうららかさ。麦も伸び、豌豆《えんどう》の花が咲く陽気。呼子町での行乞相はよく、所得のほうもそれなりに。

宿もよく、洗濯をする。宿のおかみさんが鰯の刺身を一皿喜捨してくれ、一杯飲んでいると、おばさんが上がってきて、お客の朝鮮人参売りの男と一緒になって家出した孫娘のことを物語った。足が不自由で、嫁に行けないのを苦にしていたといい、どこかでお会いなさったら、あまり心配しないでよいと伝えてほしいと頼まれる。

同宿のテキヤ、トギヤさんが話上手で、猥談や政治談が面白かった。

ゆつくり尿して城あと枯草

小春日和のなか、呼子から発動汽船で名護屋へ渡る。すぐ名護屋城址へ登り、「よかつた」。「石垣ばかり枯草ばかり松ばかり、外に何も残つてゐないのがよい、たゞ見る丘陵の起伏だ、そして一石一瓦こと〴〵く太閤秀吉を思はせる、さすがに規模は太閤らしい」

一ノ丸、二ノ丸、三ノ丸、大手搦手《からめて》等々、外濠は海、内濠は埋まっている。本丸の自然石の記念碑（東郷元帥筆）がふさわしい。「天主台は十五間、その上に立つて、玄海を見遥かして、秀吉の心は波打つたゞらう」

茶店の老人があまりに親切に説明してくれるので絵はがきを一組買った。

城あと、茨の実が赤い

黒髪の長さを汐風にまかし

名護屋城跡を見物後、町で行乞し、発動機船で片島に渡り、行乞。渡し場に急ぎ、船で呼子に戻って来る。名護屋でも片島でも鰯が獲れ、女たちが並んで網から外しては後ろへ投げる。どこも鰯、鰯。鰯臭かった。呼子町の対岸には遊女屋が十余軒、片島にも四、五軒あった。

宿のおかみさんが昨日獲れた鯨の刺身を喜捨してくれた。雨になり、「明日はまた雨中行乞か」と波の音を聞きながら寝た。

昭和四十九年、『寅次郎子守唄』のロケが呼子でなされており、寅さんが宿の布団にくるまって、雨の音を聞いている場面があったように思う。気のいい踊り子役で春川ますみが出ていた。

山路きて独りごというてゐた

唐津に戻り、局留めの郵便物を手にした山頭火は相知《おうち》へと向かう。麦が伸びて雲雀がさえずる。もう春だ。

相知は幡随院長兵衛の誕生地。堂々たる記念碑が建ち、後裔の本家は酒造業を営み、酒銘も長兵衛とか権兵衛というもので、山頭火も一杯ひっかけ、「酒そのものは長兵衛でも権兵衛でもないやうだつた、呵々《かか》」

どこを歩いても人間が多い。子供も多い。この地方はどこも炭坑街で何となく騒々しいが、「山また山の姿はうれしい」。第二十八番札所常安寺は門前まで納屋がせりこんでいて、「炭坑寺とでもいはうか」。相知（唐津市）、莇原《あざんばる》（多久市）に投宿しているが、炭坑で栄えた山間の町のその後は…。

父によう似た声が出てくる旅はかなしい

一月二十八日、莇原を立ち、多久で行乞し、馬神《まがみ》隧道を抜ける。そのとき、山口中学時代、鯖山（佐波山）洞道を通って帰省した当時を思い出して涙ぐむ。「もうあの頃の人々はみんな死んでしまつた、祖母も父も、叔父も伯母も、……生き残つてゐるのは、アル中の私だけだ」

北方で行乞、そして飯盛山福泉寺に急ぐ。「九十四間の自然石段に一喝され、古びた仁王像に二喝された、土間の大柱に三喝された。そして和尚のあたゝかい歓待にすつかり抱きこまれた」

遠慮なく飲んで鼾《いびき》をかいて寝た。解秋和尚から眼薬をさしてもらっている。海が望める山の禅寺。猫も犬も鶏もいた。和泉式部生誕地ともいう。

寒空の鶏をたゝかはせてゐる

錦江（杵島郡白石町）の飯盛山福泉寺で解秋和尚の心温まる接待を受け、翌朝、山越えして武雄に。酒、三味線、おしろい…。「湯町らしい気分がないでもないが、とにかく不景気」

翌日は天気がよく、温泉はあり、お布施はたっぷり（緑平ばかりか解秋和尚からも）で、「一浴して一杯、二浴して二杯…」と、どまぐれざるをえなかった。どまぐれとは、外道、怠けるの意味。それでも午後行乞し、翌朝、一気に嬉野《うれしの》温泉へ。行乞三時間。新湯の隣の宿に。「嬉野はうれしい、いゝ、いゝ、いゝ（神功皇后のお言葉）。休みすぎた、だらけた、一句も生れない」

朝湯に入り、長崎県千綿《ちわた》に向かう。掲句は途中の農村で闘鶏を見かけたのか。

街はづれは墓地となる波音

昭和七年二月二日、長崎県大村町(大村市)を行乞。

「松が多い、桜が多い、人も多い。軍人のために、在郷人のために、酒屋料理屋も多い」

「昨日も今日も飛行機の爆音に閉口する、すまないけれど、早く逃げださなければならない」。大正十二年、錬成航空隊として大村海軍航空隊が発足、軍用機の飛行訓練による爆音であったろう。五日前の一月二十八日には上海の租界地で最初の軍事衝突が起きている。上海事件だが、海の向こうの暗雲に山頭火はまだのほほんとしている。「大村湾はうつくしい、海に沿うていちにち歩いたが、どこもうつくしかつた」。私的なことで恐縮だが、明治生まれの父は老兵として大村航空隊に入営し、ここで敗戦を迎えた。若い兵士に殴られたという。

冬雨の石階をのぼるサンタマリヤ

大村から行乞しながら諫早《いさはや》に。諫早藩の旧城下町。石橋のある風情の漂う町だが、声も出ず、足も痛く、汽車で長崎に。市電で句友十返花を訪ね、歓待される。郵便局で局留めの郵便物を受け取る。神湊の田代俊和尚からの利休帽、褌、財布の贈物はうれしかった。

勤め人の十返花宅に五泊し、長崎見物や句会、近郊の山登りなどを楽しみ、「長崎よいとこ、まことによいところであります」と句友に。諏訪公園の図書館で九州新聞を読んで望郷の念に駆られる。「ノンキの底からサミシサが湧いてくる、いや滲み出てくる」

着物もトンビも下駄も借り物、利休帽は貰い物で、「眼鏡だけは私のもの」

ほろりとおちた歯であるか

長崎から千々石《ちぢわ》(雲仙市)に。軍神橘周太中佐の出生地で、海を見遥かす景勝台に銅像が建っていた。前蔵相井上準之助暗殺の新聞記事を読む。

小浜温泉まで歩き、「海の青さ、湯烟《けむり》の白さ」。翌日、小浜町を行乞。水も豊富でうまい。二泊し、海ぞいの美しい道を歩き、加津佐町に。翌朝行乞し、円通寺跡の丘に登る。麦畑、桑畑…。大智禅師の墓所は石を積みあげ瓦をしき、堂か小屋か。ただ楠の一本が悠然と立っている。

歩いているうちに口之津に。実は山頭火は相当くたびれており、木村緑平に掲句を添え、はがきで「老来頓《とみ》に元気なし、足がいたい、眼がかすむ」とぼやいている。

水を渡つて女買ひに行く

二月十六日島原に投宿。八泊もしている。「行乞記」には「休養」とのみあるが、〝居残り山頭火〟に何があったのか。木村緑平へのはがきでその事情が――。

「緑平老へ物申す――どうでもかうでも――あなたの感情を△△して、こんな恥づかしい事を申上げなければなりません、ゲルト三円五十銭送つていたゞけますまいか、少し飲みすぎて□□□□を買つたのであります、白船老には内々で――誰にも内々で。――」

そのはがきに添えられたのが掲句。

「元気なし」と前のはがきに書いていながら娼婦を買いに行っている。元気というか、緑平ならずとも呆れてしまう。

雪の法衣の重うなる

緑平から送金があり、島原の宿を立つ。「久しぶりに歩いた、行乞した、山は海はやっぱり美しい、いちにち風に吹かれた」。諫早では吹雪に吹きまくられて行乞。

「辛かつたけれど、それはみんな自業自得だ」

緑平に「御手紙ありがたいと申す外ありません。山へ空へ　摩訶般若波羅密多心経　御健康を祈つてやみません」

有明海沿いに佐賀県に戻って来て、雪中行乞が続く。祐徳稲荷の門前町鹿島の宿での日記に「生きるとは味ふことだ、酒は酒を味ふことによつて酒も生き人も生きる、しみ〴〵飯を味ふことが飯を食べることだ、彼女を抱きしめて女が解るといふものだ」。あまりにも人間的と言おうか…。

畳古きにも旅情うごく

昭和七年三月三日、佐賀市内を行乞。佐賀は物価が安い。酒は八銭。大ばかもり食堂のうどん五銭、カレーライス十銭。掲句の古畳はこの食堂か。

四日夜、一杯やって、活動写真「肉弾三勇士」を見て、涙が出た。頭が痛くなり、宿に戻って床に就く。「戦争―死―自然、私は戦争の原因よりも先づその悲惨にうたれる」。上海市郊外で爆弾を抱えた兵士三人が鉄条網に突入、爆死してわずか十日後の公開。肉弾三勇士の一人は佐賀出身だった。

六日、佐賀駅で出征兵士を乗せた汽車が通過するのに行きあわす。「私も日本人の一人として、人々と共に真実こめて見送つた、（略）――私は覚えず涙にむせんだ」

樹影雲影猫の死骸が流れてきた

佐賀市は大隈重信の生誕地。大隈公園には気持ちのよい石碑が建っており、沈丁花の匂いも。三十年前、早稲田在学中、侯爵の庭園で一緒に記念写真を撮ったことなども思い出され、悄然《しょうぜん》とする。

佐賀城は平城で、めぐらされた濠には楠の老樹が影を落とし、雲も映している。町には掘割が多く、頭上にカチガラスの鳴き声が…。仁井山観音参拝、神埼町を行乞、川上峡に遊び、小城町へと佐賀市の周りをめぐり、札所清水山へ拝登、山もよく滝もよかった。再び武雄、嬉野に。句友らに、嬉野は「湯どころ茶どころ、孤独の旅人が草鞋をぬぐによいところです、私も出来ることなら、こんなところに落ちつきたいと思ひます」と便りを出した。

春が来た旅の法衣を洗ふ

三月十五日、嬉野から木村緑平への手紙。「私はいよいよ当地に落ちつくつもりです、それについて御遠慮のない御意見を聞かせて下さい、当地はいろ〳〵の点で、私にふさはしいやうです、湯が熱くて豊富、生活が安易で人間が親切、行乞に便利（佐賀へも長崎へも福岡へも）、熊本から離れてゐる、友を待つにも便利、等、等」

「とりあへず間借又は小さい家を借りたいと思ひます」という性急さに緑平は自重を促したようで、山頭火は「緑平老の返事は私を失望せしめたが、快くその意見に従ふ」と「行乞記」に。「とにもかくにも歩かう、歩かなければならない」

湯壺から桜ふくらんだ

ふるさとは遠くして木の芽

この句は三月二十一日の彼岸の中日、嬉野から早岐《はいき》（佐世保市）に向かう途中に出来た。

嬉野の宿で夢を見た。「父の夢、弟の夢、そして敗残没落の夢である、寂しいとも悲しいとも何ともいへない夢だ」。陋屋《ろうおく》で亡くなった父、山中に自殺した弟。不思議に母のことは出てこない。

父竹治郎は大正十年に逝去。鍛冶屋の離れを借りていた。死に水を取ったのはかつて世話した老芸者。戸籍では竹治郎は二度再婚している。野辺送りのどじぼんを持ったのは山頭火の当時十歳になる異母妹だった。葬式の費用は妹シヅが嫁いだ町田家から出たという。

骨《コツ》となつてかへつたかサクラさく

花曇りのなか、佐世保へ。暖かい。軍港の街でなかなか賑やかだ。艦隊が凱旋してきて、街は水兵であふれていた。掲句は佐世保駅頭で目撃した光景。お骨となって凱旋してきた兵士もあった。

夕食後、市街を見て歩く。食べ物屋が多く、安いのに驚く。翌日は小降りのなか、利休帽、足に地下足袋、尻《しり》端折《はしょ》って懐手の珍妙な格好で市内見物。七泊もして、夜はレビューや漫才大会、支那事変傷痍軍人後援会主催の「映画と講演の夕」にも出かけている。

駅の待合室で九州日日新聞を読む。無銭遊興で山頭火を北署が手配中と報じた新聞だ。好感を持っていないが、熊本という観念を喚起して懐かしかった。

さくらが咲いて旅人である

佐世保から相浦《あいのうら》、そして平戸へ。山路で「すみれたんぽゝさいてくれた」と作句。「歩々好風景だ、山に山、水に水である、短汀曲浦、炭車頻々《ひんぴん》だ」。炭鉱地帯でもあった。「日本百景九十九島、うつくしいといふ外ない」。平戸は「山も海も街もうつくしい、ちんまりとまとまつてソツがない、典型的日本風景の一つだらう」

翌日、平戸の街を行乞し、「人の心までもうつくしい」と思い、港小唄をつくりたくなったが、二度巡査にとがめられ、「巡査が威張る春風が吹く」

肉弾三勇士の一人、作江伍長の生家の前で山頭火は目立たないように回向し、「弔旗へんぽんとしてうらゝか」と作句。

忘れようとするその顔の泣いてゐる

平戸の宿に腹痛と下痢で一日寝込むが、起き出して行乞。亀岡城跡の桜は蕾だが、人間は満開。あちこちで酒盛り、三味が鳴り、盃《さかずき》が飛ぶ。「お辨当のないのは私だけだ。昨日も今日もノン アルコール デー、さびしいではありませんか」

その夜、「□□を、愛する夢を見た」。「とう〳〵、一睡もしなかつた。とろ〳〵するかと思へば夢、悪夢、斬《き》られたり、突かれたり、だまされたり、すかされたり、七転八倒、さよなら！」

伏字の□□はサキノのことであろう。掲句は二日後の日記に「夢」として出てくる。「何のための出離《しゅつり》ぞ、何のための行脚ぞ、あゝ！」とも。

山頭火の煩悩《ぼんのう》は深い。

笠へぽつとり椿だつた

「時として感じる、日本の風景は余り美しすぎる」。山頭火は平戸での日記にそう書いている。すみれ、たんぽゝ、げんげ、なのはな、白蓮、李《すもも》、そして桜。花盛りの景色のなかを歩きながら、思い出されるのが「花ちらし――村総出のピクニック――味取の総墓供養」。味取観音の堂守をしていたのはまだ七年前である。

掲句は昭和七年四月四日、平戸から御厨《みくりや》（松浦市）へぽつりぽつりと歩いてきて、生まれた。腹がしくしく痛み、天気は雨、曇、晴。それでも三時間あまり行乞した。笠にぽつとり落ちたものが…。雨かな、と思ったら真っ赤な椿の花。山頭火の名句のひとつである。

ふんどしは洗へるぬくいせゝらぎがあり

この句は現松浦市の山間の木賃宿での句。電灯もついておらず、小川のそばに杭を打ち、長州釜を据えた野風呂だ。小川のせせらぎも温かく、脱いだ下着を洗ったのか。翌日、また歩き出す。

こゝまでは道路が出来た桃の花

私はこの句に石牟礼道子を連想する。天草下島宮野河内の生まれだが、そこは祖父が請け負った道路工事の仮屋で、道の完成を予祝して道子と名付けられる。彼女が生まれたのも桃の季節であった。

今福町（松浦市）に投宿。食堂だけではやっていけず、安宿を始めたものらしく、うどん一杯五銭で腹をあたためた。県境を越えて再び佐賀県に。

蕨《わらび》がもう売られてゐる

県境を越えてきた山頭火は雨にたたられ、痔も痛み、楠《くす》久《く》（伊万里市）の木賃宿に飛び込む。一夜明ければ、花祭り。自然に味取観音を思い出し、懐かしい。駅に立ち寄ったら、凱旋兵歓迎で人がいっぱい。一兵卒を迎えるのに一村総出だ。カフェー全盛時代で山奥や入江のほとりにもカフェーと名付けたものがうようよしている。駄菓子屋が「カフエーベニス」だったり。「もつともそこは入川に臨んでゐたから、万更縁がないでもなかつたが」とインテリ托鉢坊はシニカル。

唐津、深江、前原と三ヵ月前、寒風にさらされて行乞した道を東にたどり、四月十五日、予定通り福岡市に入った。

星がまたたく旅をつづけてきてゐる

山頭火が春風に吹かれ、旅している間に「結庵基金募金趣意書」が作成され、「層雲」四月号にも掲載。発起人は久保白船、石原元寛、三宅酒壺洞、木村緑平。荻原井泉水も西行や能因を例にあげ、山頭火に草庵を作ってあげたいという友人等の懇情は嬉しいと書いている。

山頭火は、福岡市に着くと、博多の酒壺洞宅で短冊六十枚、半切十数枚書いている。一口二円の会費で句集一冊と短冊二枚、あるいは半切一枚贈答するというものだ。「悪筆の達筆には主客共に驚いたことだつた」と日記に。

酒もまわれば舌もまわる。酒壺洞と原農平宅を襲う。農平宅を辞すとき、「おわかれのせなかをたたいてくれた」

麦田花菜田長い長い汽車が通る

福岡市から神湊（宗像市）の隣船寺田代俊和尚のもと

に向かう。津屋崎海岸の松林は美しく、一面の菜の花畑も美しい。

久々に俊和尚と相見、飲んで話して揮毫する。ただ和尚が浮かぬ顔をしていると思ったら、夫婦けんかをして夫人が実家に帰ったという。なだめて電話をかけさせる。

「私と俊和尚とは性情に於て共通なものを持つてゐる、それだけ一しほ人事《ひとごと》とは思へない」

夜中に夫人が戻ってきて一安心。早々に草鞋を穿く。無論、湯豆腐で朝酒をやってから。同寺には山頭火の生前唯一の句碑がある。句は味取時代の「松はみな枝垂れて南無観世音」だが、同寺で揮毫したものだ。

JOGK、ふるさとからちりはじめた

山頭火は赤間、折尾、若松と行乞。戸畑の入雲洞という句友を訪ね、泊まる。「入雲洞君はなつかしい人だ、三年ぶりに逢うて熊本時代を話し、多少センチになる」。逓信局の職員だろうか。

金魚売りの声がしてのぞいたら、「もう死ぬる金魚でうつくしう浮く明り」。日本浪曼風だ。

八幡に渡り、句友らに歓待される。そして小倉に。放送局下の惣三居士の家に草鞋を脱ぐ。小倉に放送局が開局したのは山頭火が訪ねて来る半年前。九州の中央局は熊本のJOGKだった。熊本をキー局に桜便りが放送されていたのか。第二のふるさと熊本から桜は散り始めていた。

ここにも畑があつて葱坊主

五月一日、糸田の木村緑平宅にサキノから小包が届いていた。破れた綿入れを脱ぎ捨て、袷《あわせ》に着替えることが出来た。何と言おうが、まだ夫婦。

緑平宅に多いのは、そら豆、蕗《ふき》、金盞花《きんせんか》。「庭やら畑やら草も野菜も共存共栄だ、それが私にはほんたうにうれしい」

近郊を行乞し、三日には下関に。関門を渡るたびに憂鬱になると。「ほんたうの故郷、即ち私の出生地は防府だから、山口県に一歩踏み込めば現在の私として、私の性情として憂鬱にならざるをえないのである」

飲んで、街へ出かけた。亀山祭でドンチャン騒ぎ。仮装行列がひっきりなしにくる。海の向こうでは日中戦争がなされているというのに…。

9　ふるさとを旅する

車窓《まど》から、妹の家は若葉してゐる

昭和七年五月四日、下関から長府へ歩く。乃木神社で二十周年記念博覧会が開催中。埴生《はぶ》に投宿、翌日、徳山の久保白船のもとを目指して八里の悪路を歩き、嘉川から汽車に乗る。車窓に次々と道が現れる。あれは中学時代、修学旅行で歩いた道ではないか。伯母や妹や友が住んでいる道ではないか。少年青年壮年を過ごした道ではないか。二十数年前のことが映画のように思い出される。麦の穂が波のように揺れ、こいのぼりが見えたのだろう、「端午、さうだ、端午のおもひでが私を一層感傷的にした」「逢つた、逢つた、奥様が、どうぞお風呂へといはれるのをさえぎつて話しつゞける」。白船と会うのは何しろ四年ぶりだ。

あたらしい法衣いつぱいの陽があたゝかい

山頭火は徳山（周南市）の久保白船宅に二泊。洗濯、歓談、読書、静思、そして夜は句会。白船は山頭火より二歳年下。山口中学の後輩。「層雲」同人。瀬戸内の佐合島で醤油醸造業を継ぐが、子供の教育のため、島を離れ、徳山駅前に文具、書籍の店を開く。俳誌「雑草」を発行、山頭火は準会員。絵も描き、春陽会にも度々入選、地方文化の中心的な存在となった。白船の妻清子に法衣を仕立ててもらった喜びを素直に句にした。山頭火の息子健は自分の婚礼の日が決まったとき、白船を通じて父親に出席するようにと伝えている。

白船は昭和十六年五月二十日に死去。一年後、句碑「踞《うずくま》ればふきのたう」が建立され、平成三年、そのそばに山頭火の句碑も建つ。刻まれたのはこの法衣の掲句だ。

ふるさとの夢から覚めてふるさとの雨

山頭火は徳山の久保白船宅を辞し、二日前に車窓から眺めたふるさとへと歩いている。富田町を行乞。原農平の郷里でもあるが、山口中学の同期で、早大の文科を中退したSのことが思い出される。Sは応召後、郷里で病死している。

福川に投宿。同宿四人とも当地の春祭を当てこんで来た世間師だったが、翌日は世間師泣かせの雨。終日読書、静観、「ゲルトがないと坊主らしくなる」と自嘲。文字通りの一文なし。徳山も含め、このあたりは周南市になっている。富海（防府市）を行乞、駅前の土産物店で米を買ってもらい、国森樹明《じゅみょう》の待つ小郡までの汽車賃をこしらえる。「防府を過ぎる時はほんたうに感慨無量だつた」

青草に寝ころんで青空がある

小郡駅で下車、国森樹明を訪ねる。「柿若葉その家をたづねあてた」。「層雲」同人で、本名信一。小郡農学校書記。八歳年下。山頭火が「其中庵」を結庵できたのは彼のおかげだが、それは四カ月先の話。「因縁があつて逢へた、逢ふてうれしかつた」。翌日の五月十日、農会の仕事で大田（美祢市）に住む伊東敬治のもとに。樹明もついてくる。途中、バスに乗り、一杯機嫌で転がりこむ。

樹明と伊東は小郡農の同期。山頭火と伊東との関係はもっと古い。秋吉台のわらび狩りも楽しんだが、それから五日間、酒、酒、酒…、「遊びすぎた、（略）奥さんを悲しませたのは悪かつた」。十五日夕、出立。犬養首相暗殺（五・一五事件）のニュースを翌日、知った。

ふるさとの言葉のなかにすわる

痔が痛んで歩けず、宿で三日間休養。酒が続き、仏罰覿面《てきめん》。「同宿の同行はうれしい老人だつた、酒好きで、不幸で、そして乞食だ！」

脱肛の出血を押さえて歩く。村の中の街を訪ね歩く。「いや〱歩いていや〱ホイトウ」。むせるような若葉のかおり、農家をめぐる蜜柑の花のかおり。「こんやの宿も燕《つばめ》を泊めてゐる」

故郷の言葉を旅人として聴いているうちに、いつとなく誘い入れられ、自分もまた故郷の言葉を話していた。宿に泊まれば蚤《のみ》のシーズンだ。ぴょんぴょん跳ね、「彼等はスポーツマンだ」。丘また丘を越えて、日本海が見える。川棚温泉の桜屋に草鞋を脱いだのは五月二十四日。翌朝、出立しようとしたが、動けない。

こゝに落ちつき山ほとゝぎす

投宿した川棚温泉（下関市豊浦町）の桜屋で動けなくなり、休養する。熱もある。病んで三日間動けなかったことで、ここに庵を結ぼうと決める。温泉では嬉野に負けるが、山裾に丘陵を配し、彼の好きな風景だ。

じっとしておれなくなり、関門海峡を渡る。門司埠頭での凱旋光景を見て、「生きて還つてきた空の飛行機低う」と作句。八幡の星城子を訪ね、電車と汽車で糸田の緑平宅へ。「ボタ山へ月見草咲きつゞき」。川棚での結庵に緑平の了解を得て、「フレイ、フレイ、サントウカ、バンザアイ！」

川棚に戻ったのは六月。巡査も白服になり、早松茸《さまつたけ》（春松茸）を見た。蛍も舞い始めた。司馬遼太郎が『街道をゆく』で山口の料亭で春松茸が出た話を書いていたが、ほんとうにあるのだな。

これだけ残つてゐるお位牌ををがむ

山頭火が目をつけた庵の候補地は川棚温泉の妙青寺の畑。宿の主人などにも頼み、寺総代を訪ね、借地を申し入れた。ここに小さな庵を結ぼうという目論見。六月十日、宿の主人が、昨夜の寺総代会で否決されたと告げた。嫌な気がして、野を歩いて青蘆《よし》を切ってきて活けた。

そこにサキノから荷物が送られてきた。布団、着物、ヤカン、茶碗、本、紙などと一緒に位牌も。彼女はどんな気持ちで送り付けたのか。腹立たしくも哀しくもあっただろう。手紙が二通混じっていて一通は山頭火に送金した電報為替の受け取り。もう一通はS子からで「心の腐った人」とあった。S子とは妹のシヅだろう。兄のあまりの身勝手さに、サキノに同情しての言葉と思われる。

仔猫みんな貰はれていつた梅雨空

宿で山頭火は自炊を始めた。まだ庵のことをあきらめていない。宿の裏長屋に子猫が四匹生まれた。宿の孫息子にいじめられているが、親猫は心配そうに鳴いているほかはない。その夕、舞妓《まいこ》が数人連れ立って来て、子猫をもらっていった。

歩いていて切竹を拾ってきて、衣紋竹をこしらえた。いつからとなく「拾うこと」を始めた。いつからともなく石を愛するようになり、平べったい石は文鎮に、形の好きなものを仏像の台座にした。捨てられたもの、見向かれないもの、在るものをそのまま人間的に生かすのだ。

家を囲むようにどくだみが咲いているのを見て、自殺した弟を思った。

くもりおもたくおのれの体臭

第一句集『鉢の子』が川棚温泉の山頭火のもとに届いたのは昭和七年七月五日。発行所三宅酒壺洞、発行者木村緑平。手にしてうれしさと一緒に失望を感じた。「装幀も組方も洗練が足りない、都会染みた田舎者！といつたやうな臭気を発散してゐる」。装丁は「層雲」同人、京都の陶芸家内島北朗。

山頭火の結庵の費用を捻出するため、緑平らが苦心して出してやった句集だ。その言い草はないと思うが…。何に使っているのかわからないまま、催促される度に緑平は後援会で集まった金を送っており、庵を建築しようにも、もう金も尽きていた。

山頭火もまた憂鬱であった。梅雨空の下、長逗留が続いている。

どうやら晴れさうな青柿しづか

七月二日、川棚温泉での日記から。

雨、いかにも梅雨らしい雨である。「私の心にも雨がふる、私の身心は梅雨季の憂鬱に悩んでゐる。入浴、読経、漫読、思索、等、等、等」

発熱頭痛、まだ寝冷えがよくならない。歯がチクチク痛む。近々また歯が三本ばかりほろほろと抜けるだろう。隣室の高話しが聞こえてくる。在郷の老人連だ。「今の若い者が無智で不熱心で、理屈ばかりいつて実際を知らない」と話し続けている。田植え後の慰安旅行だろう。

いまも昔も変わらない。否、悪口の対象の若い者が農村にはいない。いても農家を継がない。農作業をやっているのは老人ばかりだ。

水底の雲から釣りあげた

山頭火は釣りを好んだ。川棚温泉に庵を結ぼうと長逗留をしたとき、宿の息子に誘われ、近くのため池に鰻釣りに出かけた。釣り竿は山林で盗伐してきた。仏罰覿面、踏抜《ふみぬき》し、真っ赤な血が流れたが、美しい血と思う。傷負けをしないので悠々と手ごろな竹を切ったが、盗みは好きでない。

夕立が来そうでこない。草も木も人もあえいでいた。鰻は釣れず、鮒が釣れた。翌日は土用の丑の日、鰻どころか一句も出来ない。夕方、隣室の客人から蒲焼一片頂戴した。まことに鰻ひときれの丑の日だった。

　曇の日、釣りあげたはいもり

太公望山頭火である。

蠅打ってさみしさの蠅を見つめけり

八月七日、川棚温泉の宿の老主人が一句示す。「蠅たゝきに蠅がとまる」。山頭火、先輩ぶっていわく。「蠅たゝき、蠅がきてとまる」。そして自作の句を「作者の人生観といつたやうなものが意識的に現はれてゐて、危険な句ですね、類句もあるやうですね、しかし、作者としては面白い句ですね」と講釈。

掲句は大正六年、熊本での句。ふと蠅が目にとまり、蠅たたきに手をのばし、たたく。軽くやらないとつぶしてしまい汚い。打たれた蠅は脚をすりあわせて命乞いしているが、やがて動かなくなる。意外と神経質な山頭火は鉄鉢に蠅がたかるのを嫌っている。

いまは食事どきに一匹でも蠅がいれば大騒ぎだ。

10 ふるさとのほとりに其中庵

移ってきてお彼岸花の花ざかり

川棚温泉の宿に四ヵ月近く逗留しながら、結局、庵を結べず、生まれ育ったふるさとのほとり、小郡（山口市）に庵を持つ。其中庵《ごちゅうあん》だ。昭和七年九月二十日に入庵、「大満洲国承認よりも私には重大事実である」

小郡農学校書記、十五歳年下の国森樹明のはからいだ。国森の親戚の持ち家だが、ずっと空き家のままだった。農学校の生徒らを使い、屋根をふき替え、便所もきれいにし、住めるようにしてくれた。わずかだが、畑もついている。

いま、こんな家はどこにでもある。不動産屋に頼めば、あなたも明日から山頭火に。「其中日記」をテキストに老人の独居暮らしを楽しもう。年金も健康保険もあり、プチ山頭火。家族の許しさえあれば…。

お地蔵さまのお手のお花が小春日

大山澄太著『山頭火の道』には「駅から町を横切って田の中の道を一粁あまり左へ行くと矢足《やあし》という純農の部落があり…」とある。いまは瀟洒な住宅が建ち並び、お地蔵さんだけが昔のままにこやかに立っている。

「石地蔵の前を通って人家のなくなったところの、雑木と雑草にかこまれた草屋根の傾いた一軒家、それが其中庵である」。いまは其中庵公園として整備され、庵も復元されて、戸を開けると、土間で思ったよりかまどが立派。三畳と四畳半、二畳ほどの板敷き。奥に床の間が見える。平成四年の復元だという。車で少し登ってきたが、里山の雨乞山の山裾で、駐車場も備えた同公園の裏手には竹林もあり、果樹園も残っている。

蠅も移つてきてゐる

引っ越した翌日の九月二十一日、近隣の井本老人来庵、よもやま話一時間ほど。ついで神保夫妻が子供を連れて来庵。この家この地の持ち主。何もかも世話してくれた国森樹明が胡瓜を持ってやってきて、藁灰をこさえてくれた。

「結庵入庵の記念祝宴」を開きたいが無一文。樹明から五十銭銅貨三枚借りて買い出しに行き、二人で祝宴をやっていると樹明の友人冬村もやって来た。

彼岸の中日の二十三日、あらためて開庵祝い。樹明、伊東敬治と三人で近隣四、五軒を挨拶してまわった。国森が買ってきたカルピスを手土産に。敬治は樹明と小郡農学校の同期、実家も小郡でこの集落にも親戚があり、心強い。

人のにおいを感じたのか蠅も引っ越してきた。

こゝにかうしてみほとけのかげわたしのかげ

其中庵の三畳の間の壁に〝其中庵張り紙〟。「甘いもの好きは甘いものを、辛いもの好きは辛いものを持参せられるならば」「うたふもおどるも勝手なれどもいつも春風秋水のすなほさを失わないならば」などとある。

もちろん、これはレプリカで、本物は昭和九年、満州出張の途中立ち寄った渡辺砂吐流に「あんたにお土産にやろう。旅行中でもこれなら荷物にならない」とさっと壁から剝《は》いで与えたという。

四畳半の鴨居に荻原井泉水筆の「其中一人」の扁額。床の間には「空へ若竹のなやみなし」の山頭火の掛け軸。押入の半分上段には観音像や位牌が並んでいたという。火鉢や机も置かれ、右手の三畳の先が便所。

電燈から子蜘蛛がさがりれいろうと明ける

復元された其中庵の部屋には電灯がさがっている。

電気代が払えず、あとではランプ生活になるが、徹夜をすることもあった。熊本で出していたガリ版刷りの俳誌「三八九」を復活させようと、朝方まで鉄筆を握っている。夜寒なのにこうろぎやゴキブリが現れる。「あぶらむしおまへのひげものびてゐる」

十二月に入った日、山頭火が「私の別荘」と称する裏の山裾の草っ原で読書をしていたら、とんぼが集まってきた。

あたゝかくあつまつてとんぼの幸福
とんぼにとんぼがひなたぼつこ

とんぼのお宿だ。

わが井戸は木の実草の葉くみあげる

其中庵の井戸はいまも残っている。昭和七年九月二十日の入庵の日、「朝の井戸の水の冷たさを感じた」と日記に。井戸は家の外にあり、バケツを提げた山頭火の写真が残っている。

雨乞山からの水脈にあたり、茶席の水を求め、近所の井戸には遠方から汲みにくることがあったというが、この井戸は浅かったのか、長く放置されていたためか、釣瓶を繰っていると、蛙が跳び出すことも。「秋ふかうなる井戸水涸《か》れてしまつた」。お隣に出かけ、「お留守しんかんとあふれる水を貰ふ」

早起きして、水がめから移し、「朝日あかるい水で米をとぐ」。台所からのぞくと月が残っていて、米も光っている。

ゆふ空から柚子の一つをもぎとる

いまでは其中公園のなかにおさまっているが、「はるかぜのはちのこひとつ」の句碑が建立されたのは、昭和二十五年十月。句碑の周辺の七十五坪も含め所有主の神保家が寄贈された由。親族の方が近くにお住まいとか。

ごろりと牛が寝ているような自然石に荻原井泉水の字で刻まれている。はちのこは、鉢の子、鉄鉢のこと。句碑のそばに柿の木、左後ろには柚子の木がある。柚子好きの山頭火はこの木（実際は植えかえたのだろうが）も愛した。

夕空から一つもぎとった柚子をどうしたか。まず香りをかいでいる。「そのかをりはほんとうによろし」と日記にある。そして柚子味噌をこしらえている。山頭火はいろいろこまめに台所に立っている。

しぐれへ三日月へ酒買ひに行く

十二月三日は山頭火の誕生日。昭和七年、其中庵で満の五十歳を迎えた。

「午後、樹明来庵、程なく敬坊幻の如く来庵、三人揃へば酒、酒、酒。酒が足りなくて街へ」。樹明（国森）と敬坊（伊東敬治）は水戸黄門に仕える助さん格さんというあんばい。例によって街を飲み歩き、三人とも庵に転がり込んで寝た。それが続き、樹明が家庭の雰囲気が険悪だと。

「あたりまへだ、梅川忠兵衛のやうな場面を演じた罰だ、おとなしくあやまつて、しばらく謹慎すべし、あなかしこ」と山頭火。

忠兵衛が遊女梅川に入れあげ、家にもろくに帰らず…という近松の芝居。樹明が入れあげた〝梅川〟は当の山頭火ではないか。

ほがらかにして親豚仔豚

其中庵と国森樹明が勤務した小郡農学校とは歩いて十分余りの距離だった。山頭火が咳きこんでいるのを心配し、通勤途中にのぞき、帰宅前にも来庵、五十銭置いて行った。山頭火はすぐ駅通りまで出かけ、焼酎と豆腐を買ってきて、「しんみり、やりました、うまかつた」。そして「改めて御礼をいふ、南無樹明如来、焼酎大明神、豆腐菩薩」

国森家で妻が米びつを開けると空っぽ。樹明が山頭火のために持ち出していた。酔っぱらって宿直室にふたり枕を並べて寝ていたことも。

掲句は農学校で見た光景。農学校跡地には、山口市小郡文化資料館もあり、山頭火に関する資料が展示されている。

お茶漬さらく〱わたしがまいて
わたしがつけたおかうかう

山頭火の「其中日記」は独居老人の徒然草であり〝自炊日記〟だ。七〇年代、〝風に吹かれて〟の旅僧山頭火に心ひかれた団塊世代も後期高齢者の仲間に入りつつある。五木寛之の「生き抜くヒント」ではないが、学ぶところはいろいろありそうだ。

「畑を見まはる、楽しみこゝにあり」。小郡農学校の国森樹明が種や苗も持参し、畑を作ってくれたが、中耕施肥は自分でやった。

「こころおちつかず塩昆布を煮る」ことも。その塩昆布で茶漬けにしてさらさら。おこうこう（香のもの）も自家製。子供らと同居しない家族が増え、高齢化が進む。独居老人はいまのほうがずっと多い。年金はあるが、隣は何をする人ぞ、という時代。山頭火は幸福な独居老人だったかも。

けさはけさのほうれんさうのおしたし

もう少し、「其中日記」に見る山頭火の食卓光景（昭和七年）を――。

十月十九日　朝は大根おろしに句会でもらった納豆で食べる。昼飯は塩昆布でお茶漬け。夕飯もお茶漬けでぼそぼそ食う。寝ようとしたところ、国森樹明が米を持参。一杯やることになり、樹明は町まで一走りし、缶詰を肴《さかな》に飲む。樹明を送って出て、また粥を煮て食べた。

十二月十日　寒い。霜、氷、菜っ葉を洗う手がかじける。このところ、菜っ葉ばかり食べている。晩方、Jさん（家主）が白菜二玉持って来てくれた。

二十四日　米がなくなる。昼はそば粉をかいて食べる。菜っ葉を添えて。ほうれん草や大根、春菊など野菜は豊富。夕飯はすいとん。

柿が赤くて住めば住まれる家の木として

山頭火は柿を好んだ。正岡子規どころではない。大げさに言えば、柿を常食した。「行乞記」にも柿の句が見られるが、其中庵を結んでから際立つ。

「柿の木も多い、此頃は枝もたれんばかりに実をつけてゐる、山手柿といつて賞味されるといふ」

　あの柿の木が庵らしくする実のたわわ

　うれておちる柿の音ですよ

よその柿である。最初は断っていたが、だんだん遠慮がなくなる。やって来た客に「何もない熟柿もいであげる」と作句。知人の一家が総出で柿を収穫している。

　みんないつしよに柿をもぎつつ柿をたべつつ

たより持つてきて熟柿たべて行く

山頭火が毎日待っているのは、朝は郵便、昼は新聞と「其中日記」に書いている。郵便配達夫が柿を馳走してくれという。自分の柿ではないが、「さあさあ好きなだけ食べなさい」と勧める。

やつと郵便が来てそれから熟柿がおちるだけ

山頭火はこまめにはがきを出す。几帳面な木村緑平さんみたいな方が大事にはがきを残してくれたため、山頭火の動静がわかる。昭和五年九月からの行乞日記から太平洋開戦の前年の亡くなる五日前まで日記を書いており、それを保管してくれたのも緑平だ。それに膨大な量の俳句。山頭火を知ろうと思えば、句と日記を素直に読めばいい。彼の声を聞けばいい。

なつめたわゝにうれてこゝに住めとばかり

其中庵の畑には棗《なつめ》もあった。近所の娘さんが二人連れで来て、「ナツメを下さい」という。「サアノ\おとりなさい」と山頭火。いんぎんに礼をいって行ったが、「若い女性はやつぱりわるくないな」

小学唱歌「水師営の会見」の二番目に「庭に一本《ひともと》棗の木、弾丸あともいちじるく…」とある。乃木大将は長州支藩の長府藩の出身。明治十五年生まれの山頭火の同期生には日露戦争に出征した者もいただろう。私も子供のころ、棗を食べた記憶があるが、あまりおいしくなかった。甘露煮にするようだが。

なつめはみんなうれておちて秋空

あてもなくあるけば月がついてくる

山頭火はよく歩きまわるが、眺める人でもある。早めに夕飯を済まし、また出かける。行きあたりばったりに出かける。「いはゞ漫談に対する漫歩だ」と日記に。いまは万歩計を腰にして、誰もがせかせかと歩いている。

製材所の仕事を観る。「よく切れる鋸だな」と「秋のひかりの大鋸のようきれる」と作句。散歩していて、コスモスのうつくしさがハッキリわかった。「あの花は農家にふさはしい、或はこぢんまりとした借家にふさはしい」。なぜ、あちこち歩きまわるのか。「さみしいから」

と書いている。町のお寺で幼稚園児の遊戯を見物しているうちに、涙ぐましくなって閉口した。「白髪のセンチメンタリスト、あはれむべきかな」。年を取ると誰でもそうなる。

春蘭そうして新聞

この句は昭和七年、徳山の久保白船宅での作。朝起きてくると、山頭火のために客間の和机の上に新聞が置かれている。縁側には春蘭の鉢。そんな光景が浮かぶ。

山頭火は行乞中も新聞を探し求め、酒屋の店先や駅の待合所、図書館などで毎日のように読んでいる。「新聞も読まないようになると安楽だけど、まだそこまではゆけない、新聞によつて現代社会相と接触保つている訳だ」

其中庵ではローカル紙の関門日日新聞も取っていて、占いの「九星欄」にも目を通している。「一白の人、紅葉の美も凋落し葉を振ひ落せし如き日」とあるのに「これではたまらない、何とかならないものかな、もつとも、私はいつも裸木だが！」と日記に。

山頭火をとりまく一人に新聞店主もいて、新聞代が払えなくとも届けてくれた。

煙草のけむり、五十年が見えたり消えたり

山頭火は愛煙家であった。旅先でも山を見ながら、ぷかりと一服やっている。

日記にはこまめに買い物を記しており、味噌、醤油、焼酎、はがき、湯札などとともにゴールデンバットやなでしこなどのたばこを買っている。なでしこは刻みたばこの銘柄で、一番ポピュラーだった。

たばこの粉までなくなり、火鉢をかきまわして灰のなかから吸い殻を見つけ出したときのうれしさ。それは砂金採集家が砂金を拾うようなものだと書いている。道端で拾った吸い殻を口に持っていくときはさすがにあさましいと恥じてはいるが。

たばこをくゆらせながら、煙の向うに浮かんだ過去とは…。だが、そううまく恰好がつくとは限らない。「たばこやにたばこがない寒の雨ふる」人生だってある。

入日をまともに金借りて戻る河風

昭和七年九月、小郡に其中庵を結び、熊本で出していたガリ版刷りの会誌「三八九」を復刊し、また会費を募

ろうと思った。「三八九」は第三集で休刊、会費は前取りし、原稿も集めながら、踏み倒している。復刊するのに六円はかかり、緑平に無心の手紙を出し、サキノにも出したが、彼女からは「悪い手紙」が来て、火に投じた。

鉄筆を握り続け、伊東敬治に買ってもらった謄写版で十二月八日、復刊第四集を刷り上げたが、切手代がない。内務大臣宛てに発行届を出す必要もあった。質入れするようなものはなく、売るほどの品もない。十三日、山口に行乞に出かけ、持っていた本三冊を担保に山口の知人の妻から一円五十銭借りて、ようやく発送した。

翌年三月、「三八九」は復刊六集で終刊。つまり三回でギブアップ。

雨ふるふるさとははだしであるく

「三八九」復刊第四集に山頭火はこう書いている。

「雨ふるふるさとはなつかしい。はだしであるいてゐると、蹠《あしうら》の感触が少年の夢をよびかへす。そこに白髪の感傷家がさまよふてゐるとは。――」

雨にうたれ、草鞋も切れて、みじめな気持ちで郷里を乞食《こつじき》しているわけではないのだ。雨のなかを子供のように無邪気にはだしで歩き、足の裏いっぱいにふるさとの土を味わい、少年のころの夢がよみがえり、センチになっている。冷たい雨でなく、温い雨である。

ふるさとはからたちの実となつてゐる

「そのからたちの実に、私は私を観る。そして私の生活を考へる」

鉄鉢たたいて年をおくる

昭和七年十二月三十一日の日記。「昼は敬治君と、夜は樹明君と酒らしい酒を飲んだ。ひとり、しづかに、庵主として今年を送つた、さよなら」と書いた横に掲句ともう一句。

冬夜の人影のいそぐこと

そして「インチキ　ドライヴ」。前日の三十日はからりと晴れて、「よーいとなあ」。樹明、敬治が来庵し、三人で街に行き、帰ってきてから日記に「酒、女、自動車、等、等、等。インチキ、インチキ、インチキ、インチキ、インチキ。……」と罵っている。「昭和七年度の性慾整理は六回だった。内二回不能、外に夢精二回、呵、呵、呵、呵」。サキノのもとから家を出て、行乞、そして庵を結び、長い一年だった。

11 畑仕事もたのしく

シダ活けて五十二の春を迎へた

昭和八年一月一日。其中庵での初の正月。裏の山からネコシダを五、六本折ってきて壺に挿した。お屠蘇は緑平が、数の子は熊本の石原元寛が送ってくれた。餅は樹明から。敬治と飲み歩き、踊り続け、二日は樹明と、三日は樹明と敬治と三人で飲み歩き、遊び疲れて夜遅く帰って来て、ひとりで哄笑した。四日、「アルコールのない、同時にウソのない一日だつた」。五日、米がないので餅を食べる。

七日、「何のための出家ぞ、何のための庵居ぞ、落ちつけ、落ちつけ」。昼はそば粉のみ。夕方、樹明が来庵、山頭火が落ち着いているのでそれが寂しく、寂しすぎたのか、五十銭玉二つ置いて出て行った。山頭火はそれを握り、米、醤油、焼酎、煙草を買い、すっかり楽天老人となり、「ノンキナ　ヲヂサン　バンザイ!」

ハムは春らしい香をかみしめる

小郡農学校の書記、国森樹明が帰途、立ち寄り、ハムを届けてくれた、と二月十六日の日記に。その六日後の二十二日にも。「春らしい情景である」と書いている。ハムと春。ハムはピンクの肌色をしており、そう思えなくもない。そのまた三日後の二十五日は「ハムばかり食べてゐる。まるで豚の春だ」

同日の日記には「国際聯盟決裂の日、日本よ強くなれ、アジアは先づアジア人のアジアでなければならない」。満州事変に端を発した国際連盟の脱退について新聞各紙は圧倒的に支持しており、山頭火もごく普通の日本人の反応だった。

「春、春、春がきました」と浮かれているが、国際世論を敵にまわし、浮かれてばかりはおれなかった。

かあと鴉が雨ふる山へ遠く

二月十八日の日記。前日は雨で歯がうずいて頭痛もして、暮れないうちから寝た。十時間以上も寝た。起きたら、曇、寒、小雪。「不快な——それは私自身の不安心を暴露する以外の何物でもなかつた夢に襲はれた、そして頻りに囈言を吐いた」

「彼の過去帳を繰りひろげて見る。——

最初の不幸は母の自殺。

第二の不幸は酒癖。

第四の不幸は結婚、そして父となつた事。」

第三の不幸は抜けているが、それはおそらく文学を知ったことだろう。第四の不幸も含め、そう単純ではない。父となったのは最大の幸福。結婚もまた…。

によきによきぜんまいのひあたりよろし

春がやってきた。

「小鳥の声がいらだゝしくなつた、交接、繁殖。蕗がだいぶ伸びたので摘む。蛇がのろ〳〵して驚かす」。小鳥の恋にいらだったのか、「性慾をなくしたノンキなおぢいさん！　私もどうやらそこまで来たやうだ」。ご婦人も読まれているのにこんなことばかり書いていいのか。いいでしょう、老いの生き抜くヒント。

昨日は蕗、今日は蕨《わらび》、明日は三つ葉。雀がきた、雀よ雀よ、鼠がゐた、鼠よ鼠よ。みみづをあやまつて踏み殺し、むかでをわざと踏み殺した。

山へのぼつた、つつじの花ざかりだ。ぜんまいがたくさん伸びている。持っている花に蝶々、腕にとんぼがとまった。

ひつそりとしてぺんぺん草の花ざかり

三月十八日夕、大山澄太が初めて其中庵を来訪。「広島逓友」編集者。岡山県人、三十四歳。

一見旧知の如く即時に仲よくなる。「練れた人である」

とは山頭火もよく見ている。お土産沢山。小郡農学校書記国森樹明が鶏肉、芹を持って来て、まことに楽しい会食に。街に出て、帰庵したのが午前三時近く。澄太を寝かせ、樹明を送って戻ってきたのは四時。自分の寝る布団がなく、夜を明かす。

翌日、澄太と打ち合わせとおりに近木黎々火が来庵。二十歳の若者。澄太が出て行き、酒、豆腐、酢を買ってきた。樹明も来て、饗宴。よい気持ちで草っ原に寝込んで話す。雲のない青空。ぺんぺん草も花ざかり。

梨の花の明けてくる

小郡の其中庵には電気が来ていたが、石油ランプに変わる。日記を見ると、四月十八日、電気料金滞納で切られている。

故障だろうと思い、電気会社に行って、分かった。二十二日夕、作業員が来て、電燈器具を外して持ち帰った。作業員は好人物、というより苦労人らしく、いかにも気の毒そうに、そして心安げにしてくれた。

古道具屋でランプを探しだして買い、「古風な新鮮味」を感じた。夜、ランプを消すと、布団を敷けるくらいの明るさが小郡駅前の街からきている。

夜がしらじらと明け、梨畑の桜に似た白い花が浮き立つ。

夫婦で筍《たけのこ》を掘る朝の音

其中庵のまわりは竹藪《たけやぶ》で、朝、筍を掘っている音がする。「筍も安いといひつつ掘つてゐる」という句も生まれた。「青空の筍を掘る」という句も。なんとなく物欲しそうな山頭火だ。蕗や蕨などと違って、勝手に掘るわけにはいかない。

心待ちをしていると、竹藪の持ち主から筍を貰った。掘りたてのほやほやだ。ありがたかった。筍は蕗とちがったうまさがある。歯がほろほろ抜けた山頭火は歯茎で食べたのだろう。翌日、「朝は、筍をたべてはお茶をのみ、晩は蕗をたべてはお茶をのんだ、昼御飯としては葱汁！野菜デーだつた」

竹の子のたくましさの竹になりつつ

こころ澄めば蛙なく

山頭火は日記に句を連ねている。一句も出来ない日もあるが、ほぼ毎日。昭和八年四月二十二日、「濫作一聯《らんさくいちれん》如件《くだんのごとく》」として二十二句連ねている。その一部を紹介。

朝風のうららかな木の葉が落ちる
山へのぼれば山すみれ藪をあるけば藪柑子
鳥かけが見つめてゐる地べた
春ふかい石に字がある南無阿弥陀仏

では、次の句は。

仏間いつぱいに朝日を入れてかしこまりました

「ええっ、これ俳句？　文章と思った」という方も少なくないのでは。翌日の日記にあるのが掲句。「昨日の二十二句は此一句に及ばない」という自慢の句。

穴から蛇もうつくしい肌をひなたに

其中庵にはいろんな訪問客が現れる。農学校書記の樹明君のような酒や米やときにはソーセジも持参してくれる菩薩のような人間もいるが、小動物たちもやって来る。「蛙とんできて、なんにもないよ」と愛情を感じるものもいるが、「長虫——蛇、百足、いもり、とかげ、蚯蚓《みみず》——はまつたく嫌だ」と。十五センチもある百足がやってきて、ぞっとして打ち殺そうとしたが、果たさなかった。左記はそのときの句だが、どう解釈していいのか。

わかれていつた夜なかの畳へ大きな百足

ムカデは自切する習性があり、胴体を半分にちぎって逃げ去ったのか。まさか。

掲句は、少し離れて見たのだろうか。余裕が感じられる。なぜ、ヒトは蛇が嫌いなのか。前世で何かあったのか。

けふは蕗をつみ蕗をたべ

草葺《ぶ》きの廃家に手を加えた其中庵だが、畑もついている。

畑には蕗が繁茂し、日記にも「蕗はうまいなあ、まいにち食べても、なんぼ食べても」「蕗のうまさ、ほろにがい味は何ともいへない」と絶賛の日々。もちろん句にも。

蕗をつみ蕗をたべ今日がすんだ

蕗をつみ蕗を煮てけさは

蕗のうまさもふるさとの春ふかうなり

酒の肴に蕗の佃煮を作って、来客者を待ったのだが。

誰も来ない蕗の佃煮を煮る

秋田蕗も植え、やがて「蕗の葉の大きさや月かげいつぱい」

春蝉《はるぜみ》もなきはじめ何でもない山で

「初めて春蝉をきいた、だるくてねむくなる」と四月二十四日の其中日記に。「何でもない山」というのがいい。其中庵の裏の里山であろう。

山肌いろづき松蝉うたふ

という句も。春蝉を松蝉ともいう。晩春、初夏の季語だ。図鑑ではヒグラシをちょっと小型にした格好をしている。

子供のころ、私は蝉取りが好きだったが、春蝉を手にして見たことはない。小学校の「おみしり遠足」で、松林で鳴いていたのを覚えている。いまも春蝉は鳴いているのだろうか。いなくなったのは、松くい虫のせいで松林が消えたためだろう。晩春の松蝉、秋の松茸。会いたいな。

春もゆくふるさとの街を通りぬける

五月十三日、ふるさとへ行乞に。一週間の行程だが「行乞記」を綴っており、「一鉢千家飯」と記し、「春風の鉢の子一つ」と句で飾っている。

汽車賃が足りないので歩いて行く。酒造業を営んだ大道村では、プチブル生活のみじめさを思い出す。あれから二十年。若葉がくれの伯母の家、病める伯母を見舞うことも出来ない甥は呪われてあれ。

防府の中心、宮市のうぶすなの天神様（防府天満宮）。思い出ははてしなく、切れないテープのごとく続く。「S君の家はとりこぼたれてゐた、S君よ、なげくな、しつかりやつてくれ」。S君とは、種田正一、自分に呼びかけている。

一銭から一銭、一握の米から一握の米。さりとは、さりとは、行乞はつらいね。

雨音のしたしさの酔うてくる

一週間のふるさとの行乞では、港町の室積町《むろづみ》（光市）にも足を運んだ。そこには四月五日、其中庵に訪ねて来てくれた大前誠二がいる。普賢様の縁日で賑わっており、職場の女子師範を訪ねる前に家がわかり、草鞋を脱いだ。

翌日、托鉢にまわり、宿で歓迎句会。短冊と半切を書きまくった。乞食坊主だが、俳人の間では有名人。翌朝、雨の中を歩き、持ってきた一本をラッパ飲みし、酔っぱらって松原に寝ころんでしまう。通行人に「どうかなさりましたか」と声をかけられ、近くの安宿に転がりこむ。宿銭がなく、誠二に手紙を書き、近所の子に持たせた。

托鉢先で旧友を訪ね、旧情を温めた。「君の祖父君は風雅人だったよ」と言われた。帰途、白船宅に寄り、汽車で戻る。途上買った麦わら帽子を頭にかぶり…。

盛花がおちてゐるコクトオ詩抄

六月三日、一年ぶりに北九州を歩き回ろうと出立する。最初の宿は宿場町の舟木（宇部市）の木賃宿。河の対岸は遊郭。家も女も田園情趣ゆたか。

水をへだてゝをなごやの灯がまたゝきだした

翌日、厚狭《あさ》（山陽小野田市）を行乞。日が暮れて長府（下関市）の近木黎々火の家で草鞋を脱ぐ。朝、散歩に。長府は士族町だ。掲句は黎々火宅で。

黎々火はまだ数えのはたち。健より二歳年下。実父は逓信省の役人。伯父の近木家に養子に入る。旧制中学を出て、四年間モラトリアム。さすがに実母が心配し、親戚筋に頼んで門司鉄道局に就職させた。山頭火の周辺は逓信関係が多い。

山頭火にいろいろポーズを取らせ、写真を撮る。うしろ姿も。あの有名な写真だ。

ひさ〴〵逢つてさくらんぼ

北九州の戸畑、八幡で「層雲」の入雲洞、星城子、千波鏡子、幸雄を訪ね、接待漬けに。一夜の宿を借りた入雲洞は病院勤務、星城子は八幡署の剣道師範、幸雄は青年俳人。鏡子は三興物産社長。最後は中華料理屋で歓待され、宿に投げ込まれる。

人間的臭気の八幡の街を離れ、遠賀川沿いを歩き、香春岳に旅人の心がひきつけられ、七日の夕刻、桜の木をめざし、緑平宅に着いた。青葉の陰にさくらんぼがのぞいている。座敷で話していると、月がのぼってきて、ふと緑平の口から息子の健がこの春、秋田鉱専を卒業し、飯塚の日鉄二瀬に就職したと知らされる。

「彼の近状をこゝで聞き知つたのは意外だつた、彼が卒業して就職してゐるとはうれしい、幸あれ、――父でなくなつた父の情である」

夾竹桃《きょうちくとう》さいて彼女はみごもつている

山頭火は夾竹桃にこだわっている。日記に「南国の夏の花だ」と書き、「情熱の女だ」と擬人化し、「夾竹桃赤く女はみごもつてゐた」と句にする。掲句はその句の改作だ。「かどは食べものやで酒もある夾竹桃」の句があり、よく出かける店の女のことかな、とも思ったりする。

裏山で男女二人の抱き合い心中の死骸が見つかった。男は八十、女は四十、夫婦だか親子だかはわからないが、小郡の木賃宿に泊まって、それから行方不明だったという。その日の日記に「夾竹桃は情熱の女」と出てくる。

山の情死者を悼むと、必然に、そして自然に山頭火は十五年前、岩国愛宕山で自殺した弟二郎の死体を思い浮かべる。

夕あかりの枇杷《びわ》の実のうれて鈴なり

「其中日記」に見る何気ない一日。行乞は気分がふさぐからやめにして「庵中閑打座」。少し梅雨らしく曇っては見せるが、なかなか降ってくれない。「一杯やりたい慾望、性慾のなくなつた安静。私の生活もいよ〳〵単純、簡素、枯淡になつた」。家主の神保さんが唐辛子を持って来てくれた。

「蚯蚓のやうに、土のやすけさを味へ」と野菜に水をやると雨。「自然の偉大を考へさせられる、今更のやうに」。夜、樹明君が袖に蛍を一匹つけて来た。「どうしても来ずにはゐられないから来た」という言葉がうれしかった。

掲句はその日の日記に。前日、神保家の子供たちが来て、鈴なりの枇杷の実を喜んでうまそうにもいでは食べていた。

夕立が洗つていつた茄子をもぐ

畑には茄子、トマト、胡瓜などを植えている。五月二十日、茄子とトマトの苗を農学校の国森樹明が持って来てくれた。「畑を見まはり、山を眺め、雑草、若葉を賞することは、ほんとうにうれしいことだ」。六月二十六日、畑の中耕施肥をした。

七月六日、手作りの初茄子を一つもいできて味噌汁の実にする。「とてもうまかつた、珍重々々」。以降、焼き茄子にし、浅漬けにも。

昼しづかな焼茄子も焼けたにほひ

一雨ほしいな、と思っていたところに、夕立が通り過ぎた。光が射し、畑の茄子がみずみずしく、肉付きのいい紫の肌が水滴をはじいている。

なんとうつくしい日照雨ふるトマトの肌で

「トマトを食べる、トマトのうまさがすこし解つたやうに思ふ」と七月二十六日の日記に。トマト栽培は観賞用として明治初期に始まるが、食べるようになったのは昭和になってからという。

すつかり好きになつたトマトうつくしうられてくる
朝風のトマト畑でトマトを食べる
もいでもたべても茄子がトマトがなんぼでも
何はなくとも手づくりのトマトした丶る

八月二十七日、行乞に立つ前、畑の手入れをし、九月三日帰庵。トマトがよく熟れていて、すぐもいで食べる。うまいうまい。

朝風のいちばん大きい胡瓜をもぐ

五月二十九日、山口に行乞に出かけた帰り、焼酎や醤油、塩、灯油、煙草、はがき、芋のつるなどと一緒に胡瓜の苗も買ってきて、畑に植えた。

其中庵を結んだ日の日記に、樹明が胡瓜を持って来てくれ、「草の実のほんとうのうまさに触れたやうな気がした」と書いている。

わたしの胡瓜の花へもてふてふ　（六月二十九日）
胡瓜の手と手と握りあつた炎天　（七月八日）
茄子胡瓜胡瓜茄子ばかり食べる涼しさ　（七月十二日）
きのふもけふも茄子と胡瓜と夏ふかし　（八月四日）
胡瓜もをはりの一つで夕飯　（八月二十五日）

誰にあげよう糸瓜の水をとります

子規忌を糸瓜忌と呼ぶ。糸瓜水は美容水に用いるが、咳止めにも効くといい、子規の辞世の句に「痰一斗糸瓜の水も間にあはず」
山頭火も其中庵に糸瓜棚をしつらえており、ずいぶん句も作っている。

糸瓜やうやく花つけてくれた朝ぐもり
へちまよ空へのぼらうとする
へちまに朝月が高い旅に出る
糸瓜からから冬がきた

若いうちは食用になるが、食しなかったろう。完熟すると、さらして垢すりに用いる。山頭火も銭湯で用いたかもしれない。ただ、肌を痛めるのを気にしている。

藪で赤いは烏瓜

近年、緑のカーテンとして増えているのがゴーヤ。苦瓜、茘支《れいし》だ。山頭火には苦瓜の句が見当たらない。農家の庭先にはよく見かけたはずだが。
熊本出身の放浪歌人宗不旱《そうふかん》に歌集『茘支』がある。澄太とも親しかった成城中学の今田哲夫が不旱に山頭火のことを話題にしたら、「その山頭火のまねは出来ない」と言って、にやりと笑ったという。白秋や牧水を激しく攻撃し、狷介《けんかい》な性格から「総スカン」といわれた不旱は石を探し、硯に彫って、売って歩き、昭和十七年初夏、阿蘇北外輪の山中に消息を絶った。
その壮絶さを熊本の人間は知っているだけに、山頭火にはよそよそしいところがある。茘支の代わりに昭和五年十一月、行乞先の下関から緑平へのはがきの句を。

煙幕ひろがつてきえる秋空

九月十一日、広島尾道地方へ行乞。三田尻、徳山、呼

坂、岩国に泊まり、十五日広島へ。徳山の白船宅以外は木賃宿。ふるさとへの旅人で、身内の者から「あんたもホイトウにまでならないでも、何かほかに仕事がありそうなものだが」と言われ、苦笑して、「ホイトウして、句を作るよりほかに能のない私だ、まことに恥づかしいけれど仕方がない…」」。広島駅には大山澄太がニコニコ顔で待っていた。四泊五日滞在。十七日には電車で五日市へ行き、終日釣舟遊び。

十八日は日支事変二周年記念日。広島風景——軍国風景。練兵場へ出かけて模擬戦を観る。鉄条網、毒ガス、煙幕、タンク、機関銃…。疲れて少し憂鬱になる。広島文理大生の蓮田善明、広島高師生の後藤貞夫らが澄太宅に訪ねて来る。

柿一つ空へあづけてあつたとつてくれる　井泉水

十一月二日、荻原井泉水を其中庵に迎える。

「けさ井師から来状、プログラムいよ〳〵きまりました」と緑平に二十日前、はがきで伝えている。十一月二日午後四時四十分着、五時農学校で講演、七時から末永旅館で晩餐会、続いて俳談会。三日は朝から裏山で松茸狩り。井師は一時の列車で小倉へ。徳山から久保白船、熊本からは石原元寛、広島から大山澄太、横畑黙壺らが来て参会者は十数人。「其中庵空前の、そして恐らくは絶後のにぎやかさでありました」と伝えている。緑平は勤務の都合で来なかったが、井泉水を途中で迎え、英彦山の紅葉狩りに同行している。

山頭火は酔っぱらって句は作っておらず、井泉水の其中庵訪問の句を。

12　父と息子

かえるは鳴かぬ跳んでいるころ

山頭火は旅心が出て、三月二十二日、其中庵を立つ。信越の俳諧師井上井月や良寛ゆかりの地をめぐろうというもので、宇品港から神戸へ船に乗るため、広島の大山澄太宅に一夜の宿を借りた。

句を揮毫していたら、広島文理大学生の蓮田善明と池田勉が春休みを終えて、訪ねてきた。学生とはいえ、広島高師を出て教職歴があり、蓮田には郷里の植木（熊本市）に妻子がいた。

揮毫しながら、澄太と話しているのを横から蓮田は聞いた。山頭火には半年前、この澄太宅で会っている。「蛙はもう鳴いていますか」と澄太が問うと、「かえるは鳴かぬ跳んでいるころ」と答える。そのまま句になっていると蓮田の『広島日記』にある。

椿またぽとりと地べたをいろどつた

大山澄太宅で山頭火が揮毫しながら、話に答えているのを見て、蓮田善明は「額と耳のいい人」と書いている。

味取観音で堂守をしていたと本人から聞き、驚く。子供のころ、そこによく遊びに行っていたためで、さっそく妻敏子に手紙で伝えようと思う。

澄太が其中庵を初めて訪ねた日、椿が咲いていて豆腐を買いに行った話をしているのを聞き、蓮田は「椿がよく咲ひてた豆腐買ひにゆく」と句が浮かんできて、二人の会話そのものが句だ、と思う。鼠の話になり、「鼠のいない家なんてないものですよ、一度きたんですが、帰っちゃいましたよ」と山頭火。みんな大笑い。
「近来にない気持のよい酒だつた、ぐつすりと眠れた」と山頭火の日記。
澄太宅で「日ざしうらゝなどこかで大砲が鳴る」の句を残す。

いつしか明けてゐる茶の花

蓮田善明は実際に作ってみて、山頭火の句の作り難いのに感服する。蓮田は起きてすぐ本が読めるよう電灯を点けっぱなしにして寝ていたが、電球がよく切れ、消すようになった。すると朝、空のあかりがしずかにみたされているのを感じ、この句の深さが理解できた。菜の花で挑戦してみた。「花の中入りゆく菜の花の一本一本《ひとつひとつ》で」が最上句。「茶の花にいのちこめている山頭火をよしとしておかずばなるまい」

蓮田は詩人・伊東静雄の友人。国文学者・作家として秀逸な作品を残す。二度出征、中隊長としてマレー半島のジョホールバルで自決。三島由紀夫に影響を与えた。

昭和二十六年十一月、大山澄太は熊本の大慈禅寺に望月義庵を訪ね、「茶の花ひつそりと残されし人の足音」と作句した。案内してくれた山頭火の妻サキノの姿だ。

とほく山なみの雪のひかるさへ

三月二十五日、広島の宇品から三原丸に乗船。翌日には神戸に着き、めいろ宅に一泊するが、二十七日から四月二十八日まで日記には俳句のみである。

『山頭火全集』などの年譜によれば、有馬の同朋園に泊まり、深草元政上人墓参、京都の陶芸家内島北朗宅に泊まり、比叡山に詣で、津島の池原魚眠洞を訪ね、佐屋の芭蕉の水鶏《くいな》塚を見て、名古屋に出て、大橋蓮子宅、森有一のリンゴ舎に泊まる。

四月十日、緑平に「これから木曽路へ、いよ〳〵山頭火の本格的コースです、いづれまた」とはがきを出している。

有馬温泉で「湯の町のふけてはつむともなく春の雪」と作句しており、三月末に雪が舞っている。北朗宅では「壺のひかりの、すこし寒い日」と。底冷えもしたのだろう。

病んで寝てゐてまこと信濃は山ばかり

四月十四日、信濃の国は清内路《せいないろ》という山村にて緑平へ。「木曽川にそうて二里、その支流の吾妻川をさかのぼること二里、さらにその支流をのぼりつめて、この山村です、コタツがあつて、雪もあつた、この旅、まことに十年前のそれよりもさびしい」。十年前とは関東大震災に遭い、中央本線塩尻から名古屋へと抜けたときのこと。

十五日、雪の峠越えに難渋、疲労困憊。飯田の太田蛙《あ》堂《どう》宅に転がりこみ、句会には出たが、発熱。寝込んでしまい、十八日、蛙堂との寄せ書きのはがきが緑平に。「あばらがばら／＼になるほどの熱が浮いた汗」と蛙堂が句を添え、「山頭火翁も終に倒れてしまいました、此処《ここ》から帰庵されると云ひます」。山頭火は「明後日帰庵したら、とうてい、とうぶん動けますまい」と書いてきたが、二十一日、川島医院に入院する。

あすはかへらうさくらちるちつてくる

四月二十二日、井泉水から緑平に急信。「啓、山頭火君信州飯田町に於て再発病、すこぶる重態の由、同地太田蛙堂君より急信ありました。とり敢ず御報申上ます」

三日後、当の山頭火から緑平にはがき。「たいへん御心配をかけました。（略）便所にも行けなくなつたので入院してをりますが、月末までには帰庵いたします」

近木黎々火にも「やつぱり、やぶれたからだでしたよ、肺炎といふ名そのものからブルジョアじみてゐますね、（略）アルコールから解放されたので、ホガラカナサントウカですよ。病院の窓といふものなか／＼おもしろい」

川島医院を退院したのは四月二十八日。伊那の井月墓参に心を残しながらもどこにも寄らず、二十九日夜八時過ぎ、其中庵に帰っている。

ぶらぶらあるけるやうになつて葱坊主

五月一日、早く起きた。うす寒い、鐘の音、小鳥の唄、すが／＼しくてせい／＼する。

雑草を壺に投げ挿す。「いゝなあ」。郵便局へ投函に。

北国はまだ春だったが、こちらはもう麦の穂が出揃い、菜種が咲き揃って、さすがに南国。

誰かが通知したと見えて、息子の健が国森樹明と一緒にやってくるのに出くわした。二人連れで戻る。「何年ぶりの対面だらう、親子らしく感じられないで、若い友達と話してゐるやうだつたが、酒や鑵《マヽ》詰や果物や何や彼や買うてくれた時はさすがにオヤヂニコニコだつた」

　庵には寝具の用意がないので健には事情報告かたがた夕方から妹のシヅの家へ行ってもらった。「今日はよい日だつた」

子供が駆けてきて筍《カッポウ》によきりと抜いたぞ

其中庵の裏は竹藪で、竹の子がすくすく伸びる。真竹《まだけ》だ。竹の子といっても孟宗《もうそう》、古参竹《こさんちく》、淡竹《はちく》、真竹と季節をずらして生えてきて、真竹は田植えが終わり、青田のころでもまだ伸びてくる。孟宗のように掘らずとも、包丁か鎌でスポンスポンと切ればいい。手でも抜ける。よその竹藪ながら、山頭火もちょくちょくいただいており、かつ借景として楽しんでいる。

　窓の近くに竹の子二本。留守に竹藪の所有主のTさんが来て抜かれては惜しいと思い、紙札をつけておいた。

「この竹の子は竹にしたいと思ひます　山頭火」

竹の子伸びるよとんぼがとまる
藪を伸びあがり若竹の青空

雑草にほふや愚痴なんどきかされては

昭和九年の日記にT子という女性がしばしば出てくる。旅館兼料理屋の仲居で夫も子供もいる。連れて来たのは樹明で、「テル坊」と呼んでいる。めかして昼間、「掛取にゆく」と立ち寄ることもあるが、店が終わった夜遅く、残り物のビールや料理を持ってやってきて、のそりと樹明も現れる。「句作でもすると面白いのだが、まあ、文学好きの程度、或る意味では求道者といつてもよかろう」

　彼女が庵にやってくる目的は樹明にあり、「T子さん来庵、愚痴と泣言とをこぼす」。樹明の優しさに原因があり、樹明の妻のことを思えば、気がもめる。国森家は旧家で、この家で山頭火が酩酊したとき、樹明に「先生を其中庵まで送ってあげなさい」と言われた妻はついてきてくれたが、庵近くなると「帰りが心配」と言って、山頭火が家まで送って行った。

水は透きとほる秋空

九月十八日、まったくの秋。夕方、敬治と樹明と小郡の街に出て、チャップリンの「街の灯」を見ている。日本では一月十三日、日劇で公開、地方の小郡には八カ月経ってフィルムが回ってきており、「待望の」と書いているところを見ると期待していたのだろう。「やっぱりよかつた、チヤツプリンの本質に触れたやうな思ひがした」

併映の日本映画は「新派悲劇的で興がなかつた」とも。サイレントで日劇では徳川夢声が弁士をしており、昭和天皇、皇后も鑑賞している。古川ロッパは「チヤツプリンの横顔を見てたら、何となく涙が出そうになつた」と日記に書いているが、山頭火もホロリとしたのでは。日劇で公開された日、ロッパはキネマ旬報の販売キャンペーンで熊本に来ており、特約店である雅楽多のサキノは歓迎会の世話をしている。

エスもひとりで風をみてゐるか

山頭火は犬を敬治から預かった。おとなしくて上品で無口で人懐こい。犬小屋は樹明がいつか持ってきた兎箱。二つに仕切ってあり、一つは寝室で、一つは食堂。碗一個と古筵一枚、それで万事OK。エスはどこにもついてくるが、途中で行方不明に。探しても見当たらない。「Sよ、早く戻つてこい」。だいぶ遅くなって戻ってきた。何だかすまなそうにしょんぼりしている。飯を与えるといそいで食べて、ぐったり寝てしまった。

「Sの弱虫め、猫にとびつかれて悲鳴をあげた」。山頭火の日記にはイニシャルが多い。サキノも妹のシヅもS。街に出て行ってよろよろと帰って来た。うたれたのか、悪いものでも食べたのか。「それは私自身の姿であつた」。敬治が出張から戻って来て、連れて帰ったが、夜、ひょろりとやって来た。

あかるくするどく百舌鳥《もず》はてつぺんに

十月十三日、秋晴。散歩日和で運動会日和だ。「近在散歩、どこへゆくか、いつもどるか、わかりません」と書置きして出る。時計を質に入れ、一杯やり、タクシーに乗り、大田（美祢《みね》市）の町に運ばれ、敬治の家の客となり、酔って寝た。

犬のエスは戻っている。其中庵から大田との距離は案外、近い。

伊東敬治の経歴がもう一つわからない。熊本にいた時期があり、五高生の兼崎地橙孫、工藤好美とは友人で、山頭火とも知り合いになった。山頭火が妻子を置いて東京に出て来ていたころ、同じ部屋に住んでいたこともある。戦後、農協組合長や小郡町議、県農業共済連合会の会長などを歴任しているが、若いころ、農業技術者として熊本、東京にも滞在し、大田にいたのは県農会の勤務先だったのか。

ああいへばかうなる朝がきて別れる

十月二十五日の日記。「熊本へ行かなければならない、彼女と談合しなければならない、行きたくもあり行きたくもなし、逢ひたくもあり、逢ひたくもなし、――」二日前の日記に「やつと工面して、冬物を質受して、妹を訪ねる、子の結婚について相談するために！」とある。サキノから息子に言ってきた縁談であろう。まだ早いと本人は思っていて、山頭火に手紙で相談したのか。十一月一日、「午後五時帰庵、やれ〳〵と思つた、そしてすぐ寝た。九州行そのものは悪くなかつたけれど、熊本はやつぱり鬼門だつた」。掲句は「Sよさようなら」と前書して、十一月十七日の日記にある。一週間うろついたようだが、旅日記は所在不明。日記に水前寺成就園での句が出てくる。

水は秋のいろふかく魚はうごいてあたまをそろへ

分けた髪もだまりがちなも大人《オトナ》となつてくれたか

熊本に向かう途中と思われるが、飯塚で息子の健と会い、おそらく一泊している。十八日の日記に「父子対面―飯塚に健を訪ねて―」として掲句を含め四句載せている。

このみちまつすぐな、逢へるよろこびをいそぐ
煤煙、騒音、坑口《マブ》からあがる姿を待つてゐる
話しては食べるものの湯気たつ

ほろりとさせられる句だが、健は父の老衰ぶりに驚き、「今後は歩きまはらないやうに庵に落ちついてゐて下さい、月々米塩代だけはどんなにしても送つてあげます」と言

ったと緑平への手紙にある。

みんな働らく刈田ひろ〴〵として

十一月三日は明治節。農学校で催しがなされているのか騒音が。山頭火は熊本から戻り、意気消沈しているが、東京の井師祝賀会へ「アキゾラハルカニウレシガルサントウカ」と打電する。そして日記に「野菊、りんだう、石蕗《つわぶき》、みぞそばの花、とり〴〵に好きだ」

父親らしいこともせず、息子の縁談のことで熊本の雅楽多に乗り込んできた山頭火にサキノは感情を破裂させたのだろう。気を鎮めようとする山頭火がいる。

あぜ豆もそばもめつきり大根ふとつた
垣も茶の木で咲いてゐますね
秋もをはりの夜風の虫はとほくちかく

生きてゐることがうれしい水をくむ

十二月六日夜、『ヘンリライクロフトの手記』を読みだし、翌日も読み続ける。

「彼は私ではあるまいか」とさえ思い、「私も私流の随筆なら書けさうだ、三八九を復活刊行して、私の真実を表現することを決心する」と日記に。

十七日にはそれを読み終え、「ワルデンを読みはじめる、どちらも私の愛読書」と。「ワルデン」とは、ヘンリー・ディヴィッド・ソローの『森の生活』のことだ。ウォールデン湖の畔《ほとり》に小屋を建て、自給自作の生活を描いた回想記。そして『ヘンリ・ライクロフトの手記』はジョージ・ギッシングの最晩年の作。南イングランドの片田舎に隠棲し、古典を楽しみ、自然を散策し、心豊かに生きる一人物に仮託し、自伝として描いている。

こんな本を愛読していたとは、なかなかに興味をそそられる。

第四章　旅への想い、やみがたく

13　小春日和の日々

あすは入営の挨拶してまはる椿が赤い

昭和十年一月十一日、山頭火は小郡駅で浜松飛行隊へ入営する鈴木周二を見送る。「窓が人がみんなうごいてさようなら」。暮れの二十六日、山口市の周二宅での入営送別句会にも顔を出している。妻や娘も句会に加わったというから老兵に近い。酒は断り、ライスカレーを頂戴した。聞かれるままに山頭火は息子の自慢話をしていた。

其中庵の近くの家でも「あすは入営」の別宴の歌声がおそくまで聞こえた。

おわかれの声張りあげてうたふ寒空

その別宴のざわめきを聞きながら、健のことを思う。

わかれて遠いおもかげが冴えかへる月あかり

門をはいれば匂ふはその沈丁花

三月十九日、急に思い立って佐野（防府市）の妹シヅを訪ねる。

姉が町田家に嫁ぎ、子供を残して亡くなり、後添いにシヅが嫁いだ。土産は樹明から貰ったハム。外出着の質受けが出来ないので古法被《はっぴ》を羽織って行き、さんざんシヅから叱られた。叱る妹も辛いが、叱られる自分も辛い。いつものようにシヅの夫を相手に酔っ払っておしゃべり。甥の「寿さん」が黙々として労働していることが尊く思え、省みて恥じる山頭火である。

一泊し、夜の明けないうちに起きて散歩。佐波川は思い出の静けさをたたえて鶯も鳴く。町田家の飼犬がしきりに尾を振って、可愛い。「花と梅干とを貰うて帰庵」とあるが、花とは沈丁花のことか。

あゝさつきさつきの風はふくけれど

四月二十四日の日記に「澄太君に返事の手紙を書いた、緑平居訪問の同行を断つた」とある。広島逓信局に勤める大山澄太は九州出張を利用し、山頭火と一緒に緑平を訪ねようと思い立ったのだ。日記は「それはまことに一期一会ともいふべきよろこびであり、同時にかなしみではないか、君のあたゝかい心、そして私のかたくなな心、私は書いてゐるうちに涙ぐましくなつた」と続く。

なぜ、断ったのか。澄太の出張先は逓信局のある熊本だったのでは…。そこには「雅楽多」があり、サキノがいる。山頭火のかたくなな心はそこにあった。往復の旅費は澄太持ちで、筑豊の緑平宅だけの訪問にはとどまらない。緑平には二十二日、「やつぱり出かけられません」とはがきを。掲句は二十四日の日記に。

あれから一年の草がしげるばかり

山頭火の「ぐうたら手記」に見る俳句論。

□私はうたふ、自然を通して私をうたふ。

□私の句は私の微笑である、時として苦笑めいたものがないでもあるまいが。

□俳句性を一言でつくせば、ぐつと摑んでぱつと放つ、といふところにあると思ふ。
□俳句のリズムは、はねあがつてたゞよふリズムであると思ふ。
□俳人が道学的になつた時が月並的になつた時である。
□感覚なくして芸術は生れない、同時に感覚だけでは芸術は生れない、感覚に奥在するsomething、それが芸術のほんたうの母胎である。
芸術——俳句芸術は作者その人、人間そのものである、あらねばならない。

雑草よこだはりなく私も生きてゐる

「ぐうたら手記」から人生論。
□人生の黄昏！
□性慾のなくなつた生活は太陽を失つた風景のやうなものだらう。
□苦しいから生きてゐるのかも知れない、なやみがあるから生甲斐を感じるのかも知れない。
□いのちはうごく、そのうごきをうたはなければならない。
□雑草！ 私は雑草をうたふ、雑草のなかにうごく私の生命、私のなかにうごく雑草の生命をうたふのである。
人生論と俳句論は重なっている。

ほろりと最後の歯もぬけてうらゝか

朝ご飯を食べているとき、ほろりと歯が抜けた。抜けそうで抜けず、神経をいらいらさせた歯だ。もう最後に近い歯で、さっぱりしたが、同時にさびしく感じた——と六月十三日の日記に。
ぬけた歯を投げ捨てて雑草の風
七月五日、誰かにもらったのか朝鮮飴（熊本銘菓）を食べ、「そのなつかしさもかみしめる歯がぬけてしまうて」
二十日夕、小郡農学校に行き、宿直室で国森樹明に馳走され、ゆで蛸とビフテキを歯のぬけた口で食べるのだから自分ながら呆れたと。
最後の歯が抜けたのは昭和十四年五月十一日、旅先の大阪で、まだ五十三歳。

これは母子草、父子草もあるだらう

昭和十年七月二十七日、北九州に汽車で向かう。食堂車でビールを飲んでいる。宗像・神湊の隣船寺に住職田代俊によって山頭火の句碑「松はみな枝たれて南無観世音」が建立されたため、二十八日、八幡の句友らと連れ立って訪れる。

その翌日、バスで飯塚にまわり、料亭で健と会食。「だいぶ痩せて元気がないから叱ってやつた、一年一度の父子情調だ。待つた芸者と仲居とが口をそろへて曰《いわ》く、親子で遊ばれる方は飯塚にもめつたにございません――これはいつたい褒められたのか貶《けな》されたのか」

駅前の旅館に車で無理やり押し込まれ、翌日は緑平宅を訪ね、くつろぐ。

掲句は昭和九年作。「述懐、子に」とある。

したしく逢うてビール泡立つ

緑平宅から八幡に。星城子のニコニコ顔に会い、別れてからシネマ見物。夜は戸畑の滝口多々楼と同伴して荒瀬蘇香を訪ね、「このあたりの夜景は美しい」。翌日、門司に。昼間、映画を見たらしく、「今日観たシネマは面白かつた、サトウハチローの裏街の交響楽には新味はないが持味があつた」。正確には「うら街の交響楽」で、渡辺邦男監督のミュージカル映画。

近木黎々火と日銀門司支店の亀井岔水《たすい》宅で会談会食。掲句はその岔水宅で。「黎君に若い日本人としての情趣があり、岔君に近代都会人らしいデリカシーがある」。下関でもシネマを見ており、「面白かつた」。山頭火は映画が好きなのだ。どんなタイトルか、書いていないのが惜しい。

酔ひきれない雲の峰くづれてしまへ

下関駅の待合室で一夜を明かし、早朝帰庵。「愉快な旅の一週間だつた」と日記に。だらけて、こんこんと眠り、翌日は「ぼう〳〵ばく〳〵」。閑日、小学校の教師らが訪ねて来て、アイスキャンデーをかじりながらしばらく雑談するが、雑草哲学を語る元気もない。

その翌日、神戸の関西学院教授多根順子が来庵。「お茶もあげないでお土産をいたゞいてすまなかつた」。其中庵名物の雑草風景も見て貰った。山頭火は知名士。

客を送り出し、北九州の旅で句友から貰った夏羽織を質入れして飲むが、まだ足りずに街に。どろどろの身心をやっと庵に運んだ。掲句は「酔ひどれをうたふ」から。

死んでしまへば、雑草雨ふる

飯塚で健と遊んで二週間も経たない八月十日、山頭火はカルモチンを多量に服用、縁から転がり落ちて雑草の中へうつぶせになった。雨が降っており、雨にうたれて意識を取り戻した。暴れつつカルモチンを吐き出し、眼鏡を壊し、頬と腕と膝をすりむいた。

数日間動けず、水ばかり飲んで、自業自得を痛感しつつも生死の境を彷徨した。「正しくいへば、卒倒でなくして自殺未遂であつた」と日記に。カルモチンは睡眠導入剤だ。山頭火は不眠症で酒とともに常用していた。日記には「第二誕生日、回光返照」「生死一如、自然と自我との融合」の文字も。

雨にうたれてよみがへつたか人も草も

踊太鼓も澄んでくる月のまんまるな

八月十五日夕、どこからか盆踊りの太鼓が聞こえてくる。山頭火は盆踊りのことを「日本のジャズ」と表現している。

五日前、山頭火は自殺未遂を起こし、身辺整理を始めた。遠くで蜩《ひぐらし》が鳴く。風が吹く。くつわ虫も鳴きだした。ランプを灯す油を切らしたが、月が明るい。旧暦のお盆は七月十五日で満月だが、この夜は十七夜月。月に両手を合わせ、お願いするとかなうという。

月のあかるさがうらもおもてもきりぎりす

八月盆の十五日は、戦後、終戦記念日が重なり、特別な日に…。山頭火は日米開戦も敗戦も知らずに死んだ。

釣りあげられて涼しくひかる

山頭火が自殺未遂を起こした六日後、手紙で知って国森樹明と伊東敬治が来庵。酒と駅弁で三人楽しく飲み、食べて話し、夕方連れ立ってシネマを見た。トーキーでないのでせっかくのエノケンも駄目だった。その夜はぐっすり寝た。

翌日、樹明に誘われ、鮒釣りを見物。その翌日、農学校の用務員が樹明の手紙を持って来て、「今日は托鉢なさるとのことでしたが、米は私が供養しますから」。午後、鮒釣りに行きましょうというのである。鉄鉢を魚籠《びく》に持ち替えた山頭火は「一竿の風月は天地悠久の生々如々である、空、水、風、太陽、草木、そして土石、虫魚……人間もその間に在つて無我無心となるのである」再生記念、節酒記念、純真生活記念としてやぎひげを立て始めた。

秋草のむかうからパラソルのうつくしいいろ

ひなたの縁で本を読んでいると、美しいパラソルが近づいてくる。ハテナと思っていると山口の秀子さん。「小郡駅まで来たのでちょっとうかがいました」という。友達（農学校の先生のお嬢さんで、学校の裏に家が）を訪ねて行くというので同道。若い女性と連れだって歩いているのを見て、人々は驚いている。学校に着くと樹明に案内を頼んで戻って来た。

「秋海棠のまぼろし！　それは私の好きな草花」と彼女のイメージを日記に。女優だったら、高峰三枝子か、水戸光子。それともモダン嬢の桑野通子。暮れてから樹明が来庵。投げ出された五十銭銅貨二つを握り、山頭火は買い物に。ちり鍋にして酒を酌み交わし、酔って二人ともぐうぐうと寝てしまい、散文的。

ふるつくふうふうどうにもならない私です

国森樹明が来庵、一緒に散歩に出かけたまではよかったが、飲み屋にあがり、乱酔。安宿のやっかいになるほど酔っ払い、朝帰りし、自己嫌悪に。

　ふるつくふうふうぢつとしてゐられない私です
　ふるつくふうふうあてなくあるく
　死なないでゐるふるつくふうふう

ふるつくは、ふくろうのことだ。「森の哲学者」といわれるが、山裾に独居する山頭火と似ていなくもない。夜行性で野鼠を常食するが、山頭火は人を食う。いったん彼に近づいたら、魅了され、餌食となる。樹明もその一人ではなかったのか。飲み屋や安宿の払いもすべてさせられたであろう。

軒からぶらりと蓑虫の秋風

「蓑虫も涼しい風に吹かれをり」という句に漂泊する山頭火を思う。枯葉や爪楊枝ほどの小枝にくるまった蓑虫は乞食僧に似ている。

ずらりと枝から下がった蓑虫に私は「みのむしの風に吹かれてドレミファソ」と贋作を作ってしまった。ついでに「蓑虫が糸に下がつて座禅組む」という句も作ったが、山頭火はペケペケというだろう。頭で勝手に作ってはいかん。

ここにもみのむしの住みついた
みのむし茶の木でおちついてござる
うごいてみのむしだつたよ
蓑虫もしづくする春が来たぞな

14　庵を留守に七カ月の旅

また一枚ぬぎすてる旅から旅へ

昭和十年十二月六日、小郡の其中庵から七ヵ月もの長旅に出る。「旅人山頭火、死場所をさがしつゝ、私は行く！」と記しているが、各地の「層雲」同人らを訪ね、一茶頼っての無銭旅行であり、その気分は芭蕉であり、一茶であった。

年内は山陽筋を旅し、正月を日銀岡山支店長蔵田稀也宅で迎えた。前任地の熊本からの句友だ。妻と子供が六人。幸福な家庭だ。あんまり寒いので九州へと引き返し、春を待つことにし、大山澄太のいる広島に寄ったら、盛り場で日記、句帳、書きかけの原稿が入った風呂敷が盗まれる。

二月二十七日、八幡の飯尾星城子宅で二・二六事件を知る。「省みて、自分の愚劣を恥ぢるより外ない」。八幡でも牡丹雪が舞った。

遠山の雪ひかるどこまで行く

昭和十一年三月五日、門司から欧州航路帰りのばいかる丸に乗り込む。さよなら、九州の山よ海よ。

春風のテープちぎれてたゞよふ

甲板から郷里の山脈を眺める。こころやすらかな海上の一夜だった。

六日朝神戸上陸、池田詩外楼宅に二泊し、めいろ宅を訪ね、新開地を散歩し、忍術映画見物、馬鹿馬鹿しいのがよろしいと。雪中吟行、神戸大阪の同人と一緒に畑の梅林へ。西幸寺の一室で句会。

　みんな洋服で私一人が法衣で雪がふるふる

　夕方、豊中に一人下車。ようやく愚郎宅を訪ね二泊する。

春の山鐘撞いて送られた（弘川寺《こうせんじ》）

愚郎宅では酒、こたつがありがたかった。朝湯朝酒もったいない。「ほろよい人生、へゞれけ人生であつてはならない」と自戒しながらも酒、酒、肴、肴とご馳走責めに。愚郎宅には二泊。次いで堤比古の世話に。夫人に連れられて、大坂劇場で松竹レビュー見物。「まことに春のおどり！」。宝塚にも行ったらしく、「春の雪ふるヲンナはまことうつくしい」。遊び暮らす日が続き、富田林高等女学校に後藤貞夫を訪ね、泊めてもらう。河内の国で弘川寺の西行塚に詣でる。

　西行は文治六年（一一九〇）陰暦二月十六日に没しており、「願はくは花の下にて春死なむそのきさらぎの望月のころ」と季節もぴったり。山頭火は「層雲」句友らにはあこがれの俳人。みな喜んで泊め、あちこち連れまわった。

旅は笹山の笹のそよぐのも（京都・東山）

三月十七日、京都へ出立。柏原まで電車、そこから歩く。日記に「瓢箪山」「河内平野、牛はふさはしい」「枚方で泊る、うるさい宿だつた」「小楠公の墓、大樟」「淀川風景はよい」とメモ。十八日、早起きし、石清水八幡宮を詣で、老女から二銭喜捨され、電車で京都へ。陶芸家の内島北朗宅に転げこむ。北朗には「鉢の子」ほか経本仕立ての句集を装丁してもらっている。

　夕方、北朗の家族も一緒に南禅寺境内の豆腐料理を賞味し、「京都の豆腐はうまい」。夜は別れて一人、新京極を散歩して、そこに寝てしまう。十九日は歩きたいほうへ歩きたいだけ歩いた。八坂の塔、芭蕉堂、西行庵、知恩院、南禅寺、永観堂、銀閣寺、本願寺…。夜の北朗宅は賑やかで句会というより座談会だった。

春日へ扉ひらいて南無阿弥陀仏（宇治）

二十日も「層雲」同人らと北野吟行。鷹ケ峰、光悦寺、金閣寺、酔っ払って伏見の酒井仙酔楼宅へハイヤーで送られる。朝湯朝酒が続き、二十二日、宇治へ。「平等院、うらゝかな栄華の跡」。汽車で木津まで行って泊まる。

二十三日、大河原まで鉄道の旅。「途中、笠置の山、水、家、すべて好ましかつた」。川を渡し舟で渡され、旅は道連れ。活発な若者と女給らしい娘さんらと山を越え、山を越える。山城大和の自然は美しい。山路は狭い。飛行機が前をかすめる。二里ばかりで名張川の岐流に添って歩く。梅がちらちら咲いている。

こゝから月ヶ瀬といふ梅へ橋をわたる

バスで芭蕉の生地、上野町（伊賀市）へ。遊郭近くの安宿へ泊まる。

そのながれにくちそゝぐ（伊勢神宮・五十鈴川）

三月二十四日、芭蕉の故郷塚や瓢竹庵《ひょうちくあん》を探る。「上野は好印象を与へてくれた。阿保まで三里、うらゝかな道」。阿保から津（津市）まで電車。「津はいかにも城下らしいおちついた都会であつた」。宿の梅川屋は一宿二飯で三十四銭！　安い。宮本二角を訪ねて馳走になると、翌朝、二角に連れられ、日赤病院に小川都影を訪ねる。「都影さんは一見好きになれる人だ」

二角に車で伊勢神宮に案内される。都影宅に法衣を脱ぐ。夜は自家用で白子町までドライブ。「都影君はドクトルとして、私は妙なお客さんとして」

翌日は病室の二階一間を占領して終日、読む、書く、飲む。

二十七日九時の列車で出立。四日市で途中下車、博覧会を見物。

すうつと松並木が、雨も春（弁天島）

三月二十七日夕、津島で下車し、池原魚眠洞を訪問。二年前にも世話になり、なつかしい家庭である。小学二年の坊やは「鉦《かね》たゝきが鉦をたゝいてゐる」などと俳句する。翌日、坊ちゃんお嬢さん同行で木曽川あたりへ遊ぶ。二十九日は魚眠洞と名古屋の大橋蕣蓮亭を訪ねて句会。三十日は森有一のりんご舎に泊まる。

三十一日二時の汽車で浜松へ。平野小児科医院に初対面の多賀治を訪ねる。医院の二階の一室を提供され、翌日は散歩、休養、通信。「よい夫でありよい父であり、そしてよいドクトルである多賀治君を祝福する」

四月二日、看護婦さんと相乗りで弁天島へ一路ドライブ。細谷野蕗らもやってきて松月旅館に送り込まれ、酒、酒、酒。「層雲」同人には医者も多い。

鎌倉は松の木のよい月がのぼつた

四月三日一時の列車で鎌倉へ。山頭火は憂鬱になっている。酒、酒、酒が続き、自己嫌悪に陥っている。大船で乗り換えようと下車すると、鎌倉同人が目ざとく見つけて、にこにこ。自動車で鎌倉へ。巣山鳴雨宅に落ち着く。酒、酒、話、話。「鳴雨君は想像した通り、奥さんと二人ぎりの、別荘風の小ぢんまりとした家庭は春の海のやう」。雪男君、蛸郎君、冬青君、新五郎君――。「鎌倉同人はほんたうになごやかだ」。昼間の憂鬱はどこに消えたのか。

四日は鳴雨、蛸郎の案内で鎌倉見物。鶴岡八幡、建長寺、円覚寺、長谷の大仏…。夜は南浦園で句会、支那料理を馳走になる。層雲社から「明日の句会へ出席せよ」と電報がくる。門司をばいかる丸で発ち、明日で一カ月になる。

ほつと月がある東京に来てゐる

四月五日、品川に着くと、まずそこの水を飲んだ。東京の水だ。電車に乗った。東京の空である。十三年ぶりに東京に来たのだ。

大泉園を初めて訪ねる。荻原井泉水にお目にかかる。内島北朗も来ている。句会。二十名ばかり集まった。ほとんどが初対面だ。夜は麻布の層雲社に泊めてもらう。犬に吠えられたが、「歓迎してくれたのかも知れない」と日記に。小沢武二、北朗らと夜の更けるのも忘れて話し続けた。

北朗、武二と同道して銀座へ。栗林一石路、橋本夢道を訪ねる。

「北朗は古道具屋をまはつて、いろんなものを買ふ、私が酒を飲むやうなものだろう」

ビルからビルへ東京は私はうごく

東京三日目は浅草をぶらつく。「定食八銭は安い、デンキブランはうまい、喜劇は面白い」。あてもなくぶらぶら歩く。四日目もやたらに歩いた。浅草から上野へ、それから九段へ、それから丸の内に。

渡辺砂吐流は丸ビル、原農平は海上ビル、芹田鳳車は東京ビル。みな、エリートサラリーマンだ。

農平と吾妻魔神明と日本橋で昼食。東京駅で砂吐流と待ち受け、新宿聚楽で夕食をする。味覚の殿堂といっているだけに満員繁昌だ。永福町の砂吐流の新居春風亭に泊まる。砂吐流が下関郵便局の十八歳のころからの付き合い。いま、満鉄の関連会社に勤める。二・二六事件からまだ四十日ほどしか経っていない。

また逢ひませうと手を握る

東京に出て来た山頭火は井泉水から羽織袴を借り、千歳村（世田谷区）の〝心友〟斎藤清衛の閑居を訪ね、一緒に恒春園の徳冨蘆花の墓を詣でる。

「櫟《くぬぎ》林のところ〴〵に辛夷《こぶし》の白い花ざかり」と日記に。

恒春園は蘆花が「美的百姓」を試みた場所。いまも武蔵野の面影が残る。

ふたりで落窪の前田夕暮を訪ね、さらに落合の山口中学の同期青木健作を訪ねる。そこに原農平も来て、四人で夜更けまで話し興じ、農平宅に泊まる。掲句には「斎藤さんに」とある。

斎藤は外国に出かける準備で忙しかったが、山頭火の訪問はうれしかった。彼の広島高師時代の教え子、蓮田善明、清水文雄らが後に「文藝文化」を創刊し、学習院中等科平岡公威の『花ざかりの森』が三島由紀夫の筆名で発表される。

花ぐもりの富士が見えたりかくれたり

東京漫遊中の山頭火は東京ビルに茂森唯士を訪問。

「なつかしかった」。山頭火が熊本に流れて来たとき、茂森は五高の図書館職員だった。茂森が上京すると、山頭火は妻子を残して彼の下宿先に転がり込んでいる。

トロッキーの『文学と革命』を訳し、「戦旗」の常連執筆者だった茂森は転向し、ソ連問題のアナリストとして丸の内に事務所を持つ身分になっていた。

「連れられて自働車で新宿へ出て、或るおでんやで飲む、そしてまた十二社（西新宿四丁目）へ、酒と女とがあった」。茂森によると、山頭火の容貌は老いと人生の苦労に削られていたが、どこかゆとりの出来た、しみじみとした味わいが深くなっていた。高円寺の家に泊め、翌朝別れたのが永遠の別れとなる。

ビルがビルに星も見えない空

山頭火の「東京物語」だが、七日目の四月十一日、原農平の案内で江戸川の花見に出かける。「桜はまだ蕾だ、掛茶屋の赤前垂が黄色い声で客を呼んでゐるばかりだが、飲む酒はある」。柴又にまわって川甚でも飲む。

山頭火はまた浅草へ出かけるが、前日もまたその二日前もそのまた前日も浅草をさまよっている。妻子を残し、上京したときも浅草によく来ていた。十二日は「おめでたいおのぼりさん」として山谷の安宿に泊まる。泊まるだけでも二十五銭。東京は物価が高い。十三日、濡れて層雲社へ帰る。「武二君が私の行方不明を心配してゐたさうで、私の癖とはいひながらすまなかつた」

夜は銀座へ。丸ビル人会出席。「かう酒ばかり飲んでゐては困る！」

松並木がなくなると富士をまともに

四月十四日、桜が咲いた。散歩。赤坂見附付近はよい風景だった。

武二の手で磊々子に引き渡され、二泊。池上本門寺を見て、高輪泉岳寺に。香烟がたえない。そして明治座へ。「面白かつた、井上はやつぱりうまい」。井上とは、井上正夫のことだろう。新派と新劇の中間演劇をめざし、同年「演劇道場」を立ち上げ、八月には明治座で三好十郎作「彦六大いに笑ふ」が大当たりした。銀座裏で飲んで食べる。おけさ飯とアブサン。

東京を離れ、多摩川畔を観賞、「雷にどなられ霙《みぞれ》にたゝかれた」。戸塚の松並木を眺め、やっと藤沢で寝床をみつけ、「自分らしく、旅人らしく」なった。

十七日、うららか。茅ヶ崎まで歩き、汽車で熱海まで。またそこから歩く。

はるぐ〵ときて伊豆の山なみ夕焼くる

熱海はさすがに温泉郷らしい賑やかさだった。伊東も観光祭。海も山も美しかったが、自動車がうるさかった。伊東温泉では旅籠に泊まっており、研ぎ屋老人、ルンペン、遍路、辻占い…。翌日は予想した通り雨。「みんな籠城して四方山《よもやま》話、誰も一城のいや一畳の主だ、私も一隅に陣取つて読んだり書いたりする」

午後から晴れるが、行乞はやめてそこらを散歩。湯町情調が濃厚で、「私のやうなものには向かない」が、波音、夕焼、旅情切ないものがあった。

二十日、下田へ出立。ゴルフ場、一碧湖、富戸の俎岩、光の村等々を横目で眺めつつ通り過ぎる。雑木山が美しい。天城連山が尊い。山うぐいすが有難い。

熱川温泉の安宿に断られ、暮れて稲取温泉に着き、宿がとれてほっとする。

とほく富士をおいて桜まんかい

稲取温泉のわびしい宿を出て、美しい今井浜を眺めながら行程三里弱、午前中に谷津（河津町）の松本一郎を訪ねる。一郎宅は春風駘蕩。温泉熱で育てたのか、手作りのメロン、トマトを馳走となる。内湯のご馳走は何よりだ。「湯、そして酒、あゝ極楽々々」。二泊した。

一郎と下田に向かう。太平洋を前に砂丘で胡坐《あぐら》をかき、持参の酒を飲む。下田近くになると、まず玉泉寺があった。日露交渉の場になり、ハリスによって米国領事館になった。「維新史の第一頁を歩いてゐるやうだ」。山頭火は長州人だ。吉田松陰の故事も懐かしい。浜崎の兎子宅に草鞋を脱ぐ。酔うて書きなぐる。山頭火の〝無銭旅行〟は揮毫の旅でもある。兎子宅で一郎と枕をならべて熟睡した。

伊豆はあたゝかく死ぬるによろしい波音

一郎、兎子と三人で下田に向かうが、途中で一郎と別れる。

下田港は港町の情調がたっぷりだが、通り抜けて下賀茂温泉へ。日記に「留置の手紙は二通ありがたかつた」とあるところをみると、郵便局に出かけ、受け取ったようだ。事前にここに寄ることを知らせており、お布施が入っていたのだろう。翌日の四月二十四日、木村緑平に投函している。掲句はそのはがきに。

旅館の一軒に案内され、温泉にぽかぽか温まってからまた酒に。兎子が専子を紹介する。三人同伴で専子宅に落ちつく。兎子は帰宅し、専子とまた入浴し、来訪したSさんと飲み出した。酔って、しゃべって、書きなぐった。

「ノンキだね、ゼイタクだね、ホガらかだね、モツタイないね！」

そこらに島をばらまいて春の波（田子浦）

伊豆半島を旅している山頭火は下田からバスで松崎に出て、田子浦からすみれ丸で沼津に渡っている。土肥温泉に泊まる予定であったが、沼津に「層雲」の句友らが待っているという話に予定を変更した。

「だいたい私の旅に予定なんかあるべきでない、ゆきあたりばつたり、行きたいだけ行き、留まりたいところに留まればよいのである、山頭火でたらめ道中がよろしいのである、ふさはしいのである」

沼津に着いたのは午後五時。ようやく梅軒を探し当てて客となる。夜は句会、桃の会の面々が集まって楽しく談笑句作した。

二十六日、早く起きて梅軒、桃月、路耕とともに六時の汽車で東京に。

さくらちる富士がまつしろ

四月二十六日、沼津から汽車で東京へ。九時着。一天雲なし、ほがらかな日である。孤独な散歩者で乞食坊主。築地本願寺に参拝し、午後一時、「層雲記念大会」会場の築地「伊吹」へ。玄関で物貰いに間違われる。

「愉快な大会であつた、なか〳〵の盛会でもあつた、知つた人知らない人、いろ〳〵の人に逢つた、誰もが打ち解けて嬉しさうだつた」

句会から宴会、午後十時過ぎて一人街へ出た。酔った元気で銀座のカフェーに飛び込んだりしたが、結局、乞食僧の服装では浅草あたりの安宿に転がり込むよりほかはなかった。三十日まで四日間、法衣も網代笠も投げ捨て、遊べるだけ遊んで、さまよい、疲れて憂鬱になり、金もなくなった。

旅のすがたをカメラに初夏の雲も

五月一日、東京を歩いて横断、麻布の層雲社に戻って泊まる。二日、新宿から電車で八王子へ。多摩少年院に窪田三洞を訪ね、すこし散策したのだろう。「武蔵野は好きだ」。栃の若葉と春の竜胆がよかったと。夜は三洞宅で丘の会句会。

どこかに月あかりの木の芽匂ふなり

三日、鹿島黙太を訪ね、昼飯を呼ばれる。少年院で黙太、三洞と三人でカメラに撮ってもらった。

四日、甲州路をたどる。汽車で小仏峠を越える。雑木山のうつくしさ。山また山、富士がひよっこり白いあたまをのぞかせる。与瀬から上野原まで歩いて、清水屋という安宿に泊まる。一泊二飯で五十銭は安かった。

若葉かゞやく今日は猿橋を渡る

五月五日、いたるところに鯉のぼり、吹き流しがへんぽんとして青空でおどっている。桂川峡では河鹿《かじか》が鳴いていた。木村緑平に「猿橋にて」とはがきを投函。「私は今甲州街道を歩いてをります、信州へいそいでをります」

六日、甲府で緑平に「まさに入手、まことにありがたし、(略)行き詰つた身心を打開するためには山間を歩くより外ありません」とお礼のはがき。猿橋では、はがきだけでなく、電報も打っており、緑平は八円為替で送っている。

八日、高原、山国らしく、農夫のかるさん(野袴)姿のよろしさ。とうとう行き暮れてしまい、野宿を覚悟しているところに伊豆で同宿したルンペン君に出会う。一緒に泊まろうと峠の中腹の農家に無理やり頼んで泊めてもらった。

尿するそこら草の芽だらけ

五月九日、日本晴れ。雪をいだいた山なみの美しさ。農家に同宿したルンペン君と話しながら歩く。石ころ道をだいぶ歩いて清里駅。日本で最高地にある停車場。やがて信濃路に入る。一面の落葉松林。妙な因縁で乞食僧とルンペン君の二人組は帰りタクシーにタダで乗せてもらい、有難かった。ルンペン君は驚いている。あとはヒッチハイクを続け、小海駅に。ルンペン君に別れ、汽車は千曲川に沿って下り、やがて中山道の宿場として栄えた岩村田町(佐久市)。関口江畔の無相庵の客となる。家内中で待っていてくれて、山頭火は涙ぐむほどうれしかった。

「江畔老の家庭はまた何といふなごやかさであらう、父草君が是非々々といつて按摩して下さる、恐れ入りました」。父草とは、江畔の息子。

こんなに蕎麦がうまい浅間のふもとにゐる

五月十日。空の色が身にしみる。雪の浅間の噴煙ものどかだ。

炎の会句会で粋花、如風等々の同人に紹介され、手打蕎麦をご馳走になり、「一茶がおらがそばと自慢したゞけはある」と山頭火。

「山国の春は何もかもいつしよにやつて来て、とても忙しい、人も自然も」

鼻頭稲荷の境内で記念撮影。写真は残っているのだろうか。

江畔の無相庵（山頭火は父子草居と命名）の食客となって、二十一日までここを足場に信州のあちこちに足を運び、「層雲」同人らの家を捜し、草鞋を脱ぐ。

十一日は軽井沢方面に出かけ、沓掛に着き、別荘地らしい風景を眺め、軽井沢駅前の噴水に口を寄せ、水のうまさを確認。駅前の旅館に泊まった。

足もとあやうく咲いてゐる一りん

五月十二日。高原の朝のすがすがしさ、静けさ。旧道碓氷《うすい》越をしようとしたが、道標が朽ちていて道を踏み違い、ほとんど一日山中を彷徨。「山ざくら、山くずれ、落葉ふかく。すべつてころんで、谷川の水を飲む」

やっと湯の沢に下って来て、杣人《そまびと》（林業従事者）と道連れになって、坂本の宿場に急いだ。横川（群馬県安中市）の牛馬宿に泊まる。

十三日早朝出立。碓氷関所跡、妙義山の裏、霧積川の河鹿、松井田町ではラジオから「赤城の子守唄」が聞こえてきた。きんぽうげ、桐の花が美しい。途中で巡査に尋問され、癪だから散髪する。高崎市の安宿に寄ると、不思議や例のルンペン君に出会った。持ち合せがあり、ビールとビフテキをおごる。

あるけばかつこういそげばかつこう

高崎から引き返し、松井田町まで歩き、そこから汽車で御代田まで、また歩いて暮れ方、平原（神流町）の甘利宅に落ち着くことが出来た。手打蕎麦も酒もうまかった。よく眠れた。翌朝、付近を散歩。小川でふんどしを洗う。甘酒を頂戴する。こたつに寝そべって悠々休養。椋鳥《むくどり》がしきりに鳴く。初めて郭公《かっこう》を聞いた。夜遅くまで閑談。親子四人の睦まじい家庭。

「お早う、椋鳥君、おや鶯も来てゐる」

そして「さようなら」「ごきげんよう」。再び江畔の世話になる。

午後は岩子鉱泉行、そして平根の粋花宅へ。よばれて酔って夜になって帰る。翌日、稔郎、粋花が来て、終日閑談、悪筆を揮《ふる》う。

浅間をまともにおべんたうは草の上にて（江畔老に）

五月十八日。江畔老と闕伽流山《あかるさん》に遊ぶ。「尻からげ、地下足袋、帽子なしの杖ついて、弥次さん喜多さん、とてもほがらかである」

途中、長野県種馬所の青草に足を伸ばして休む。草原の向うに残雪の八ヶ岳蓼科の連峰が見える。麓の明泉寺からお山へ登って行けば、老樹うっそうとして小鳥がしきりにさえずる。頂上に立つと、白馬連山が地平を白く劃《さ》いている。木陰の若草に寝そべって握り飯を食べ、ほろほろ酔ってうたた寝する。

「一杯の水も仏の涙かな――といふ風の闕伽流山くづしがむき出してある、放浪詩人三石勝五郎さんの作」と日記に。観音堂脇の岩間からかつて清冽な泉がわいていたという。

浅間は千曲はゆうべはそゞろ寒い風

闕伽流山から無相庵江畔居に午後四時ころ、戻った山頭火は「我がまゝ気まゝな性癖」を発揮して汽車で小諸へ向かった。「岩村田から小諸まで二里半、汽車の窓から眺める風景は千曲谿谷的なものがある」

着いたのは夕暮れ。宿を取ると、すぐに小諸城跡懐古園に出かけている。島崎藤村自筆の「千曲川旅情」の立派な詩碑が建っている。「雲しろく遊子かなしむ……にごり酒にごれる飲みて草まくらしばしなぐさむ……昔、昔、藤村の詩を読んでよみがへります、オイボレセンチをお笑ひ下さい」と緑平に絵はがきを出している。城の石垣の一つに若山牧水の歌も刻まれていたが、彼の心を駆り立てたのは、案外、少年のころに親しんだ藤村にあったのかも…。

けさはおわかれの、あるだけのお酒をいたゞく

小諸に泊まった翌日、山頭火は朝から居酒屋情緒を味わった。「やっぱり酒だ、酒より外に私を慰安してくれるものはない」。句作と友情は別物としてと断りながらも。そして風雨の中を歩きだし、中棚鉱泉宿に落ち着く。

翌二十日は晴。八時出立、戻橋を渡って千曲川に沿って川辺村を歩く。八ヶ岳にはまだ雪が光っている。八幡まで二里、左折して千曲川を渡る。中津という田舎町があった。また風が吹きだした。風は旅人をいっそう孤独にする。

途中、中佐都という村落に芭蕉句があった。「刈かけし田面の鶴や里の秋」、

岩村田町に着いたときはもう三時。また無相庵の食客となる。もりそばを味わい、銘酒を味わい、最後の一夜というので、みんなとしみじみと語り合った。

もめやうたへや湯けむり湯けむり

五月二十一日、岩村田の街はずれまで江畔老が見送ってくれた。「さよなら」「さよなら」。ほんとうに関口一家は親切で温和で、うらやましい家族だった。

御代田駅まで一里半歩く。沓掛まで汽車。それから歩けるだけ歩いた。「山また山である、浅間は近く明るく、白馬は遠く白く眺めて来たが、こゝでは高い山低い山、鋭い山丸い山が層々として重なつてゐる、軽井沢の一望も近代的風光たるを失はない」。吾妻駅から電車に乗り、草津温泉に。湯が熱く、「草津よいとこ一度はおいで」と歌いながら、湯もみ板で湯をもむ。

二十二日、緑平に草津から「あまり草津よいとこでもありません、一度で沢山ですよ」。夕食に出たライスカレーに「変な宿だ」と思った。

ふいてあふれて湯烟の青さ澄む

草津の湯もみ歌に「お湯の中にはどんな花が咲くか解つたものぢやない！」と日記に毒づいた山頭火だったが、翌日の日記には「一日二日滞在してゐるうちに何となく好きになるから妙」と。宿の主人は石工で、こつこつこつと石を彫っていて、好感を持つ。湯の沢という場所へ行った。「そこは業病人が」と山頭火は書いているが、ハンセン病の病者たちが療養に集まって来て、〝アジール〟

をなしていた。山頭火は引き返すが、こういう人々に心から接触している宣教師たちに「頭がさがる、ほんたうに」

宿のおかみさんに案内され、共同浴場に出かけた。人の目に触れないひっそりした場所で混浴だった。男は山頭火一人、どうぞよろしくお願いいたします。女は五人（二人はダルマ、二人は田舎娘、一人は宿のおかみ）。ダルマとは娼婦のことだ。

すべつて杖もいつしよにころんで

五月二十五日、万座温泉にて木村緑平へのはがき。「草津では雨にふりこめられて（高原は雨が多い）時間と旅費とを浪費したやうなものでした、こゝ万座までは上り三里、下り一里にすぎないのですが、雪あるところはすべるし、解けたところはぬかつてゐるし、七時間あまりかゝつて、やうやく溢れる熱い湯にひたることが出来ました、古風で、文化的でないのがうれしく、ランプをつけてコタツにはいつてゐます」。掲句は緑平宛てのはがきに。

白根山は噴煙をふきあげていて、荒涼として人生の寂寥を感じた。

草津では二句しか残していないが、この日の日記には三十九もの句が。

残雪ひかる足あとをたどる

山しづかなれば笠をぬぐ

まだ桜の蕾の固いころ、長野の風間北光宅に山頭火宛ての小包が届いていた。あとでわかったが、着替えの夏衣と句集『雑草風景』数冊。

五月二十六日の夕暮れ、村童に案内され、山頭火は現れた。万座温泉から十里近く歩いてきた。万座峠を下る際、衣を破り、鉄鉢をゆがめてしまい、翌朝、山頭火は井戸端で鉄鉢の凸凹を金槌で叩いて直していた。直し終えると「信濃路はよう郭公が鳴きますね」と言った。山頭火歓迎句会を催すため、北光が仲間らを一巡して来る間、山頭火は色紙や短冊などを沢山書いた。句会の参加者らが『雑草風景』や色紙、短冊を持ち帰り、おかげで路銀もたっぷり出来た。三泊し、善光寺詣りも果たした。掲句は北光居に残した「木曽路三句」の一作。

ぐるりとまはつてきてこぼれ菜の花

五月二十八日、長野市から木村緑平にはがき。「たよりありがたう、人間の生き方はやつぱり、風のふくまゝにふかせる心構へでやつてゆくより外あるまいと思ひます、明日出立、柏原へ向ひます」として、一句添える。

すぐそこでしなのゝくにのかつこう

翌二十九日、長野駅から八時の汽車で一茶のふるさと、柏原（信濃町）に。九時過ぎてさびしい山駅柏原に着いた。一茶は自作農の子だが、継母にいじめられ、十五歳で江戸に出て、俳諧を二六庵竹阿に学ぶ。晩年は郷里で逆境のうちに没。山頭火は一茶終焉の土蔵をめぐり、掲句を得て、墓所でも一句得る。

若葉かぶさる折からの蛙なく

くもりおもたい空が海が憂鬱

野尻から信越国境を越えて、二十九日の夜は新井町（妙高市）の岡田迂生宅に泊まっている。「飲んで食べて寝そべれば蛙の合唱」。翌日、直江津（上越市）を経て旧宿場の柿崎（同）で泊まろうとするが、宿屋に断られ、汽車で長岡に直行しており、次の句はどこで作ったのか。

砂丘のをんなはをなごやのをんなで佐渡は見えない

直江津は越後の国府と国分寺が置かれ、親鸞が配流された地で、森鷗外の『山椒大夫』の舞台だ。日記には文章がないが、「日本海」の句は残している。

砂丘が砂丘に咲いてゐる草の名は知らない
なんにもない海へ煙ぼうぼうとして

図書館はいつもひつそりと松の花

五月三十一日朝、山頭火は長岡の写真館、小林銀汀の家の二階の別室で目を覚ます。「夢のやうに雨を聞いたが、やつぱり降つてゐる」。早く目覚めたので、閉じこもって身辺整理。緑平に「日本海岸を歩いて来ましたが、何だか荒涼たるものを感じます、今日は句会、明日は出雲崎へ出かけますつもり、そして北へ北へと歩きつゞけませう。一茶はやつぱり寂しい人ですね」

隣の仕出し屋での句会では、例によって悪筆を揮った。図書館もすぐ隣で、裏は武徳殿。図書館では読書もした。昼は二日続けて蕎麦をいただく。銀汀のスタジオで雲水姿の写真も撮ってもらった。

孫のよな子を抱いて雪も消えた庭に（銀汀に）

青葉分け行く良寛さまも行かしたろ

六月二日、出立。銀汀、稲青に長生橋まで送られる。良寛墓、良寛堂をめぐり、「あらなみをまへになじんでゐた仏」。出雲崎泊。三日、寺泊を経て、良寛の隠棲地、国上山《くにかみ》の青葉繁れる中を分け入った。

水は滝となつて落ちる荒波

弥彦神社を参拝、バスで新潟に向かう。四日、五日、六日、七日「新潟滞在。砂無路居」とのみ日記にはあり、八日に「おわかれ。村上東町の詢二居へ」。九日「詢二居飲会」。十日「瀬波温泉にて」。十一、十二日「ぼう〱ばく〱」。十三日「鶴岡へ、秋兎死《あきとし》居」。十四日「秋君といつしよに湯田川温泉へ」

砂無路、詢二の「層雲」句友のもとを訪ねているのにほとんど触れていない。

これがおわかれのガザの花か（秋兎死君に）

秋兎死は本名和田光利。庄内藩の重臣の子孫だが、老母や妻子を養うサラリーマンの身。蔵書を売り、山頭火訪問に備えた。

湯田川温泉で一緒に過ごした後、山頭火は行乞に出かけるといって数日帰ってこない。料亭から電話がかかってきて、駆け付けると鶴岡きっての名妓をはべらせ、酒肴も立派なもので、「よく来た、よく来た」と招き入れ、お大尽遊び。その後、別の料理屋から山頭火が沈没していると電話。しかし、怒れない。

その後、秋兎死のユカタを着て、銭湯に出かけると言ったまとうとう帰ってこなかった。仙台に出かけたのだ。日記には「秋君よ、驚いてはいけない、すまなかつた、かういふ人間として、許してくれたまへ」。ガザの花はタニウツギ。「田植花」ともいう。

はてしなくさみだるゝ空がみちのく

六月二十三日、鶴岡から木村緑平にはがきを投函。「これから仙台の抱壺君を見舞うて、それから帰国します、もうとても旅をつゞけることは出来ません、これはSOSです。おたよりを待ちます」

日記には「抱壺君にだけは是非逢ひたい、幸にして澄太君の温情が仙台までの切符を買つてくれた」。大山澄太からお金を送ってもらっていたのだろう。長野市の郵便局で山頭火は息子の健の手紙を受け取っている。電報為替だろう。旅先まで健は仕送りしてくれていたのだ。それでつい鶴岡でハメをはずしたのか。

十時半の汽車に乗る。車窓の青い山、青い野。「あゝこの憂鬱、この苦脳《マヽ》、——くづれゆく身心」。六時過ぎて仙台に着く。

いつまで死ねないからだの爪をきる

六月二十三日夕暮れ、仙台の「層雲」同人海藤抱壺宅を訪ねて行き、しんみり話す。「予期したよりも元気がよいのがうれしい、どちらが果して病人か！」と日記に。よれよれのユカタ姿で現れた山頭火に抱壺のほうが驚いたに違いない。海藤宅に泊まり、「あたゝかな家庭に落ちついて、病みながらも平安を楽しみつゝある抱壺君、生きてゐられるかぎり生きてゐたまへ」と日記に記す。

翌日、抱壺の弟に案内され、仙台市内を見物。「仙台はよい都会だ、品格のある都会である、市内で郭公が啼き、河鹿が鳴く」

菊池青衣子が訪ねて来て、抱壺父子と共に会食、しめやかな酒であった。掲句は二十四日に投函した緑平へのはがきにある。

ここまで来しを水飲んで去る（平泉）

六月二十五日、握り飯と傘を持ち、切符を買ってもらい、松島遊覧の電車に乗る。あまりに遊園化しているのに「松島は雨の夜月の夜逍遙する景観であらう」と感慨を抱き、三時の電車で石巻へ。佐藤露江宅に落ち着く。「お嬢さんが人なつこくてうれしい」。入浴、微酔。「寝ること／＼忘れること／＼」

二十六日、早い朝湯に入り、日和山の展望を楽しみ、芭蕉句碑も見て、十時の汽車で平泉に向かう。沿道の眺望はよかった。

平泉の印象。「毛越寺旧蹟、まことに滅びるものは美しい！」。が、「中尊寺、金色堂。あまりに現代色が光つてゐる！」

何だか不快を感じて、平泉を後にそうそうに汽車に乗った。

さみだるる旅もをはりの足を洗ふ

平泉から汽車で仙台に戻ったのは夜の九時。菊池青衣子宅を探し当てて厄介になる。山頭火は木村緑平にSOSを出しており、二十六日のこの日、緑平からの電報為替七円を受け取っている。翌日、青衣子の案内で「先代萩」の政岡の墓などを見学。「山頭火が来ている」と仙台の「層雲」句友らが銘酒を持参して集まって来た。主人心づくしの鯉料理も。多々楼、都影、江畔からも少なからぬ〝報謝〟が送ってきた。緑平、澄太には懺悔告白の手紙を出している。

良寛遺墨を観賞。「羨ましい、そして達しがたい境地の芸術である」

青衣子宅には三泊四日滞在。「沈静、いよ〳〵帰ることにする、どこへ。とにかく小郡まで、そこにはさびしいけれどやすらかな寝床がある」

なにやらかなしく水のんで去る（鳴子にて）

それで終わらないのが山頭火である。六月二十九日七時に出立、「さよなら」「ありがたう」と別れを告げ、十時の汽車で逆戻り、二時、鳴子下車、多賀の湯という湯宿に泊まる。「質実なのが何よりうれしい」と日記に書いているが、翌朝、目覚めるとすぐ熱い湯へ。「それから酒、酒、そして女、女だつた」

七月一日、「身心頽廃《たいはい》」。四時出立、酒田泊。二日、「天地暗く私も暗い」。十時の汽車で南へ南へ。夜一時福井着、駅で夜の明けるのを待つ。明けてから歩いて、永平寺へ、途中引き返して市中彷徨《ほうこう》。三日、「ぽつり〳〵歩いてまた永平寺へ。労《つか》れて歩けなくなつて、途中野宿する、何ともいへない孤独の哀感だつた」

てふてふひらひらいらかをこえた

七月四日。「どうやら梅雨空も霽《は》れるらしく、私も何となく開けてきた」。野宿の疲れ、無一文のはかなさ。二里は田んぼ道、二里は山道、ようやくにして永平寺門前に着いた。

道元が開祖した曹洞宗の大本山である。山頭火が曹洞宗の末寺、熊本市外坪井の報恩寺の門をくぐって十一年になる。本山で本式の修行するつもりであったが、まだ果たしていない。報恩寺の望月義庵和尚は山頭火に『無門関』一冊を与えた。寺には来る者を拒む門はないが、無門という門がある。人それぞれの自問自答の心の関所がある。いま、その門を叩こうとしている。事情を話したら、参籠を許され、ようやく宿泊できることになった。

法堂あけはなつあけはなれてゐる

七月五日、永平寺での修行が始まる。「早朝、勤行随喜。／終日独座、無言、反省、自責」。山ほととぎす、水音はたえない。「長い日であり長い夜であつたが、うれしい日であれ《マヽ》、うれしい夜でもあつた」

六日、お勤めがすんで、障子を開けはなつと、夜明けの山のみどりが流れ込む心地よさはなんともいえない。「洗へ、洗へ、洗ひ落せ、……垢、よごれ、乞食根性、卑屈、恥知らず、すがりごゝろ、……洗ひ落せ」

七日、暁の鐘の声が身心にしみとおる。「黙々として、粛々として、一切が調節された幸福でなければならない」

八日、「新山頭火となれ。身心を正しく持して生きよ」

水音のたえずして御仏とあり

山頭火は八日の朝の勤行を終えると、午後、はだしで歩いて福井まで出かけ、留置郵便物を受け取り、宿に泊まり、そして久しぶりに飲んで荒れた。

翌朝、とぼとぼと永平寺に戻り、少しばかりの志納をあげて、下山。夜行で大阪へ向かった。永平寺から緑平に掲句を添えてはがきを出した「永平寺参籠五日間。さびしいのか、かなしいのか、あはれあはれ」と。

鶴岡の秋兎死のもとにも山頭火からはがきが舞い込んだ。「ただ今越前の永平寺で座禅を組んでおります、鶴岡の事は慚愧《ざんぎ》に堪えません、記念に御詫びのしるしとして、網代笠と愛用した杖を差上げます、法衣と手廻りの品だけ送つてください……」とあった。

たれもかへる家はあるゆうべのゆきき

七月十日、大阪着。日記によれば、雨。「(堤) 比古さんのお世話になる、何の因縁あつて、私はかうまで比古さんの庇護をうけるのか。性格破産か、自我分裂か」。十四日、「夕方、安治川口から大長丸に乗つて、ほつとした。大阪よ、さよなら、比古さん、ありがたう」日記には、これだけである。四ヵ月前、欧州航路帰りのばいかる丸で神戸に上陸、大阪入りしたときも彼に世話になっており、「比古君は私にピタリと触れてくれる、うれしかつた」と日記に書いている。この句は道頓堀での作だという。繁華街をあちこち連れてまわられ、遊んだのだろう。そうした雑踏のなかにいて、寂寥感がしのんでくる。

朝の海のゆう〳〵として出船の船

山頭火は大阪からまっすぐ小郡の其中庵に帰っていない。旧淀川の安治川口から夕方、船に乗り、瀬戸内海に面した竹原（広島県竹原市）に向かった。「朝の海がだいぶ私をのんびりさせた、朝月のこゝろよさ」。やっぱりフーテンの寅だ。二時、竹原着。小西蝮子（忠彦）の客となる。「蝮子君夫妻の温情は全心全身にしみこんだ」。ここに三泊。「朝の散歩のこゝろよさ。ごろ寝して読みちらす、まさに安楽国である」。的場海岸で海水浴。「ノンキだね」

十八日、発動船で陶工伽洞無坪を訪ね、生野島へ渡る。一人だけで夕潮に泳ぐ。「星月夜、やつぱりさびしいな」竹原に戻って一泊、列車で広島へ。黙壺、澄太宅泊。七月二十二日帰庵。

草だらけ埃だらけ

小郡の其中庵は草だらけ、埃だらけ、黴だらけ。その中に転がり込んで、眠り続けた。翌日夕方、目覚めて街へ出かけた。雨、風、泥酔…。何とも言えない日々が過ぎ、元気なし。二十七日、近木黎々火が駅弁に酒持参で様子を見に来た。二人で寄せ書きをし、長野の関口江畔、父草親子に送った。山頭火の裸の図があり、「まつぱだかで、ポツポツ話しましたヨ」と黎々火。

帰庵して一週間後の午後、国森樹明に招かれ、農学校の宿直室に出かける。樹明は盲腸で体を弱め、酒が飲めない。自分ひとりだけで飲み、駅弁もご馳走だった。八カ月ぶりで寝物語は尽きない。「樹明君の盲腸と私の歯とはおなじやうなものだ、共に役立たないもののために苦しみ悩まされる」

ゆふぜんとして蜘蛛はゆふ風に

八月一日。「雀、猫、犬、爺さん、蝉、蝶々、蜻蛉《とんぼ》、いろ〳〵の生きものが今日の私をおとづれた」

四日。「家の中へ紛れ込んでゐる蝉を空へ放つてやつたら、蜘蛛の囲にひつかゝつてあえない最後を遂げた（その蝉を助けないのは私の宿命観だ）」

五日。「五時起床。桔梗が咲きつゞける、山桔梗なら一段とよからう。蜘蛛の仕事を観る。熊蝉が鳴きだした。夕立を観る」

六日。「乱酔、自己忘失、路傍に倒れてゐる私を深夜の夕立がたゝきつぶした、私は一切を無くした、色即是空だつた」。広辞苑によれば、色とは現象界の物質的存在。そこには固定的な実体がなく空であるということ。

わるい親父によい息子！

八カ月の長旅から戻って、山頭火はしきりに健のことを思う。八月九日、健から大きめの送金があった。山口へ行って、いろいろ買物をし、湯田温泉に回り、湯につかり、快い酔いを持って帰庵した。

十一日の日記。「米、酒、石油、木炭、醤油、煙草、——Kのおかげで庵中物資豊富である。——わるい親父によい息子！」

健からの送金は、父として結婚式に出席してもらうための支度金、旅費だった。健は徳山の久保白船に伝えていたのだが、それを使ってしまった。

「Kを夢みた。彼が近々結婚するので、その式場の様子をまざ〳〵と夢に見たのである」。日記には長旅後、三カ月以上句が見当たらない。

をべしをみなへしと咲きそろふべし

土手から摘んできた河原撫子《なでしこ》を机の上の壺に活ける。秋の七草で、「私の好きな花の一つ」。八月盆に入り、十五日は朝焼けがうつくしかった。夜、盆踊りの太鼓が聞こえる。「踊れ踊れ、踊りたいだけ踊れ」。十九日、木村緑平にはがきを書く。

「Kが結婚するさうな、いやしたさうな。

　をべしをみなへしと咲きそろふべし

此一句がせめてものハナムケで御座候、呵々呵々」。

漢字を当てると、男郎花女郎花と咲き揃ふべし。いずれもオミナエシ科。この野の花のごとく夫婦仲よく咲きそろい、幸せな家庭を、という意味か。句集『柿の葉』には「をとこべしをみなへしと咲きそろふべし」とある。

こころおちつけば水の音

八カ月の長旅から帰った山頭火は三週間後、ロンドンの日本大使館気付で斎藤清衛に長い手紙を書く。国文学者の斎藤もまた旅の詩人であった。欧州に足をのばした斎藤の「欧羅巴紀行 東洋人の旅」が旅先から朝日新聞に寄稿されていた。「斎藤さんは歩く人だ、ほんたうに歩く人だ」

それに対し自分の旅は「やっぱりよくない旅でした」と手紙に。調子に乗ってブルヂョア気分に陥ったと。その手紙に添えたのが掲句。

斎藤は欧州の旅でこのような水音にどんなにかあこがれ、アイルランドで初めて古里で聴いたような水のせせらぎの音を耳にし、山頭火の句を何度も口ずさんだという。

酔ひざめの風のかなしく吹きぬける

其中庵に小郡農校教師河内山光雄（暮羊）が訪ねてくるようになる。「今日も古悪友樹明君、新悪友K君がやつて来て、あつさり飲んだ、ヨタ話がはづんだ」と日記に。其中庵から二百メートルほど街よりに河内山は住み、山頭火は街に出る度に立ち寄り、彼もやかんに酒を入れて庵を訪ねた。

彼によれば、山頭火は「けっぺきで常に反省の生活」。句も推敲を重ね、彼の家に来て動植物の図鑑をみて草木や小鳥などの名前を調べた。神経質で机は畳の目と並行に、机の上の用紙や鉛筆も机と平行に並べていた。

「純真な山頭火は度のひどい近眼のせいもあってか、わき目もふらず真直に歩いていた」。掲句は『柿の葉』から。

かさりこそりと虫だつたか

長旅から帰庵後の日記には句が出て来ず、自省、自戒の言葉が出て来る。

「私は無用人、不用人だ、いはゞ社会の疣《いぼ》でもあらう、（略）疣であれ、瘤《こぶ》になつてはいけない」

「山頭火を笑ふ　人生の浪費者だよ。悪辣《あくらつ》はないが愚劣はありすぎる」

「忘れた句は逃げた魚のやうに感じる、その実その句はくだらない句なのだ」

「銭なしデー　いつもさうだ。酒なしデー　しば〳〵ある。飯なしデー　とき〴〵。そして最後に　命なしデーさよなら！」

「どうかして酒から茶へ転向したい」

十月五日ようやく掲句が。

ことしも暮れる火吹竹ふく

十二月二十五日、「今日はなつかしい祖母の日」と日記に。命日は二十三日のはずだが、大正七年、祖母の訃報に東京から駆けつけ、なきがらに対面したのがこの日だったのか。「母の自殺（祖母の善良、父の軽薄、私の優柔）、――ここから私一家の不幸は初まつたのである」

山頭火は人生の第三出発を考えている。

第一、破産出郷　東京熊本時代へ
第二、出家得度　放浪流転時代へ
第三、老衰沈静　小郡安住時代
（これからが、日本的、俳句的、山頭火的時代といへるだらう）

15　ひと風呂あびて一杯飲んで

てふてふとまるなそこは肥壺

昭和十二年二月三日、大山澄太から送られてきた「ルナアル日記」を読みだす。「まづ感じたことは、――真実は言つてよいもの、言ふべきものといふよりも、言はずにはをれないものである」。『にんじん』の作者ルナアルの『博物誌』は、そのエスプリで日本の詩人らに影響を与えたとされるが、山頭火の場合はどうだろう。

「この蜘蛛の網が、わたしを通すまいとする」（ルナアル）、「蜘蛛は網張る私は私を肯定する」（山頭火）。「ゴキブリ黒く、鍵穴のようにへばりついている」（ルナアル）、「あぶらむしおまへのひげものびてゐる」（山頭火）。「蝶二つ折りの恋文が、花の番地を捜している」（ルナアル）に対し、掲句（昭和九年作）。ルナアルは観察者であり、山頭火は、気取りがなく、蜘蛛やゴキブリも同じいのちあるものとして表現している。

いつまた逢へるやら雀のおしやべり

三月十七日、山頭火は飯塚の息子健を訪ね、健の妻に会う。「まことに異様な初対面ではあつた！　父父たらずして子子たり、悩ましいかな苦しいかな」

糸田の緑平宅へ転げ込む。「雀、鷺、草、雲。……愛憎なし恩怨《おんおん》なし、そしてそして、――愚！」。サキノに会いたくなり、十九日熊本へ。駅で一夜を明かし、二十日朝、下通の店に。子に対する不平、嫁への不平を聞かされる。「無理はないと思ふけれど、（略）多分に人間（女）の嫉妬がまじつてゐる」。翌日から酒、酒、酒、歩く、歩く、歩く。熊本滞在は五日間。友枝寥平や石原元寛、望月義庵を訪ねるが、その後、再び熊本に戻ることはなかったとされる。

泊まることにしてふるさとの葱坊主

三月二十四日、熊本に行った帰り、小郡を乗り越して妹の町田シヅを驚かす。「肉縁のうれしさいやしさ。ほんに酔うて、ぐつすりと寝た」一代句集『草木塔』の「旅心」にある掲句と次句はそのときの作だろう。

ふるさとはちしやもみがうまいふるさとにゐる

ちしゃは「レタスに同じ」と広辞苑にある。ちぎってもみ、塩でしんなりとさせ、味噌や酢味噌で食べる。翌十三年七月十一日、また訪ねて行ったときは「まるで叱られにいつたやうなものであつた、泰山木が咲いてゐた、私の好きな花、そしてなつかしい花」と日記にあり、よく知られた句「たまたまたづね来てその泰山木が咲いてゐて」はそのときの作であろう。

胡瓜の手と手と握りあつた炎天

八月十六日、国文学者斎藤清衛が其中庵を訪ねている。戸口からのぞくとかまどの前にしゃがみこみ、火吹き竹でぶうぶうと吹いていた。ふたりは裸になって寝そべって話した。自然に話は旅のことに。斎藤はイギリスやアイルランド、フィルランドなどの田舎の旅をしてきた。「午餐《ひる》を抜きにしている」と斎藤がいうと、胡瓜を輪切りして醤油をかけて供した。裏口に出て、木枝をぽきりぽきりと折っている音がして、急ごしらえの箸《はし》を作ってくれた。時折、小郡駅に発着する汽車の音が聞こえ、「ばんざあい」という出征兵士を見送る人々の声も風にのって聞こえてきた。

掲句は昭和八年の作。

日ざかりの千人針の一針づつ

七月七日の盧溝橋事件で日中戦争が始まり、無為な日々を過ごすことなど許されない空気が漂いだす。八月十七日、駅から万歳万歳の叫び声が聞こえ、日記に「ほんたうにすみません、すみません」。翌日、中支空爆の記事を読んでいると、血も騒ぐ。「私は穀つぶしい虫に過ぎない、省みて恥ぢ入るばかりである」

句集『柿の葉』が出来てきて二十六日、列車で九州へ下る。関門地方は灯火管制で真っ暗だ。その闇の中を出征する光景はまことに戦時気分いっぱいだ。句友らを訪ね歩き、飯塚で健と話し、緑平宅にも泊まるが、三十日、門司埠頭で青島避難民を満載した泰山丸を迎えた。

蝶やばつたや男や女や

山頭火は市中に飛びこむ覚悟を固め、九月十一日、国森樹明に伴われ、下関の木材問屋に勤めることに。「万事急転直下、私は山から街へ下りました、（略）人間の一生といふもの、生きつゞけてゆくことはまことにむつかしいものですね」と緑平だけには伝えた。

主人について彦島へ行き、材木の陸揚げを手伝う。算盤の響き、まったくの六十の手習い。未明起床、菜っ葉服にゴム長靴で海上を船で移動する。最初から無理な話で、五日目でサヨナラをする。

掲句は其中庵に戻り、「こんな気分です」と緑平に宛てたはがきに。自然界にあれば、昆虫も人間もみな、同じ。

けふの日までは生きて来た寒い風が吹く

十一月一日、ふらふら湯田（山口市）をさまよい、自分をなくす。二、三、四、五日と四軒はしごし、とうとう留置場にぶちこまれた。南京虫に苦しまされ、九日、検察局にまわされ、飲食代四十五円を十四日までに支払うことを誓約し、解放された。

十五日、健から電報為替が来て、「おお健よ、健よ、合掌」。山口に急ぎ、どうにか事件解決。国家公務員の初任給が七十五円のころ。結婚二年目の健には痛かったろう。それでなくとも毎月、山頭火に仕送りしていた。

ほっとして、ぐったりしてひと風呂浴びて一杯のんで湯田の定宿にのんびりと泊まっている。本当に困った親父だ。

大空澄みわたる日の丸あかるい涙あふるる

山頭火の日記から。十二月八日。「南京まさに陥落しようとして、降伏勧告！　城下の盟は支那人としてさぞ辛からう、勝つ者と負ける者！」

九日。「南京攻略の祝賀会が方々で催される（略）、当地でも提灯行列が行はれた、それに参加しない私はさびしい」

十一日。「南京陥落、歓喜と悲愁とを痛感する」

十四日。「わが南京攻囲軍は十三日夕刻南京城を完全に占領せり。――江南の空澄み渡り日章旗城頭高く夕陽に映え皇軍の威容紫金山を圧せり。――」と上海日本海軍部公報を写す。

十七日。「今日は南京入場式、そして今夜は満月、誰も感慨無量であらう、殊に出征の将兵は」

ひよいと芋が落ちてゐたので芋粥にする

山頭火はいつも腹をすかしている。十二月の日記から拾っても「今日で絶食三日、断酒も三日、そして禁煙二日」（七日）。米屋にはツケがたまっており、W老人を訪ね、芋をもらって戻る。芋もなくなり、お茶ばかりすすっているところに門司の亀井岔水から送金があった。さっそく買い物いろいろ。七日ぶりに飯を味わう。

「あるだけの米と麦とを炊く、二食分には足るまい、また絶食か！　つらいね」（十九日）。夕方、防府から旧友が来庵。持参の酒と魚を食べて、一緒に寝る。旧友を送り出し、「支那をおもふ、支那をおもへば、一度や二度の絶食は何でもない」。

　掲句は昭和十一年の作、『柿の葉』から。

しぐれつつしづかにも六百五十柱

十二月二十一日。「雪がちらほらする中を郵便局へいそぐ、Kよ、ありがたう、涙ぐましくなつて、あてもなく歩く。飯のうまさ、酒のうまさ、そして生きる苦しさ、考へる切なさ！　たうとう湯田温泉まで」

　健から届いたその月の仕送りを懐に。生活費にと送ってくれたお金だ。始末すれば、空腹に悩むこともなかったろうに。湯田では温泉に入り、酒を飲み、酔えば転がりこむ安宿があった。そこに四泊しており、四日目、山口駅で遺骨を迎えた。喪の凱旋だ。「あはれ、六百五十柱、涙がとめどもなくこぼれて困つた」。その戦死者の数には愕然《がくぜん》とさせられる。この駅だけではない。全国各地でそういう光景が見られた。

馬も召されておぢいさんおばあさん

山頭火の句にはよく馬が出てきて、時代が見える。人と馬との暮らしがあった。そこに戦争の影がしのびこむ。

馬に春田を耕すことを教へてゐる（七年）
叱られる馬で痩せこけた馬で梅雨ふる（八年）
くらがりでまぐさきざむや愛する馬に（同）
雪もよひの、これは馬を売った金（九年）
麦田ひろ〳〵といなゝくは勝馬か（十年、湯田競馬）
馬馬あすは征く馬の顔顔顔（十四年、宇品所見）

掲句は句集『銃後』に収載、昭和十三年作。

ことしもこゝにけふぎりの米五升

十二月三十一日の日記に第五句集『柿の葉』の「層雲」広告文を載せている。

「句作三十年、俳句はほんたうにむつかしいと思ふ」「俳句は自然のままがよい、自己をいつはらないことである、よくてもわるくても、自分をあるじとする句でなければならない」「私の句集は、私にあつては、私自身で積みかさねる墓標に外ならない」。山頭火はこの句集は「子に与へる句集」と思っている。「父らしくない父が子らしい子に与へる句集」である。

米一合で二食分だ。ひと月で四・五升。正月三日には米を買いに街に出ており、掲句は五升入りの米びつが空っぽになったという意味か。

16 酒は命、酒を愛し、酒に苦しむ

落葉ふみくるその足音は知つてゐる（樹明君に）

大寒の一月二十日はまるで四月のような陽気であったが、二十一日は寒がひどく、ご飯までが出来損なって憂鬱。二十二日は炭もなくなり、寝床に縮まっていたところ、二十三日正午近く、T女が酒、下物、そして木炭まで持参して来庵。間もなく樹明も来庵。まだ二人の関係は続いていたのだ。「どうでもかうでも、樹明君に苦しい手紙を書かなければならない」

三十日、樹明を尋ねて夫人がやって来た。「悲しい事実ではないか、樹明君よ、奥さんをいたはつてあげたまへ」

戦後、県庁に勤めた樹明は活字になった其中日記を読み、「山頭火のおかげで、あの頃のわしの生活が記録されていて有難い」と話していたという。

旅も春めくもぞもぞ虱がゐるやうな

三月四日の日記に「ファブルの昆虫記を読む」と出てくる。おそらく小郡農学校教師の河内山暮羊から借りたのだろう。よくその家に出かけ、植物図鑑などを見せてもらっている。山頭火は一万ほどの句を残しているが、そこに出てくる〝虫のいろいろ〟のうちベスト3は蝶、蝉、とんぼ。

行乞句にはつくつく法師や赤とんぼ、こうろぎなどがレギュラーだが、里山の麓にある其中庵は蜂や虻が飛び交う。「ころ〳〵ころげてまあるい虫」と子供のようにダンゴ虫を観察している。夏場は蝉時雨で、秋の夜には松虫や鈴虫が鳴く。蛍は郷愁とともにあり、蠅や蚊は生活句の題材。本をなめるゴキブリは許せない。秋風に吹かれる蓑虫の句も多い。春めいて法衣にもぞもぞと虱が動きだす。

うどん供へて、わたくしもいただきます

昭和十三年三月六日。「亡母四十七年忌、かなしい、さびしい供養、彼女は定めて、(月並の文句でいへば)草葉の蔭で、私のために泣いてゐるだらう!」

山頭火が九歳のとき、自死した母を憐れんでいるのではなく、自分を憐んでいる。「今日は仏前に供へたうどんを頂戴したけれど、絶食四日で、さすがの私も少々ひよろ〳〵する」

昭和八年の亡母忌日二句が私は好きだ。

　おもひでは菜の花のなつかしさ供へる
　ひさびさ袈裟かけて母の子として

じわりと山頭火の母への思いが伝わってくる。

水車はまはる泣くやうな声だして

三月十二日、大分へと旅立つ。出立前にアメリカの「層雲」同人から贈られてきたポピーの種を播いた。北九州の句友を訪ね歩くのはいつものこと。街を歩いていると、誰もが戦闘帽をかぶっている。非常気分を反映していて悪くはないが、同じ色に塗りつぶされただけの世間の姿はあまりよくはなかろう、と山頭火。

日田に熊本時代の句友木藪馬酔木を訪ねている。結核で逓信局を辞め、郷里に戻っていた。散歩をし、鮠《はや》を釣り、のんびり遊ぶが寒かった。掲句は馬酔木宅で、どこか寂しい。馬酔木は昭和十七年、四十四歳で死去。

三週間の旅を終え、四月に帰庵。「身心の不調はいかんともなしがたい」

うらうらこどもとともにグリコがうまい

三月二十二日、大分を旅し、グリコをかみかみ久住を歩いていたときの句だが、句だけ見たとき、小津安二郎の「麦秋」を思った。

鎌倉の作家のもとに大和から兄が訪ねてくる。その兄

は耳が遠く、歯もない。孫の男の兄弟二人には、大和から来た老人が珍しく、キャラメルを与えると、歯のない口で食べる。名優高堂国典が演じている。長女役の原節子が美しい。

昭和二十六年作品。丸の内や料亭、まだぜいたくなケーキも出てくるが、出征したまま帰ってこない次男を思い、老いた作家夫妻がラジオの「尋ね人の時間」に耳を傾ける。

山頭火は日米開戦を知らずに亡くなっている。

初孫が生まれたさうな風鈴の鳴る

七月四日、健から女子出産、母子とも健全との便りがあった。「めでたしめでたしと独り言をいふばかりである！」。雑草を活ける。「いぬころ草は可愛いな」。初孫の誕生を祝して活けたのだろう。

翌日、寝床の中まで雨が漏ってきて、起きる。裏の棚田で水鶏《くいな》が鳴いている。健から仕送りがあり、山口にバスで。酒を飲み、買物もし、雨の中を戻ってきた。「大出来、大出来！」

俳句の象徴性として日記にメモを。「俳句は気合のやうなものだ、禅坊主の喝のやうなものだと思ふ」「自己に徹することが自然に徹することだ」。山頭火は頭で句は作らない。ざっくりと体でとらえる。

ふと酔ひざめの顔があるバケツの水

「酒は味ふべきものだ、うまい酒を飲むべきだ」としてこう自戒している。「適量として三合以上飲まないこと」「落ちついてしづかに、温めて醇良《じゅんりょう》酒を小さい酒盃で飲むこと」「微酔で止めて泥酔を避けること」「気持の良い酒であること、おのづから酔ふ酒であること」「後に残るやうな酒は飲まないこと」

しかし、山頭火は典型的なアルコール依存症だった。飲み出すと止まらなくなる。体にしみこんだ酒が生き物のように酒を求める。対処法はただ一つ、アルコールを体内に入れないことだが、彼にとって酒は命であり、酒を愛し、酒に苦しみ続けた。

バケツに汲みためた水を飲もうとしたら、老残の顔が。

ぽろぽろしたたる汗が白い函《はこ》に

七月十一日。「今日は遺骨を迎へる日である。十時のバスで山口へ行く。（略）儀仗兵やら遺族やら、大衆やらが炎天の下にたたずんで待つてゐる、私もその一人となる、暑い暑い、ぱら〳〵雨が天の涙のやうに落ちる！」日の丸をふりまわす子供に母親が説き諭している。「今日はバンザイではありませんよ、おとなしくお迎へするんですよ」

汽車が到着。「あゝ二百数十柱！　声なき凱旋、――悲しい場面であつた」

白い函の横に供えられた桔梗二、三輪。すすり泣きの声が聞こえる。鳩二、三羽空にひるがえる。弔銃のつつましさ、ラッパの哀音。行列は粛々と群衆の間を原隊へ帰って行った。

日ざかりの千人針の一針づゝ

山口駅に中国大陸から遺骨が帰る日の二日前、山頭火のもとに愛国婦人会本部から手紙がくる。白木屋で傷病将士慰安展覧会を開催するので彩筆報国の意味で寄贈せよとのこと。「私は喜んで、ほんたうに喜んで寄贈する、それだけでも私の自責の念はだいぶ救はれる、ありがたいと思ふ」

河内山暮羊から半切の画箋紙を寄贈してもらい、山口駅で遺骨を迎えたその日、汽車で妹のシヅの嫁ぎ先町田家に出かけ、一杯機嫌で半切と短冊を書き上げている。主人の米四郎らは喜んでくれただろうが、シヅはそうでもなく、山頭火を叱っている。山頭火もすっかり自己嫌悪に。

街はおまつりお骨となつて帰られたか
足は手は支那に残してふたたび日本に
みんな出て征く山の青さのいよいよ青く

朝蝉澄みとほるコーヒーを一人

七月十九日、アメリカの「層雲」同人からコーヒーが贈られてきた。二十四日、小郡農校の河内山暮羊が来庵、ブラジルコーヒーを出して味わう。二十五日、老鶯《ろうおう》が鳴き、ゆっくりしんみりコーヒーを味わう。

八月二十三日になると朝はコーヒーだけ、晩もまたコーヒーだけで、憂鬱に。

掲句は万年筆で紙切に走り書きし、暮羊に渡したもので、それが戦後、山口市内の中学校長に渡り、その遺族宅から平成六年、発見される。
防府市内のレストランの店先にはその句碑も建っているという話（和田健著『山頭火よもや話』）だが、熊本市下通にあった「雅楽多」ではサキノが五高生らにコーヒーをふるまっていたとか。

いよいよ長期戦のすすき穂が出た

九月二十九日。「今日から防空訓練週間、――サイレンが鳴りひゞく、爆音がとゞろく」。三ヵ月ぶりに山口へ。湯田までバス、駅までまた歩き、そこで遺骨を迎えた。駅前通りの古書店、第三書房をのぞき、県立図書館、博物館をまわり、孔版印刷の下井田清に誘われ、湯田温泉に。
和田健著『山頭火よもやま話』によると、古書店では自分の短冊を金にしようとしたのでは、という。図書館には新聞を読むためだったが、そこの館長は、なんと漱石が俳句をよくすると知り集まってきた五高生の一人、厨川千江（本名肇）であった。山頭火はその後、湯田に居を定めると毎日のようにやってきて、新聞各紙を熱心に読んでいたようだが、厨川はあまりいい顔をしなかったとか。

壁がくづれてそこから蔓草

山頭火にとって日記は文学であり、「自画像」であった。彼によれば、日記は「山頭火が山頭火によびかける言葉」で、「最初の文字から最後の文字まで、肉のペンに血のインキをふくませて、認められなければならない、（略）そこには芸術的価値が十分にある」
「行乞記」から書き続けられた日記だが、そろそろ次の場所を山頭火は求めている。長くそこにいるとよどみ、停滞する。其中庵も屋根も破れ、壁も崩れ、手の入れようもなくなった。転居先を求めていた。彼が考えた先は山口市湯田。そこには文学青年らもいて、温泉がある。さて、これまで世話になった人たちにどう言ったものか。

朝湯すきとほるからだもこころも

山口市湯田は中原中也の生地だ。家は医者だった。中也は昭和十二年、鎌倉で死去するが、その翌年、地元の若者らによって詩誌「詩国」創刊。同人に中也の弟、長崎医専の中原呉郎がいた。

七月十六日、山頭火は「山口詩選」出版記念茶話会に招待されて飲み続け、中原家の呉郎の蚊帳にもぐり込み、寝た。呉郎も翌々日其中庵に来て、泊まる。

十一月二十八日、湯田前町の離れ一間を借り、「風来居」と名付けた。リヤカーで荷物を運んでくれたのは「詩国」の同人らであった。家主はドイツ語の個人教師をしていたといい、妻は湯田小の裁縫の先生。引っ越して来た翌朝、まずは温泉に。

ちんぽこもおそそも湧いてあふれる湯

湯田温泉の高田公園には中原中也の文学碑や山頭火の句碑「ほろほろ酔うて木の葉ふる」があるが、同公園は井上薫（聞多）の生家があったところで、以前は井上公園といっていたという。井上は在郷の藩士で、父親自身が野菜をつくり、タバコ畑や綿畑を耕していたそうだ。井上は鹿鳴館をつくり、欧化政策を進めたことで知られるが、温泉地に育ち、萩の城下侍とは少し違っていたのかもしれない。三条実美ら七卿が隠れ住んだ家でもあった。

「ほろほろ酔うて――」はこの土地での句ではない。世間をあっと驚かそうと温泉組合が句碑に選んだのがご当地の千人湯での掲句であった。真面目な市民から問題視するような投書もあったが、温泉は庶民のおおらかな社交の場。

うらのこどもは　よう泣く子

九月十三日の日記に「夜、樹明来訪、停留所まで送る、酒をよばれた、いそがしい酒であつたけれどうれしい酒だつた」とある。山頭火は国森樹明に後ろめたさを感じていた。其中庵を世話してくれ、身内のように面倒をみてくれた。いや、身内以上に。山頭火が命を長らえたのは樹明のおかげだ。その其中庵を捨てるように山口市の湯田温泉に移って来て、離れの一間を借りて暮らす。

樹明が抱いてきた酒をその一間の「風来居」で酌み交わす。ほっとした思いであっただろう。樹明は泊まったりはせず、山頭火はバスの停留所まで送っていった。たがいに無口だったのでは…。

山頭火が住む秋葉小路は、借家などがたてこみ、子供

も多かったのか。裏の子供はよく泣く子で、「となりの

こどもも　よう泣く子」「となりが泣けばうらも泣く」「泣

いて泣かれて明け暮れる」

ことしもをはりの落ちたるままの葉

十二月十四日、健が山口市湯田の風来居に満州赴任の挨拶に来る。日記によれば、その日は日本晴れ。蠅も出てきて好日を楽しんでいた。日当たりがよく、暖かくてまぶしいほど。

「午後、だしぬけに健来訪、或は最後の会合かも知れない。Y食堂で食事を共にして別れる、行け〳〵、やれ〳〵。私は私として私の仕事を成し遂げるよ」

先々月の二十一日、健から来信、「日鉄退社、満炭入社」と伝えてきていた。山頭火はじっとしておれず、風を歩いて人を訪ね、不在で「風—酒—雨」。アル中らしくペンを持つ手がふるえる、と日記に書いている。満州は遠い。父子は再び生きて会うことはなかった。健一家が満州に去り、寂しい年の暮れであった。

17　山頭火、いずこへ

銭がなく何となく出て歩く

昭和十四年一月一日。「聖戦第三年、興亜新春、万歳万々歳」。二日、中原呉郎が呼びに来て、家に招待される。来客は文学仲間ら十余人。

亡くなった兄の中也の妻も一緒に暮らし、長崎医専の呉郎には拾郎という弟もいた。七日の日記に「私は中原君と共に寝た、中原君よ、思ひ煩ふなかれ、君は詩人である前によきドクトルとなりたまへ、君のお母さんは良き母ですぞ、私の母は私の幼年時に自殺しましたよ」。呉郎は医家を継ぐが、ボヘミアン的なところがあり、日本郵船の船医となり、また村の療養所の先生となった。

「幾時代かがありまして／茶色い戦争ありました…」（中原中也）

なるほど信濃の月が出てゐる

三月三十一日、山頭火はまた旅に出る。風狂俳人井月《せいげつ》の墓を詣でるためだが、「どうでもかうでも」旅に出て局面を打開しなければ」という切羽詰まったものがあった。井月は安政五年ころ、伊予谷に姿を現し、明治二十年に没するまで上伊那を中心に俳諧師として生き、書も巧みだったが、酒好きで、「乞食井月」といわれた。越後長岡藩の者だったのでは、といわれている。

宇品港から船で大阪に。「層雲」句友らの家を泊まり歩いての旅で、京都では中外日報社長真渓涙骨から五円の草鞋銭をもらった。名古屋、浜松から天龍川沿いにさかのぼり、飯田を経て伊那に。五月三日、女学校教師前田若水に井月の墓に案内され、「お墓したしくお酒をそゝぐ」。高遠城跡に登ると月が昇っていた。

ぼうしよこちよに、ハイ七階でありますぞ、春

山頭火は信濃の井月を詣でるため、行き帰り名古屋に立ち寄り、「層雲」誌友、リンゴ舎主森有一宅に滞在。家族に伴われ、デパートに出かけている。

一階二階五階七階春らんまん
木馬に乗せられて乗つて春風

帰りに立ち寄ったときは別のデパート。

上つたり下つたり
　おなじ言葉をくりかへして永い永い日

名古屋城も見学。

鯱のひかりも初夏の風のかがやく

「清正公石には清正の人格が残つてゐる」

ひよいと四国へ晴れきつてゐる

九月二十九日、山口市湯田の「風来居」を後にしている。『山頭火全集』年譜では健からの仕送りとあるが、日記には出て来ず、二十五日に「Sから来信、ありがたう〳〵、さつそく払ふ買ふ」とある。Sとはサキノだろう。借金を支払いつつ、湯田の詩友、酒友に心中ひそかに暇乞いして回った。

四国を巡礼した後、松山に終《つい》の棲家《すみか》を求めるつもりだった。広島の大山澄太宅に泊まり、「馬鹿酒を飲み過ぎたためか、心臓も破れたらしい。もう余命幾ばくもないような気がする。まあ、あと一年だね」と語ったという。十月一日、広島の宇品港から四国に渡るが、十月の日記は句稿だけしか記していない。

秋晴れの島をばらまいておだやかな

軍馬撫でゝはあゝ日本晴れだ（演習）

十月一日、高浜港に降りた山頭火は電車で市内に。昼過ぎに昭和町の高橋一洵の家に大山澄太の紹介状を持って現れた。本名誠、四十歳。二年前に創立された松山高等商業学校（私立松山大学の前身）の教授だった。専門は政治学だが、仏教と文学を好み、俳句もひねり、山頭火好みの人物。

　山頭火が野村朱鱗洞の墓参を済ましたいと言い出し、二人は松山郵便局の藤岡政一の家を訪ねたが、まだ帰宅しておらず、石手地蔵院に向かい、藤岡があとを追った。半年ほど前、澄太が高橋を講師に頼み、松山で広島逓信局主催の精神修養講習会を開いた。講習会の地元責任者藤岡も加わって打ち上げをし、山頭火のことを話題に出していた。掲句は松山滞在の句。

石段をかぞへつゝ秋の城山を

海南新聞（現愛媛新報）の記者が高橋一洵の家に訪ねて来て、山頭火を取材している。わざと意地悪く、「この時局下にあなたのような非生産的な人間が増えては困りますね」と聞いたら、「自分は人体にたとえたら、イボのようなもので、有用とは言えまいがさして有害でもあるまい」と笑いながら答えたという。

　石手地蔵院には野村朱鱗洞の墓はなく、藤岡政一はその墓探しに熱中した。藤岡の家にも山頭火は二泊しており、家族団らんにも加わり、「何か書きましょうか」と言って半折や短冊を書いた。五日、藤岡がようやく墓を探し当て、高橋の家に戻っていた山頭火を夜、訪ねると「僕はこれから墓に詣でてその足で立ちます」と言った。山頭火は昼間、松山城などあちこちに出かけていた。

いま出て征く秋の夜の明けはなれ

朱鱗洞が眠る阿扶持墓地に着いたが、真っ暗闇だ。マッチを何度も摺《す》って墓を探した。「ここだ、ここだ」と藤岡政一が合図すると、山頭火と高橋一洵もマッチを擦りながら近寄って来た。一緒に般若心経を唱えた。山頭火は石塔の頭をゴシゴシ撫でた。暗くてよく見えなかったが、泣いている気配がした。

　時どき降ってくる雨を軒下に避けながら、松山駅に着き、人気のない待合室のベンチに寝た。中学生の騒ぐ声に目を覚ますと四時十分。山頭火はまだ眠っている。初出征する松山歩兵第二十二連隊の兵士を見送る群衆が押しかけてきた。

　高橋は「学生と一緒に見送らなければならん」と立ち去り、藤岡も連隊の衛門付近で見送り、山頭火は高松行きの一番列車で遍路の旅に発った。

窓の柿の五つ六つうれてくる

山頭火は今治などに遊び、九日、木村無相と落ち合い、小松町（西条市）の六十一番札所、香園寺に訪ねて行き、十三日まで滞在する。住職の妻、河村みゆきは「層雲」の誌友で、山頭火は彼女とその家族と一緒に記念写真におさまった。

夢相は熊本人でのちに東本願寺同朋会館の門衛となり、「念仏詩人」と呼ばれるが、当時、三芳町（同）の道安寺に寄寓、香園寺にいたこともあった。彼の案内で六十二番札所横峰寺や香園寺奥之院の白滝不動に参詣するが、山頭火は無相のことが気になって仕方がなかった。無相は幼いころ、両親と満州に渡っており、平壌やフィリピンに流浪し、思想家・西田天香創設の一燈園にもいた。夜中に揺り起こし、「流浪はいけない、流浪はやめなさい」と泣かんばかりに頼んだという。掲句は同寺にて。

南無観世音おん手したたる水の一すぢ

香園寺の住職の妻、河村みゆきは胸を病み、療養していた。

枕元で山頭火は俳句や旅のことを語ったというが、彼女に亡き母の面影を重ねることがあったのかもしれない。山頭火の母は結核をおして弟を出産、心も病み、離れに寝かされていたともいう。

「母と子との間は水がにじむやうなものだ」と山頭火は書いているが、若くして自死した母の成仏のために旅を始めたのではなく、旅を続けているうちに母への愛がにじみでてきたのだと私は解釈する。山頭火が出家得度した熊本の報恩寺は「千体仏」の名で知られるが、信者らによって手のひらに載る木彫りの観音像が奉納される。山頭火を報恩寺に伴った木庭市蔵の名が刻まれた観音像も祀られている。

観音信仰の香園寺には慈母観音像が立っている。

石を枕に秋の雲ゆく

十月十三日、香園寺に高橋一洵が松山高商の仏教青年会の学生を連れてやってきて、山頭火は一洵と同寺をあとにした。一洵も山頭火を真似て托鉢して歩いた。西条高等女学校の校長に頼まれ、一洵は講話をし、山頭火も壇上に押し上げられたが、困り果て、「これが山頭火です」

とただ一言残し、壇を駆けおりた。女生徒たちは大笑い。海南新聞が二日にわたり山頭火を取り上げていた。

山頭火に意地悪い質問をした記者であったが、実に好意あふれる記事に仕立てている。写真付きで、笈《おい》を背負い、頭陀袋を首から下げ、杖をつき、鉄鉢は久保白船に遺品のつもりで置いてきたため、左手に小さな鉦を持ち、墨染の衣でなく、袷の着物にへこ帯、しりからげにして地下足袋を履いている。

庵主はお留守の木魚をたたく

一洵とは第六十六札所の雲辺寺で別れて一人旅となり、十月十六日、緑平に「のんきに伊予路を歩いて、今日ハ阿波に踏み入りました、明日雲辺寺拝登（なか〳〵の難路であります、今の私にハ）、それから讃岐路を辿ります、小豆島へも渡りますつもり、おたよりを下さいますならば土ノ庄町西光寺気付で」

観音寺町に出て、観音寺を詣で、札所をめぐりながら、金毘羅宮に詣で、電車で高松を経て、二十一日、二度目の小豆島に渡り、放哉の墓に詣でた。

島はゆたかな里から里へ柿の赤さよ

死をひしひしと水のうまさかな（放哉坊追憶）

小豆島の西光寺の住職は東上中で留守。掲句はそこでの句。

月夜あかるい舟がありその中で寝る（野宿）

小豆島の札所をいくつか巡り、高松に引き返し、屋島に立ち寄った。平家滅亡の舞台だ。八十八番大窪寺（さぬき市）を拝登した二十六日、緑平へ。「いそぐやうな、いそがないやうな気分で歩いてゐます、これから阿波路に入りますが、何となく感傷的になつて困ります、実ハ旅費が切れ、そして行乞は思ふにまかせず、松山へ出るまでお立替願へませんでせうか、どうぞ〳〵よろしく」

二十六日夜、「泊めてくれない折からの月が行手に」と作句しており、瀬戸内海に面し、温暖な地だが、二夜、野宿をしている。

まどろめばふるさとの夢の葦の葉ずれ

夜露しつとりねむつてゐた

秋の山山ひきずる地下足袋のやぶれ

十一月一日、山頭火は徳島平野の水郷を歩いている。市営の発動汽船で別宮川（吉野川）の河口を渡る。市営だから渡船賃は無料。蜂須賀二十六万石の旧城下は素通り、義経上陸地といわれる篏島《おさじま》の畔の遍路宿に泊まる。

大山澄太は三日、牟岐町《むぎ》（鳴門市）から「四国の秋はまだ暑い。私は行乞の自信をなくしました。農村は稲刈りで忙しく、乞食坊主なんかは相手にしてくれません。二十日には何とかして高知に辿り着きます。高知郵便局留置として十円ほど頼みます」というはがきを受け取ったという。

禅僧とは思えず、遍路姿でもない。笈を背負い、着物にへこ帯、首から頭陀袋を下げているが、地下足袋はやぶれ、足を引きずっている。

秋のたより一ト束おつかけてゐた

十一月四日、牟岐町で行乞中、雨が本降りとなり、強風が吹き出し、鯖大師堂で参詣していたら、風で笠が吹き飛ばされ、眼鏡も飛んでしまった。網代笠でなく、ばっちょ笠だろう。通りがかった小学生が拾ってくれた。雨風はひどくなり、倉庫の陰で二時間ほど動けず、雨が横さまに簾《すだれ》のようになって降り注いだが、むしろ痛快だった。

暮れ近く、宍喰町（海陽町）まで来たが、泊まれず、県境を越え、高知県甲浦（東洋町）まで来て、ようやく泊めてもらった。宿のおばさんがお祭りのご馳走のお裾分けといって、お鮨を一皿お接待してくれた。

掲句には「留置郵便はうれしいありがたい」とあり、阿波撫養局《むや》（鳴門市）で受け取っている。

あらなみの石蕗の花ざかり

十一月五日。すっかり晴れ上がり、前日の時化は夢のよう。

「山よ海よ空よ」と呼びかけたくなる。太平洋を昇る日。お遍路さんが日ましに増える。お弁当はとても景色のいいところでいただく。松の木陰で、散り松葉の上で、石蕗の花の中で、大海を見下ろして…。室戸岬にも行ってみる。

浜はお祭り、みな騒いでいる。

佐喜浜（室戸市）の宿に泊まる。宿銭はどこでも三十銭に米五合（二十銭）。米を持っていないと五十銭払わなければならない。このところ、赤字続き。夜、朝の二食で、ご飯は四合分出る。山頭火はそれを三食分にし、うち一食分は弁当に詰める。おかずは朝の唐辛子佃煮や菜漬けを詰める。

一握の米をいただきいただいてまいにちの旅

徳山もそうだったが、高知県には「層雲」誌友がいない。手を取るように招き入れられ、まず風呂、酒、馳走、暖かい蒲団があり、朝湯朝酒。夜は句会、酒に酔い、半切や短冊に悪筆を揮い、路銀もたっぷり…、ということがない。

悪くすれば、野宿。安宿に泊まり、相部屋。「寒い地方の人がまろい、いひかへると、温かい地方の人間は人柄がよくない、お修行しても寒いところの方がよく貰える」と修行遍路が話すのを「一面の道理がある」と山頭火はうなずく。

遍路宿では、毎夜、ご詠歌の稽古が熱心に続けられる。ご詠歌もいろいろ流派があるが、「所詮は、ほろりとさせるところにそのいのちがある」。山頭火はよく見ている。

旅で果てることもほんに秋空

七日、海も空も日本晴れ。道ぞいの畑に豌豆がだいぶ伸びている。太平洋を眺めながら弁当を食べる。羽根町（室戸市）の街はずれに泊まり、近くの清流で肌着や腰巻を洗濯。地下足袋が破れ、左の足を痛めて困っていたところ、ゴム長靴の一方が捨ててあるのを見つけ、裂いて足袋底に代用。「必要は発明の母」なり。

犬二題

□四国の犬で遍路に吠えたてるとは認識不足だ、犬の敵性。

□昨日は犬に咬みつかれて考へさせられ、今日は犬になつかれて困つた、どちらも似たやうな茶色の小犬だつたが。

妙な気分で「しぐるるや犬と向き合つてゐる」

お城晴れわたる蔦紅葉《つたもみじ》

十日、日暮れて高知に着く。郵便局で郵便物を受け取ったが、期待したものがなく、がっかりする。十五日まで滞在。行乞してまわる。「高知はやっぱり四国の都会」、みかん、お菓子、芋をいただくことが多い。高知城の下で弁当をひらき、虱もとる。「澄太君からも緑平老からも、また無相さんからも、どうしてたよりがないのだらう」。「街のある日のあるところ」と前書してこんな句が。

　ハイヒールで葱ぶらさげて只今おかへり

若い女性だろう。勤めから帰ってきたのか。モンペ一色でもないのだ。

高知をサヨナラし、松山に向かい、山間をまっすぐ向かっている。とっぷり暮れて越知町に入り、どの宿屋でも断られ、製材所の倉庫にもぐりこむ。

つつましくも山畑三椏《みつまた》咲きそろひ

野宿が続くが、「昨日の道よりも今日の道」と歩く。山と水がますます美しくなる。秋の日は傾いたが、泊まれない。愛媛県に入り、落出（久万高原町）の集落に来たが、どの宿からも断られ、街はずれの大師堂で一夜過ごす。渓谷の街道を行乞しながら歩き、山がひらけると久万町だった。辻札下の宿に泊まることが出来た。五日ぶりの宿、五日ぶりの風呂だった。

十一月二十一日、森松駅から汽車で松山へ。立花駅に下車、道後南町の藤岡政一の家にとびこんだのは六時過ぎ。ほっとする。「ほろ酔きげんで道後温泉にひたる、理髪したので一層のう〳〵する。緑平老のおせったいで、坊ちゃんといふおでんやで高等学校の学生さんを相手に酔ひつぶれた！」

蝋涙いつとなく長い秋も更けて

六日間、藤岡宅に置いてもらい、遍路となって道後へ。方々の宿で断られ、やっと「ちくぜんや」に落ち着く。「洗濯、裁縫、執筆、読書、いそがしい〳〵」。高橋一洵は戦死した義弟高市茂夫の遺骨を台湾に引き取りに行き、留守。山頭火は「ちくぜんや」に滞在して近郊を行乞。三十日、松山高商に訪ねて行って、ひさびさに会えた。夜、一洵は宿に来て、宿銭を保証してくれ、小遣いまでくれた。

三日夜、一洵宅で義弟の遺骨に回向した。翌四日の市庁のホールでの市葬にも参列。電車賃がないので歩いて行った。「護国居士、私はひたむきにぬかづく」。日記には「土と兵隊」と前書し、「穂すすきひかるわれらはたたかふ」とある。同年封切りの火野葦平原作、田坂具隆監督の映画がホールで上映されたのだと思われる。

おちついて死ねさうな草枯るる

十二月十四日、松山郵便局に藤岡政一を訪ね、郵便物を受け取る。いずれもうれしい便りだったが、とりわけ健からのはうれしかった。さっそく飲む、食べる。夕方寄宿すると。留守に高橋一洵が訪ねて来て、新居の吉報もたらしていた。

一洵は御幸山麓の御幸寺の境内に、よさそうな空き家を見つけたのだ。

山頭火がそこに移ったのは十五日。句稿の前書に「一洵君におんぶされて（もとより肉身のことではない）道後の宿より御幸山の新居に移る」とある。なにもかも世話になり、一洵の背におぶさったのも同然。蒲団、机、火鉢、鍋、七輪、バケツ、茶碗、箸、そして米、醤油、塩。さまざまな物を持って来てくれたのも一洵だ。掲句は「一洵君」に。二十六日の緑平へのはがきにもその句が。

住むより猫が鳥がくる人もちらほら

句稿の前書の続き。「新居は高台にありて閑静、山もよく砂もきよく水もうまく、人もわるくないらしい、老漂泊者の私には分に過ぎたる栖家《すみか》である。よすぎるけれど、すなほに入れていただく。松山の風来居は山口のそれよりもうつくしく、そしてあたたかである」。後に大山澄太が「一草庵」と名づける。

六畳と四畳半、厨房も便所もあり、水は十間ほどのところに汲揚ポンプがある。まともに太陽が昇って来て、月見にも申分ない。東隣は護国神社、西隣は古刹龍泰寺。松山銀座へ七丁位、道後温泉へは数町。

猫が来て、鳥もやってきて、句会も開かれるようになる。

18　ころり往生

とうとうこのあかつきの大空澄みとほる

昭和十五年元旦、護国神社に参拝。掲句はそのときの作。皇紀二千六百年の年だ。「松山日記」は二月十日までは空白で、別紙に「輝かしい新世紀の黎明。——午前九時、聖寿万歳斉唱、黙祷。—」と書き、「…いよ〳〵肇国の精神を顕揚し、強力日本を建設して新東亜建設の聖業完遂に邁進し、もつて紀元二千六百年を光輝ある年たらしめんことを堅くお誓ひ申します」

一月六日、一草庵から斎藤清衛への年賀のはがきに「むつかしい世の中になりましたけれど、それでもそこになごやかなものを見失はない幸福を感謝します」と。

そして「明七日早朝出立、山口の旧居をかたづけ、九州の緑平老に逢つて来ます」とあるが、実際は高浜港から門司に向かっている。

たばこやにたばこがない寒の雨ふる

昭和十五年一月の寒い日、熊本城の一角、陸軍熊本病院藤崎台分院に中国の戦場から転送されてきた高木誠治のもとに看護師が老齢の男を連れてきた。「どなたか文章を書いている人はいないか」と聞かれ、案内したという。商人でありながら、墨染めの衣をまとい、無精ひげ、眼鏡の奥で笑っている目が優しかった。原稿を見せたら、褒めてくれ、「嘘のない人生、ありのままの人生を送りなさい」と励まされた。除隊後、高木は小学校の教師になった。その老人から買ったアルバムが四冊残っていて、「雅楽多」のシールが貼られている。

正月七日、門司に着いた山頭火が緑平のもとに現れたのは十日。三日間の空白がある。サキノを訪ねて来て、小遣い稼ぎにアルバムを売りに出歩いたのか。

蝿を打ち蚊を打ち我を打つ

松山に庵居する山頭火は時どき映画の入場券を貰っていた。前年度のベスト1「土」は行かず仕舞い。「衰へたるかな山頭火」と日記に。原作者長塚節は正岡子規から弟のように愛された。

吉川英治原作、稲垣浩監督、片岡千恵蔵主演「宮本武蔵」は見ている。

八月六日の日記「しんみり鑑賞して、いろ〳〵考へさせられた、剣は人なり——剣心一路の道はまた私自身の道ではないか、恥ぢる恥ぢる、私には意力がない、あゝ意力がない。——文は人なり—句は魂なり—魂を磨かないで、どうして句が光らう、句のかゞやき、それは魂のかゞやき、人の光である」

剣と俳句とこそ違え、山頭火は武蔵になった気分。

この髭をひつぱらせたいお手手がある

村瀬智恵子という方の文章から。八月九日、山頭火が訪ねてきた。彼女は教員、夫は伊予銀行の行員で、汀火という号で俳句を作っていた。高橋一洵の松山高商の教え子だ。

訪ねてきたとき、汀火は留守だったが、部屋一杯に七夕飾りをしていたときだった。是非にと招き入れられた山頭火は喜んで短冊に筆を執った。翌日、山頭火からはがきが来て、裏を返すと、七夕の句の訂正をしており、「ほんたうに幾十年ぶりかで味ふ七夕情調でありました。帰途しきりに満洲の孫がなつかしく少々憂鬱になりましたよ」と、添えられていたのが掲句。

七夕の天の川よりこぼるる雨か

ぷすりと音たてゝ虫は焼け死んだ

十月八日夕、高橋一洵が家に帰ったら、山頭火が酔って寝ていた。「お帰りか」と目を覚まし、話し出した。

先日、夜更けに一草庵に帰る途中、白い犬がついてきた。玄関で「ありがとう、さよなら」と頭をなでてやろうとしたら、大きな餅をくわえていた。ありがたく頂戴し、雑煮にして食べた。「長らく乞食はやったが、犬から供養をうけたのは生れて始めてじゃ」とからから笑った。

九日、またやって来て、「もう一度、旅に出たい」と話し、「わしも長くはないぜ。（略）雀でも象でも生きた仲間に自分の死骸を見せんもんじゃ。（略）それが駄目なら焼かるる虫の如くにおいかんばしく逝きたい」と、一洵の句帳に句を残した。

もりもりもりあがる雲へ歩む

十月十日夜、山頭火の案内を受け、一草庵で「柿の会」の句会があった。肝心の庵主は泥酔して寝ていた。午後十一時に句会は閉会。みな、起こすのは気の毒だと帰った。高橋一洵が虫の知らせで午前二時過ぎに戻ってきたら、様子がおかしい。医者に来てもらったが、息はなかった。死因は心臓麻痺。享年五十九。十二日夜、茶毘《だび》に付された。十五日、満州から健が来て、遺骨を引き取る。サキノは健に「種田家の当主だから、しっかりやってきなさい」と言ったという。

健は遺骨を抱いて広島の大山澄太や防府の親族に挨拶にまわり、報国寺の種田家墓地に埋葬した。掲句は木村緑平へのはがきに。

茶の花ひつそりと残されし人の足音　大山澄太

熊本時代の山頭火を調査に昭和二十六年十一月九日、大山澄太が熊本駅に降り立った。出迎えたのは熊本短大教授丸山学とサキノ。丸山は蓮田善明と済々黌からの親友で、広島高師を卒業後、旧制熊本中学教師を経て、広島文理大に学び、広島高師の教授もしている。蓮田を通じ、大山とも知り合った。

十日朝、丸山の家にサキノが大山を迎えに来て、二人で川尻電車で望月義庵が住職をする大慈禅寺に出かけた。翌日が山頭火の命日で、本堂でお経をあげてくれた。境内に茶の花が咲き、実が落ちていた。それを大山が記念に拾い、浮かんだのが掲句で、サキノを詠んだものだ。米屋町の寥平も訪ね、その夜はサキノの仮寓の一間に泊めてもらった。部屋の一隅に和机が置かれ、蓄音機の箱を仏壇代わりした中に「種田家代々之霊位」と「解脱院釈山頭火耕畝居士」の位牌があり、盃に酒、一輪挿しに菊の花が供えられ、りんごが置かれていた。

大山はさらに、陸軍中尉として敗戦から四日後、マレー半島で自死した蓮田の妻敏子をサキノと一緒に植木（熊本市北区）に訪ねている。十二日、大山が熊本を去る日、熊本日日新聞によって座談会が催された。

シベリア抑留から帰国した健は妻子とともに伊万里に暮らし、炭鉱に勤め、取締役にまでなった。

山頭火の遺骨はその後分骨され、いま、熊本市横手安国禅寺の種田家の墓にサキノ、健らと一緒に眠っている。

明治35年ころの安巳橋通り。絵図の左上に三年坂交番とあり、そこから人力車の来た道を北（上）へ向かって５軒目がその後の「雅楽多」の場所になるが、この絵図には描かれていない。（個人蔵）

山頭火が移り住む10年ほど前の下通町1丁目界隈。巡査が立っている三年坂交番から５軒目は、ちょうど梧桐の陰になっている。裏手に、もと有吉邸の池。（個人蔵）

一「雅楽多」の場所は？甲斐青萍の絵図に探す

　種田家の破産で山頭火は大正五年四月、妻子を伴い、新天地を熊本に求める。熊本市下通町一一七番地に間口三間の二階家を借り、古本などを並べ、店を開く。屋号は「雅楽多」、あるいは「雅楽多書房」。のちには絵はがき屋として親しまれ、書房の名は消えた。店の看板には「ガラクタ」とカタカナも使用。額縁やアルバムなどは早い段階で扱っている。山頭火が家を出て、以後、サキノの細腕で営まれるが、映画スターのブロマイドや任天堂の花札などを求める客で、繁盛したという。

　そのころ、「雅楽多」から歩いて数分の三年坂に甲斐青萍《せいひょう》（本名・英雄）という熊本中学の美術教師

昭和初期の下通町付近：大正15年開通の市電が通町筋を走っており、昭和3年開局の放送局も池の後方にある。池の前の2階建て２棟の左側が「雅楽多」か。（甲斐青萍作［熊本昭和町並図屛風］熊本博物館所蔵）

が住んでいた。山頭火と同じ明治十五年の生まれ。有職故実と歴史画に優れ、「馬の青萍」といわれたが、実際に馬で登下校をし、藤崎八旛宮の例大祭の随兵《ずいびょう》では、よろいを身につけ、秋風にヒゲを震わせ、馬に乗った姿が見られた。昭和四十九年、東京の娘のもとで九十一歳の生涯を終えたが、望郷の念やみがたく、せっせと追憶の熊本を描いた。記憶力は抜群だった。江戸末期の熊本城下、明治の軍

随兵行列の甲斐青萍（昭和初期）

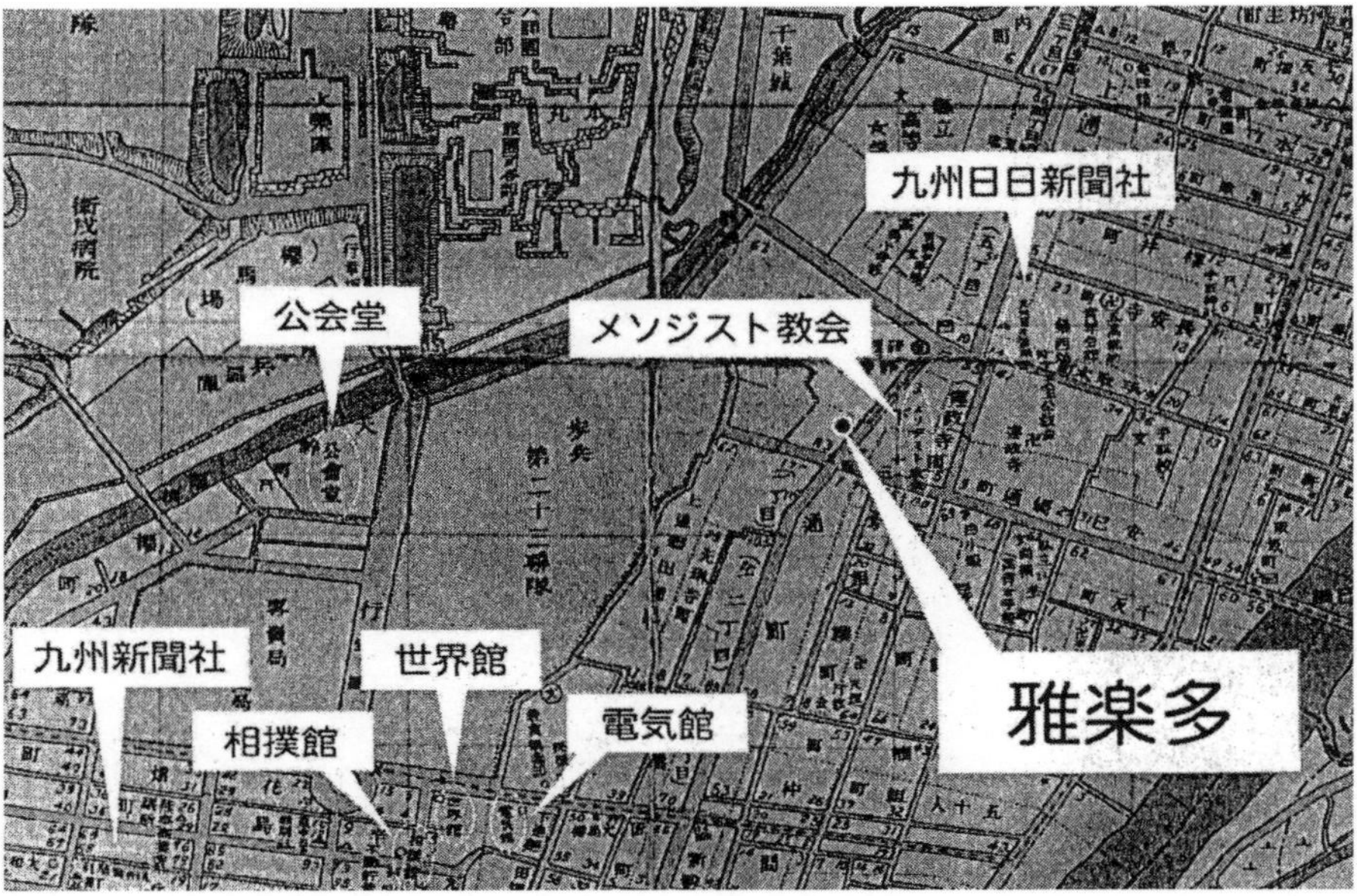

大正５年の熊本市中心部：ちょうど山頭火一家が熊本に移り住んだころ。市内の中心に歩兵第23連隊があり、「雅楽多」の西北隣に位置する市役所（大正12年末落成）の場所は、以前は監獄だった。安政橋通町のメソジスト教会に、悩みを抱えるサキノは出入りしていたらしい。

都であり、官庁や文教の地であった明治・大正初期の熊本市の中心部、それに昭和ヒトケタ時代のモダン都市熊本を鳥観図として屏風仕立ての絵図に残した。それをもとに「雅楽多」のあった場所を探し、街の変遷も見てみよう。

細川藩時代、家老・有吉家の広大な屋敷があり、北側の手取町《てとりちょう》、東側の下通町の通りに沿って長屋塀が設けられていた。屋敷のなかには大きな池があった。西南戦争で一帯は焼けてしまい、通りに面し、町家が軒をつらねることになった。山頭火が借りた町家もそうした一軒。有吉屋敷の西隣に藩の厩があったが、廃藩置県後、監獄となった。山頭火が転居してきた前年、監獄は大江渡鹿に移るが、まだ塀は残っていた。監獄跡に南千反畑から市役所が移ってきたのは大正十三年。県庁や図書館は昭和二十年、戦災で焼失するまで動いていない。県庁跡は白川公園になっている。

安政四年、白川に橋が架かり、巳年だったから「安巳橋」（「安政橋」とも）と呼ばれる。そこからお城に向かって安巳橋通りが続き、やや下り坂になり、三年坂通りとなる。甲斐青萍が住んでいたのはその界隈で尚絅女学校やメソジスト教会があった。三年坂通りと下通町一丁目が交差する場所に交番があり、雅楽多の包装紙（個人像）には、「三年坂交番ヨリ上ル五軒目」とある。

青萍の絵図で巡査が立っている角の交番から五軒目の家を探せば、梧桐《あおぎり》らしき木の右側に二階家がある。山頭火はこの地に転居し、

昭和７年ころか。４月に動乱の上海に出征していた第六師団の将兵らが凱旋し、市内のいたるところで出迎えの光景が見られた。これは「雅楽多」の並びの店の前で。写真右上、スズラン灯の奥に、看板の文字「…ラクタ」が、かろうじて見える。山頭火は、もう熊本にはいない。

「さゝやかな店をひらきぬ桐青し」と句を詠み、またその年の八月一日付「白川及新市街」に「梧桐の陰にて」という山頭火の文章が掲載されており、家の前に梧桐があった。もしかすれば、木の陰になって描かれていないのか。裏のほうに明治二十二年開業の「静養軒」があり、池が残っている。

昭和初期を描いた屏風図には、昭和三年に開局した放送局（JOGK）が描かれており、大正十五年に敷設された市電が走り、乗馬の軍人の姿も。「茶屋」とある店の左隣が雅楽多と思われる。静養軒の入り口の右に「桜井くつや」とある。熊本空襲で下通一帯は焼け野原となり、雅楽多も含め、買収されて大洋百貨店が建つ。のちに城屋、ダイエー下通店となり、閉店したダイエー下通店と桜井総本店とが一緒になり、二〇一七年に複合商業施設、COCOSAが開業した。

郷土史家の高木誠治が、日中戦争で負傷、熊本陸軍病院藤崎台分室に入院中、山頭火らしき男が行商にきた。励まされ、アルバムを買った。そこにこのシールが貼ってあった。「アルバムと額縁　雅楽多　熊本市下通町　電話四〇四六番」

2017年に開業した複合商業施設COCOSA。

二　友枝家から見つかった山頭火の借金依頼状

新婚時代の山頭火（種田正一）とサキノ。少女は異母妹のマサコ。サキノには「雅楽多」を訪れた山頭火の句友が「大変な美人」と驚いた。

妻子を伴い、熊本に新天地を求めた山頭火が頼ったのは、俳誌「白川及新市街」に拠る若者たちであった。季語や五七五の形式にとらわれない新傾向派の反逆者たちで、その中心は五高生の兼崎地橙孫（埋蔵）だったが、七月に卒業し、京都大学に進み、熊本を去る。残ったのは商家の息子たちで、友枝寥平もその一人だった。米屋町の老舗の薬種商の一人息子で、本名伴蔵。九州薬専を出ており、そのころ、県立病院の薬剤師をしていた。友枝家は細川藩の御用商人だったという。

地橙孫に誘われたのか、寥平も山口県の河村義介の個人俳誌「樹」に加わっており、山頭火は「樹」に寥平の横顔を「寥平さんといふ雅号そのものが、最もよく今日までの寥平さんの特質を形容している。私はそこにさびしいけれどもあたたかに逍遥する魂のささやきを聞く」と書いている。寥平は歌も詠み、文章も書いた。裏小路寥

山頭火が熊本に来る少し前の「白川及新市街」の句会の様子。大正４年５月８日、川西和露の歓迎句会で。左より友枝寥平、西喜痩脚、日高五葉、駒田菓村、小野水鳴子、川西和露、一人置いて芳川九里香、兼崎地橙孫、馬場天食子

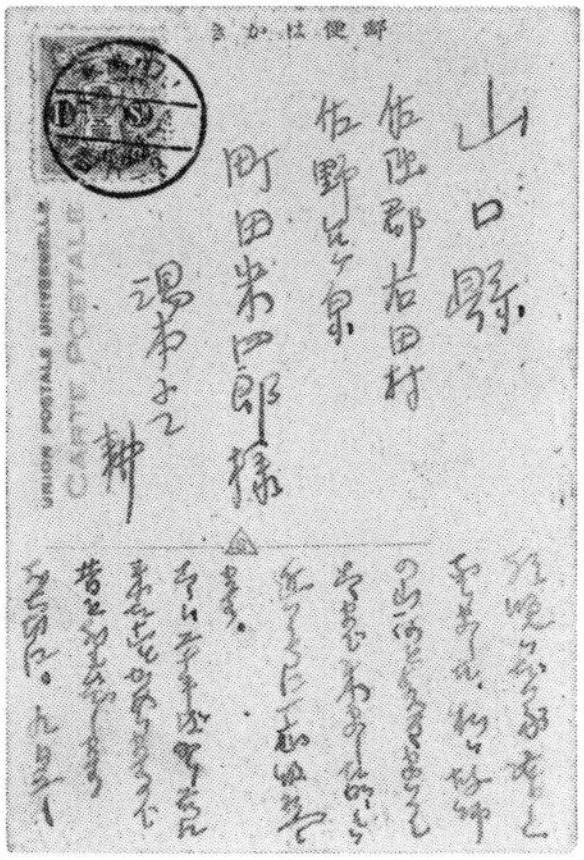

大正15年９月３日、湯本温泉（山口県長門市）から町田米四郎（妹シヅの夫）に宛てたはがき。「私ハ故郷の山河を歩きまハつてここまで来ましたが、もう近いうちに一応帰熊します」とある。

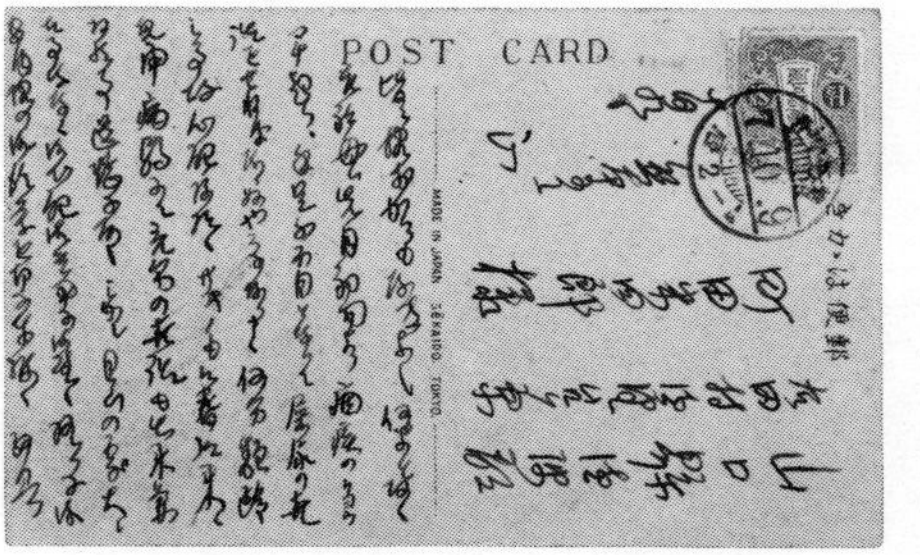

大正７年10月９日、熊本市の雅楽多から町田米四郎へのはがき。「老祖母ハ先月初旬より病疾リユウマチ起り、手足不自由となりて…」とある。
（いずれも、くまもと文学・歴史館所蔵）

平とも称した。寥平に誘われ、山頭火は短歌会にも顔を出し、そこで五高の図書館職員茂森唯士や五高生工藤好美と知り合う。その後、山頭火は妻子を熊本に残して単身上京するが、英露新聞の記者となった茂森や早稲田に進んだ工藤を頼ってのことだった。戦後、茂森は産経の論説委員となるが、茂森が熊本の文化雑誌「日本談義」に書いた文章で山頭火の横顔も知ることが出来る。

　山頭火は、無口で、心根やさしく、かつ老舗の若旦那として懐具合のいい寥平をすっかり頼っている。だが、山頭火の熊本時代をもっともよく知っている寥平のことは忘れられ、山頭火全集の書簡集にも彼宛てのはがき一枚も載っていない。

　新聞社の編集委員だった私は「人物に見る熊本の青春」という連載に山頭火のことを書こうと思い、電話帳を見て友枝姓の方に一軒一軒電話をし、長男の久士氏を探し出し、訪ねて行った。米屋町の家は処分され、新たに土地を探し、新築されていた。「山頭火に関する資料はありませんか」と尋ねたら、「この箪笥にあると思いますが」とおっしゃった。引っ越す前からほとんど触れておられず、久士氏と引き出しをあけると、唐紙に包まれた資料が、まとまって出てきた。

　山頭火が友枝家で酒をのみながら書き散らした書や短冊、旅先からのはがき、障子紙に一気に書いた手紙も出てきて、これはどうやら料亭で豪遊し、仲居さんに持たせた借金の依頼状である。さらに写真も数葉。そこには雲水姿の山頭火と寥平が写真館で撮った写真もあった。裏の日付から、昭和五年九月に九州行乞に出かける前の記念写真だった。手帖も出てきて、寥平は「山頭火ひょうひょうとして病むまいぞ」と餞別の句を記していた。阿蘇山の三合目付近に立

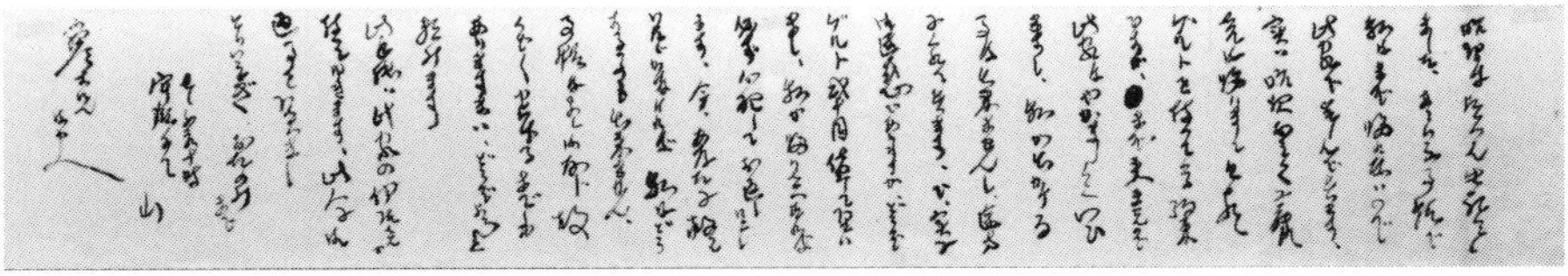

山頭火が料亭の仲居に持たせた友枝寥平への「借金申込状」。大正７年７月７日か。

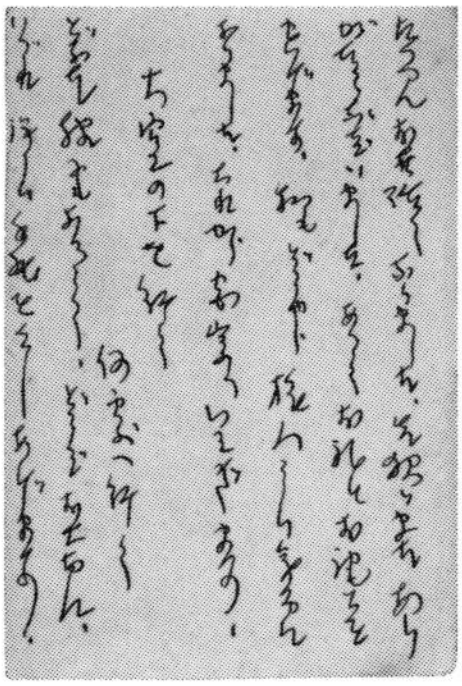

寥平に宛て、昭和５年９月10日に八代で投函したはがき。「私もどうやら旅人らしい気分になりました」とあり、「大空の下を行く何処へ行く」と句を添えている。

山頭火と友枝寥平　行乞を前に記念撮影。昭和５年８月21日

つ有名な写真もあったが、阿蘇の火口を井泉水らと眺めている写真は初めて見るものだった。それに其中庵の四畳半の間の写真も。

寥平は一緒に阿蘇山には登っていない。これらの写真は誰からもたらされたのか。山頭火からでは…と私は考える。阿蘇山での二枚の写真は九大生高松征二が写したものだが、寥平を訪ねて来た際に渡し、もう一枚の其中庵での写真は郵送してきたのでは、というわけだ。自分が持っているより寥平に持っていてほしかった。

仕事でいつもコンビを組んでいた元写真部長で編集委員坂本徹氏に来てもらい、見つかった資料を接写してもらうとともに、広げた資料を友枝夫妻が眺めている様子を撮ってもらった。借金依頼状が一番ニュースになる。「山頭火さんにはちょっと気の毒では」と笑いながら言われた久土氏の顔を見て、「寥平もこんなやさしい笑顔の持ち主だ

阿蘇山の三合目あたりに立つ山頭火。うしろに外輪山が見える。

昭和４年11月４日、阿蘇中岳火口で。手前右から山頭火、井泉水、三宅酒壺洞、原農平、奥に中村苦味生、石原元寛、木籔馬酔木がいる。

阿蘇山行
身にしむ夕風
種田山頭火
阿蘇山行
山頭火を語る
荻原井泉水

九州新聞に連載されたリレー紀行「阿蘇山行」。書き出しは井泉水、アンカーは山頭火。

井泉水が描いた山頭火のうしろ姿。「層雲」昭和５年２月号の裏表紙になった。

ったのでは…」と思った。

地橙孫と寥平との関係はその後もずっと続き、「清明の道」というカーボン用紙による交換句誌を月ごとにやりとりし、俳句道の精進を続けた。地橙孫は昭和十五年、自由律から定型に復帰、寥平もあとを追った。

山頭火が松山で死去し、熊本の雅楽多も熊本空襲で焼け、引き揚げてきた健一家は伊万里に暮らし、ひとり気丈に生きていたサキノだったが、心配ごとがあれば、寥平に相談にやってきた。たいしたアドバイスも期待しているふうでもなく、小声でひとくさり話すと帰っていった。望月義庵が住職をしていた川尻の大慈禅寺に句碑が建ったが、その除幕式に、持病の喘息がひどくなった寥平は欠席した。サキノが訪ねて来て、句碑に使われた「まったく雲がない笠をぬぎ」の半切を寥平に渡した。それが額になり、いまも友枝家に飾られている。

三　山頭火ゆかりの場所と人と

法恩寺境内の山頭火句碑

千体仏法恩寺

昭和初期、熊本地方専売局（現熊本市桜町・熊本城ホール）の前を走る熊本市電。写真右側に進めば公会堂があり、その前で泥酔した山頭火は市電をとめたという。写真左側の建物は九州新聞の新社屋

◉報恩寺

熊本市東外坪井町（現坪井三丁目）にあり、大正十四年二月、山頭火が住職の望月義庵を導師に出家得度をした。曹洞宗で、川尻の大慈禅寺の末寺。俗称「千体仏」の名で親しまれ、前年、浄行寺まで開通した市電に千体仏前という電停があった。境内に山頭火の「けふも托鉢ここもかしこも花ざかり」の句碑がある。

◉山頭火を法恩寺にいざない、救った男　木庭市蔵

大正十三年の秋深いある日、泥酔した山頭火は公会堂前で市電を急停止させる。線路に仁王立ちだったという。

それを見ていた木庭市蔵が東外坪井の曹洞宗報恩寺の望月義庵のもとに同行し、翌年二月、山頭火は出家得度する。木庭について友人だった開業医で歌人の大林武之は「学歴はなかったが、頭は仲間のうちで一番秀でていて、望月義庵の弟子で禅もよくし、観相に長けていた」と書いている（郷土雑誌「呼ぶ」）。上通町の商店街で古

靴を商っていたとか印鑑を彫っていたともいわれるが、大正六年当時、「あけぼの」という月二回発行の新聞を出しており、地元の政界経済界にも顔が広かった。

昭和二十六年十一月、山頭火の熊本時代を調査に大山澄太が訪ねてきた際、座談会「山頭火の思い出」が催された。その席で山頭火の妻だったサキノが木庭について「この人も大分変わった人で子供さんに天偉勲とか地利剣という名をつけていたような人だった」と語っている。子供の名は肥後の国学者林桜園の「宇気比考」から出ており、木庭一族には神風連の関係者がいるという。市蔵は大正十五年三月二十五日逝去、享年四十七歳。

木庭市蔵が編集・発行していた「あけぼの」は、タブロイド版の新聞で月二回発行。発行所は熊本市上通町五十番地。

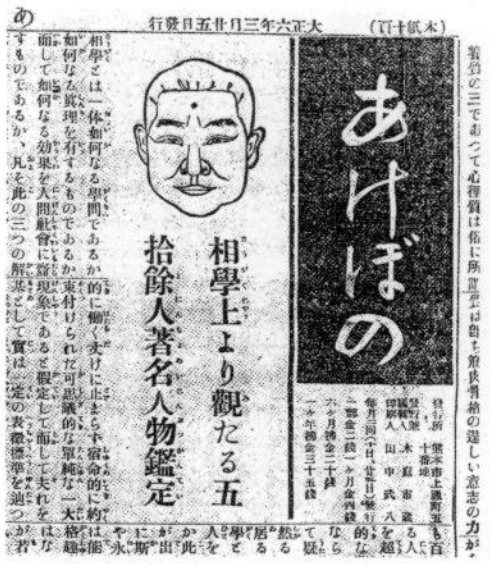
あけぼの
相學上より觀たる五拾餘人著名人物鑑定

大正6年3月25日付の「あけぼの」。この第3号では得意の観相学で熊本の著名人50人ほどを人物鑑定。この顔面相は市蔵本人か。

化 文 家庭と
山頭火の思い出
漂泊の俳人熊本時代

座談会「山頭火の思い出」の内容を伝える熊日記事。大山澄太が「山頭火の跡を尋ねて」と題し「味取観音」「法恩寺」「大慈寺」各2句をこの記事欄に寄せた。サキノのことを「茶の花ひつそりと残りし人の足音」と詠んでいる

◉望月義庵

千体仏報恩寺は西南戦争の兵火で焼失し、観音堂を残すだけで、廃寺同然だった。そこに住みついたのが青年僧の望月義庵だ。明治三年、現南阿蘇村長野の生まれ。十四歳で南阿蘇の清水寺に入山。曹洞宗大学（現駒沢大）を出ていた。報恩寺には三十四年在住。本堂、庫裏の修復も義庵の偉業だという。木庭市蔵に伴われてきた山頭火に、黙って『無門関』一冊を与えたという。昭和十六年五月、大慈禅寺の住職となり、昭和三十八年六月三十日死去した。

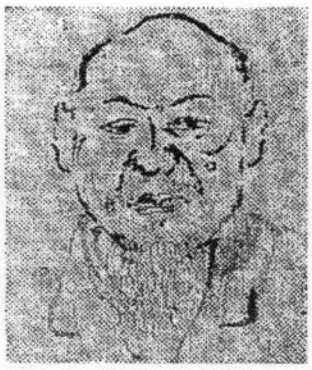

漫画家・岡本一平（岡本太郎の父）が戦時中に描いた望月義庵の似顔絵

◉味取観音

曹洞宗瑞泉寺で俗称、味取観音。熊本市北区植木町味取の平尾山の麓にある。大正十四年三月五日、山頭火はここの堂守となったが、「それはまことに山林独住の、しづかといへばしづかな、さびしいと思へばさびしい生活であつた」と一代句集『草木塔』（昭和十五年四月刊）に記しているが、子供たちの

味取観音

ための日曜学校を開き、また青年らに親しまれ、托鉢にも出た。木村緑平は二度訪ね、泊まった。翌年四月、堂守を辞めて下山。四月十四日、報恩寺から天草に向かい、行乞漂泊の旅を始める。「松はみな枝垂れて南無観世音」の句碑がある。

句碑除幕式に出席した（左から）大山澄太、蓮田善明夫人敏子、山頭火の息子の種田健。味取観音の石段で

昭和四十七年九月二十三日の句碑除幕式には、大山澄太、蓮田善明の妻敏子、山頭火の息子・健が出席した。

◉三《さん》八《ぱ》九《く》居

熊本市琴平本町の琴平神社の西裏にあった。山頭火は昭和五年九月から九十八日間の行乞を続け、師走の十五日、熊本駅に降り立つが、サキノのいる雅楽多に戻らず、独居生活を考える。方々を探しまわり、もうあきらめて歩いていると春竹の植木畑の横丁で、「貸二階」の張り札を見つけた。さっそく移ってくることを決めたが、一文無しで木村緑平に甘えた。ここで「三八九」というガリ版刷りの俳誌を出すが、三集で休刊した。いま、個人の家が建っている。遠慮して琴平神社の境内を散策してみよう。かつて二本木に遊郭があったころ、女性らが隊伍を組んでここにお参りにきていたという。

琴平神社

曹洞宗安国禅寺の種田家の墓。熊本市西区横手町にある。熊本空襲で焼け出されたサキノは一時、同寺に寄寓していたという。それが機縁になって墓地の一角を買い、「種田家」の墓を建て、山頭火の遺骨を分骨して納めた。大山澄太の手で本が出る度に、いそいそと山頭火に報告しに訪ねて来たという。

四　九州新聞と山頭火

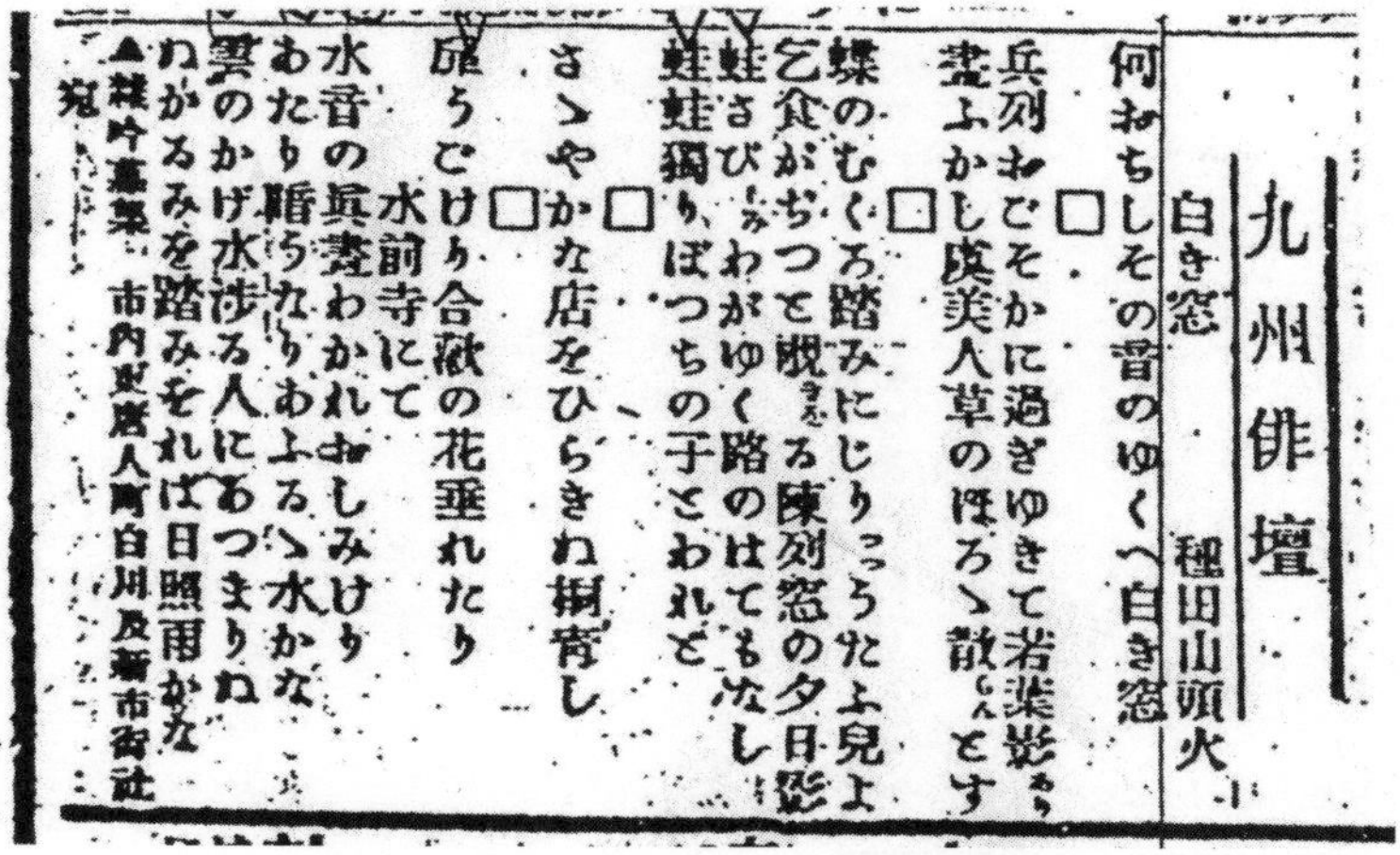

九州俳壇

白き窓　種田山頭火

何おちしその音のゆくへ白き窓

□

兵列しづかに過ぎゆきて若葉影

蓋ふかし虞美人草のほろゝ散《らん》とす

□

蝶のむくろ踏みにじりつゝうたふ見よ

乞食がぢつと覗ける陳列窓の夕日影

蛙さびしみわがゆく路のはてもなし

蛙蛙獨りぼつちの子とおれど

□

さゝやかな店をひらきぬ桐青し

□

蝉うごけり合歓の花垂れたり

水前寺にて

水音の兵營わかれおしみけり

あたり暗うなれりあふるゝ水かな

雲のかげ水渉る人にあつまりぬ

ぬかるみを踏みをれば日照雨かな

▲新吟募集　市内東唐人町白川及新市街社宛

大正５年８月３日、九州新聞の「九州俳壇」に載った山頭火の13句。末尾に「新吟募集　市内東唐人町白川及新市街社宛」とある。

そのころ、熊本では九州日日新聞と九州新聞の二紙がライバル関係にあった。

いずれも政党の機関紙で、九州日日には国権党（憲政会―民政党―国民同盟）、九州新聞は政友会がうしろに控え、熊本の独特な政治風土を反映していた。九州日日は福岡、宮崎、鹿児島の一部にも読者層を持ち、九州の雄としてわが国の新聞界に重きをなしていた。

山頭火が出入りしていたのは九州新聞だ。政治に熱中した父の竹治郎が政友会に属していたこともあろうが、「自由でそしてほがらか」（当時の記者豊福一喜）な社風にひかれたのだろう。以前にも「九州新聞」という政友会系の新聞があったがつぶれている。山頭火が出入りした「九州新聞」の前身は九州実業新聞といい、熊本の経済人らが後ろ盾となり、池松恒雄がつくった新聞である。池松は迂巷という俳号を持ち、子規に教えを乞う。漱石の教え子らが始めた紫溟吟社にも地元俳人として加わった。新聞発行に手を染めたのは自分の文芸趣味を満たすためでもあった。政治的には中立であったが、経営が困難となり、それを高木第四郎（実業家・政治家）が買い取り、実業の名をはずし、政友会の機関紙とした。

新傾向派の「白川及新市街」の若い俳人らが九州新聞に俳句を持ち込んでおり、その客分であった山頭火の句が載っていないか、とマイクロフィルムを繰ってみたら、大正五年八月三日付の学芸欄の「九州俳壇」に「白き窓」の小題で十三句掲載されていた。山頭火が熊本にやってきて、四カ月後のことだ。十九日付にも四句載っている。

Ⓐ

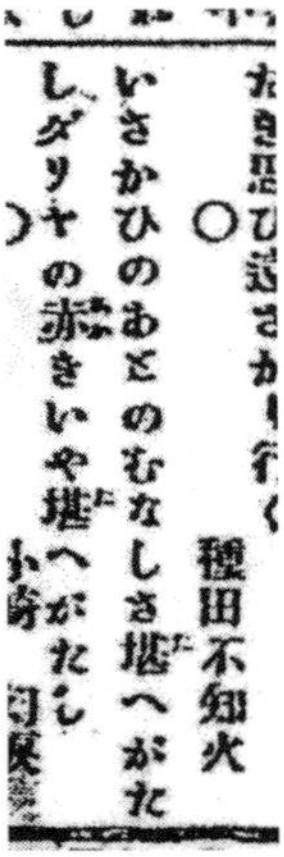
いさかひのあとのむなしさ堪《た》へがた
しダリヤの赤きいや堪《た》へがたし
種田不知火

Ⓑ

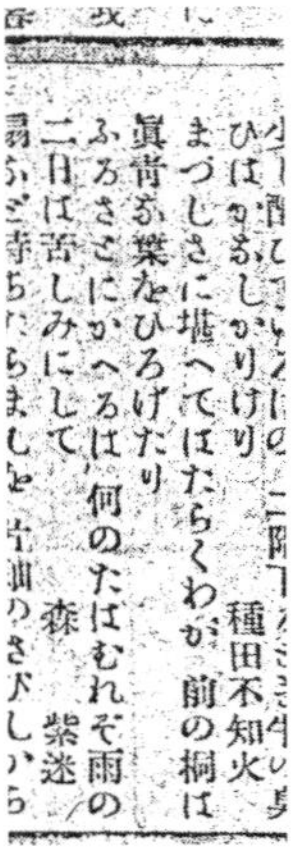
まづしさに堪へてはたらくわが前の桐は
眞青な葉をひろげたり
ふるさとにかへるは何のたはむれぞ雨の
二日は苦しみにして
種田不知火

Ⓒ

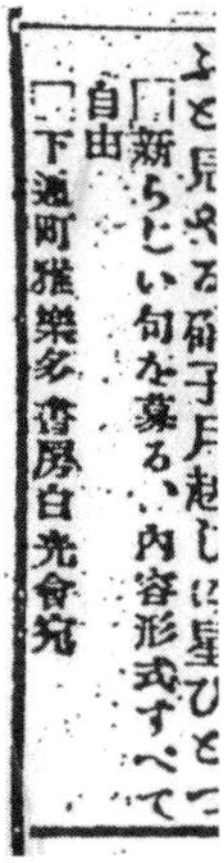
新らしい句を募る、内容形式すべて
自由
下通町雅楽多書房白光會宛

Ⓐ「詩人大会詠草」記事中に、種田不知火として「ダリヤ」を詠んでいる。大正５年８月26日付。

Ⓑ極光社短歌会にも不知火の名で「まづしさに〜」「ふるさとに〜」の２首。友枝寥平、工藤好美、上田沙丹、茂森唯士らの歌も見える。

Ⓒ大正６年11月28日の「九州俳壇」の末尾に「新らしい句を募る、内容形式すべて自由　下通町雅楽多書房白光會宛」とある。

俳句ばかりでなく、友枝寥平に誘われ、短歌会にも顔を出している。大正五年八月十二日、公会堂で催された「熊本短歌会」に「恋」の課題で二首載っている。このときは山頭火の号だが、八月二十六日の九州新聞に掲載された「詩人大会詠草」には「種田不知火」の号を使っている。寥平のスクラップ帳にある「極光社短歌会」詠草のなかにも「種田不知火」による二首が採られている。切り抜きには日時、場所は記入されていないが、よく似た山頭火の句があり、不知火の号の持ち主は山頭火で間違いないであろう。不知火の「火の国」熊本の新参者として洒落てみたのか。

兼崎地橙孫が五高を卒業し、京都に去り、「白川及新市街」もその年の十月には休刊となるが、山頭火は「二三同士があれば小さな会を開いてお互の研究に資したいと」と井泉水に伝えている。それが実現したのは翌年六月で、山頭火は「白光会」という小さな会を作り、「雅楽多書房白光会宛」で作品も募り、九州新聞に「白光句会鈔」が

昭和初期の新市街。左手に電気館、ついで朝日館と続く活動写真の街。女性の姿も多く、賑わっている。山頭火は映画も好きだった。大正７年7月24日、公会堂での熊本短歌会に「活動の看板畫など観てありくこのひとときはたふとかりけり」の一首を寄せた。それは弟の自殺遺体が見つかって、わずか10日後のこと。どんな思いで看板畫を眺めていたのだろう。

現れる。しかし「新しい句」、「自信ある句」で「内容形式すべて自由」と呼びかけても、五七五という定型があり、季語があってこそ俳句は形をなす。デッサン力がないものに直接抽象画を描けというようなもので、素人にはなかなか手が出ない。それでも「層雲」誌友の橋本砂馬や安武踉々、それに吉村銀二（詩人吉村光二郎）、宇都宮虚栗、緒方緑霞、水島慕城、高瀬楚風といった人々が集まってくる。

＊

山頭火が大正五、六年にどんな句を作っていたのか。九州新聞から探しだしたものだけでも並べておこう。〇印は「層雲」にも見られず、『山頭火全集』にも未掲載の句である。収載されていても「層雲」発表作は「兵列」が「兵隊」と変わっていたり、漢字がひらがなになるなど微妙に異なるものが多い。大正六年までと限ったが、「白光句会鈔」も半年ほどしか続いておらず、七年になると山頭火の句は九州新聞から消えてしまう。再び現れるのは大正十三年六月十六日、荻原井泉水選の「九州俳壇」に「山」の頭文字で一句、そして昭和四年、五年に現れるが、それらについてはあとで触れたい。

なお戦時中の昭和十七年四月一日、九州日日新聞社と九州新聞社は合併し、熊本日日新聞社となった。

大正五年

〈白き窓〉

何おちしその音のゆくへ白き窓 〇
兵列おごそかに過ぎゆきて若葉影あり
晝ふかし虞美人草のほろゝ散らんとす 〇
蝶のむくろ踏みにじりつつうたふ児よ 〇
乞食がぢつと覗きをる陳列窓の夕日影 〇
蛙さびしみわがゆく路のはてもなし
蛙蛙獨りぼつちの子とわれと
さゝやかな店をひらきぬ桐青し
扉うごけり合歓の花垂れたり

水前寺にて

水音の真晝わかれおしみけり 〇
あたり暗うなりあふるゝ水かな
雲のかげ水渉る人にあつまりぬ
ぬかるみを踏みをれば日照雨かな 〇

……………

朝顔のゆらぎかすかにも人の足音す
緑の奥家ありて朝顔ありぬ
朝顔けふも大きくて咲いて風なかり 〇
海鳴り聞ゆ朝がほの咲けるよ

大正六年

「白光会句鈔」

うらゝかに日が照りて人の影遠し 〇
一人となれば仰がるゝ空の青さかな
監獄署見あぐれば若葉匂ふなり

親子顔をならべたりいまし月昇る
砂利の明るさ泌み入る雨の明るさ踏まん
茂り下ろすやその匂ひなつかしみつゝ
汽車が吐き出す人むきむきに暮れてゆく ○
桐並木その果てのポスト赤し ○
積荷おろす草青々とそよぎけり
入日まともに人の家焼けてくづれぬ
つかれし手足投げ出せば日影しみ入る
けさも雨なりモナリザのつめたき瞳 ○
昇る日しん〴〵まはだかの人立てり
水玲瓏たり泳ぎ児のちんぽ並びたり
ふく水に影うつすカンナの赤さ ○
うづくまれば水音ありけり
みんな安らかに暮しをり花桐こぼす ○
路地のかはたれ犬にものいふ女也し
街のまんなか掘り下ぐる土の黒きは
真夏真昼の空の下にて赤児泣く
叱られて泣く児に金魚うかびたり ○
街あかりほのかに水は流れけり ○
蝉ねらふ児の顔に日影ひとすぢ
馬子は水瓜をかじりつゝ馬はおとなしく ○
ガラス戸かたく鎖されし窓々の入日 ○
力いつぱい子が抱きあぐる水瓜かな ○

重荷おもけば足許の草の美くしき ○
草に投げ出す足をつたうて蟻一つ ○
石工一日石切る音の雨となりけり ○
草の葉のそよぎかはして暮るゝ哉
大きな蝶々を殺したり真夜中
エンヂンのひゞき
　身ぬちにひゞく大地にひゞく ○

熊本子規忌句会

子に摘んでやる草花の露の光りちる ○
ものゝこゑしめやかな露の野のひとり ○
のぼる陽しづか草の葉の露こぼれけり ○
鳴子ひくその手のふとさあかるさは ○
野のしゞまきはまれば鳴子鳴りけり ○
空の青さよ鳴子を引いてみる ○
折らんとす花萩のゆれやまぬかなし ○
のゝめの風ふるゝ萩を折りけり ○
たゞずめば二人の前の萩が咲いてる ○

山頭火の短歌詠

大正五年

恋ひ来つる筑紫の海に立つ波の
　白き月夜を独りかも寝む
ひとすじの砂原こみちまかゞやく
　われとわれが影ふみしめありく

種田不知火の号で

いさかひのあとのむなしさ耐へがたし
　ダリヤの赤きいや耐へがたし
まづしさに耐へてはたらくわが前の
　桐は真青な葉をひろげたり
ふるさとにかへるは何のたはむれぞ
　雨の二日は苦しみにして

大正七年

活動の看板畫など観てありく
　このひときはたふとかりけり

五　九州新聞に荻原井泉水の俳壇

遍路姿の荻原井泉水。小豆島巡礼のころか（神奈川近代文学館所蔵）

大正十三年、九州新聞はライバルの九州日日に対抗し、「九州俳壇」の選者に俳句界の大御所、高浜虚子を持ってきた。ところが五カ月もしないうちに降りてしまう。

そこで急遽、井泉水に依頼した。前年の関東大震災で、井泉水は麻布の家こそ焼けなかったが、その年の十月、妻が急死し、その三カ月後には母が亡くなる。妻の異常出産で産児は失われていた。井泉水は人生の無常を痛感し、十三年、母の遺骨を身延山に納めると、その足で京都東福寺天徳院に身を置き、四月、遍路となって小豆島八十八カ所を巡拝。天徳院に戻ったら、九州新聞から俳壇の選者依頼が来ていた。

そのころ山頭火は俳句から遠ざかり、「層雲」も購読していなかった。最初の井泉水選が掲載されたのは六月十日で、国森樹明の「きんぽうげの夕明り裸足で戻る」がその最初に出てくる。小郡農学校に勤務する国森は昭和七年、山頭火に其中庵を世話し、なにかと面倒を見て、其中日記に「樹明菩薩」「樹明大明神」と書かれようになる。

十三日には「夕日の中へ力一杯馬を追いかける」の尾崎放哉の句が。十六日には「山」のイニシャルで「斯くも遠く灯の及ぶ水田鳴

木村緑平。同じ井泉水門下として山頭火を物心両面で支え続けた。山頭火の信頼は厚く、緑平への書簡の数は他を圧している。緑平は井泉水が付けた俳号。地元では「ろっぺいさん」と親しまれた。医師として活動する傍ら、多くの句を詠み、とくに「すずめの俳人」として知られる。（木村緑平顕彰会／柳川市）

其中庵の山頭火。昭和７年の秋「樹明兄再度来庵、藤本さんと同伴、夜間撮影を」。撮影者は大商店の息子でオートバイでやってきた。写真提供:友枝家。

其中庵を訪れた「層雲」誌友たち。右から二人目が国森樹明。左から二人目、山頭火。

く蛙」の句が見られる。この句はあきらかに山頭火であろう。木村緑平の句「細き暮しに雀又子を持ち殖ゆる」も「山」の句と並んで登場し、「九州俳壇」のレギュラーとなる。そして緑平とともに放哉の句がたびたび登場する。いくつかあげてみよう。

あついお茶をのんで
　梅をほめて出る
おそくまで話し
　山の星空傾き尽す
寺の屋根しんかん夏日すべらす
冬空もいで来た一輪の花
白雲ゆたかに行く朝の楠の木
傘にばりばり雨音さして
　逢ひに来た
児の手をひいてやる
　紅葉照るなり

井泉水の『放哉という男』によれば、放哉の句は須磨寺の山の寺男になってからにわかに素晴らしくなったという。九州新聞に井泉水選の俳壇が始まった時期と重なる。山頭火は九州新聞に掲載される放哉の句をどう感じたのだろうか。投稿先は東京市麻布区新堀町三、荻原井泉水宛。「表記に九州新聞社原稿と記すこと」となっているが、おそらく「層雲」に送られてきた中からも選んだのでは、と思われる。全国の「層雲」誌友の句が見られるが、地元からの投稿もいくらか増えていき、「層雲」熊本支部の「火山会」が発足する。そして「火山会」の石原元寛の働きかけで昭和三年五月十六日、九州新聞主催の荻原井泉水文芸講演会が同社三階講堂で開催される。山頭火は行乞中で参加していない。しかしこの年に入ると、井泉水選は消えている。一定の役割を果たしたと井泉水は判断したのだろうか。井泉水の評論や随想、俳句などの寄稿は相変わらず掲載されており、緑平の句集「枇杷の実」をあたたかく論じている。

六　山頭火句の落穂拾いと事件簿

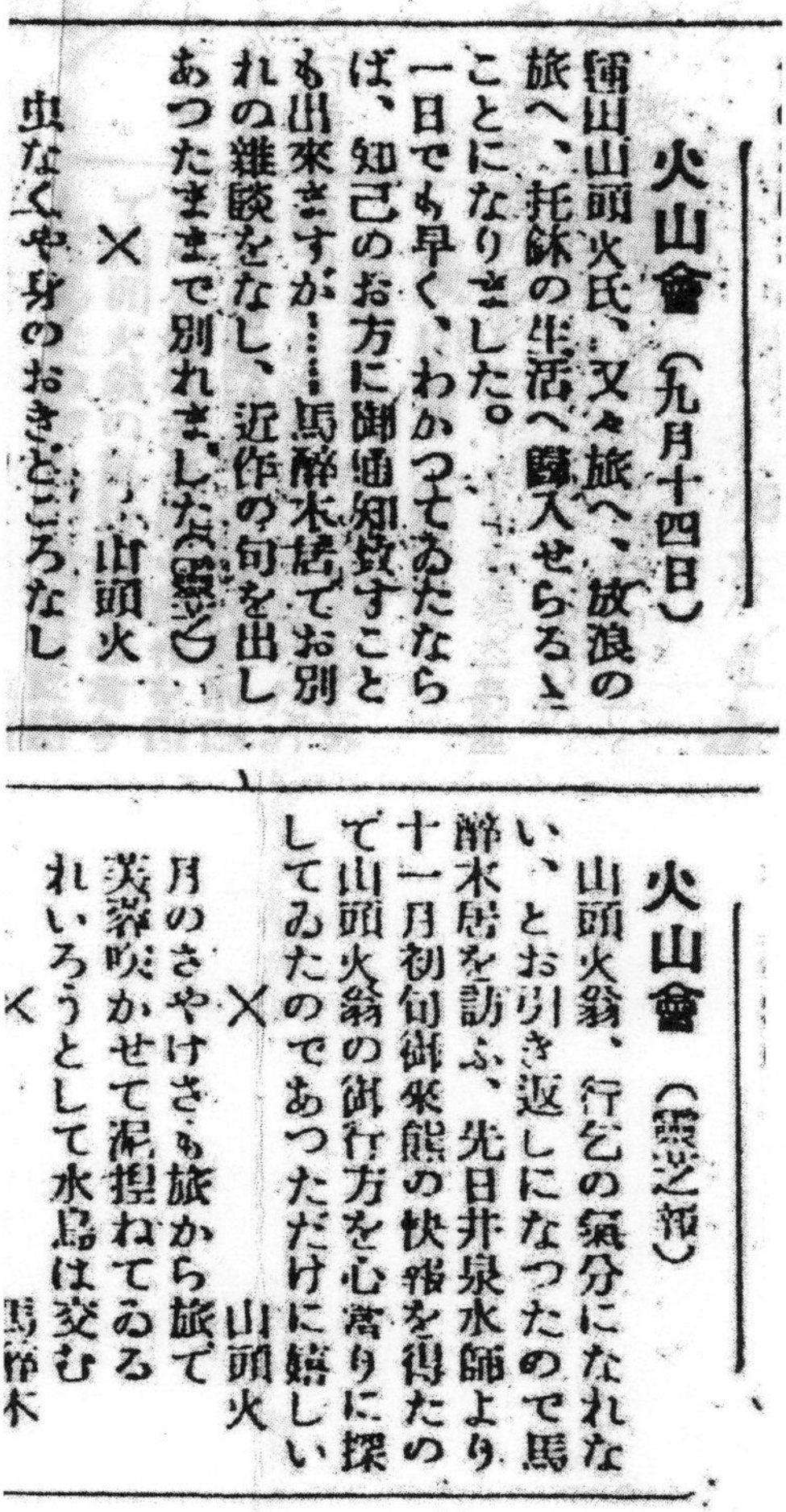

火山會（九月十四日）

種田山頭火氏、又々旅へ、放浪の旅へ、托鉢の生活へ歸入せらるゝことになりました。一日でも早く、わかつてゐたならば、知己のお方に御通知致すことも出來ますが……馬醉木居でお別れの雜談をなし、近作の句を出しあつたまゝで別れました（靈芝）

×

虫なくや身のおきどころなし　山頭火

火山會（靈芝報）

山頭火翁、行乞の氣分になれない、とお引き返しになつたので馬醉木居を訪ふ、先日井泉水師より十一月初旬御來熊の快報を得たので山頭火翁の御行方を心當りに探してゐたのであつただけに嬉しい

×

月のさやけさも旅から旅で　山頭火

芙蓉咲かせて泥捏ねてゐる

れいろうとして水鳥は交む　馬醉木

石原は、来熊する井泉水に山頭火を会わせたいと、行方を探していたところへ、気まぐれな山頭火が戻ってきたので、ほっとしたようだ。

〈火山会報告〉

九州新聞の紙面から山頭火の句を落穂拾いしてみよう。

四年ぶりに熊本に戻って来た昭和四年のこと。雅楽多のサキノのもとに身を寄せ、店番もしていたが、雲水姿で托鉢に出かけることも。秋風に誘われたのか、また行乞に出かけようと思い、石原元寛（霊芝）を訪ねて来ている。それが九州新聞学芸欄の消息に載っている。

〈火山会（九月十四日）　種田山頭火氏、又々旅へ、放浪の旅へ、托鉢の生活へ帰入せらるゝことになりました。一日でも早く、わかつてゐたならば、知己のお方に御通知致すことも出来ますが……馬酔木居でお別れの雑談を成し、近作の句を出しあつたままで別れました。（霊芝）〉。そこに山頭火が示した三句。○印は「山頭火全集」に未収録。

虫なくや身のおきどころなし　○

秋風また旅人となつた

夾竹桃は赤いかな　○

十月十四日、以下の記事が。

〈火山会　山頭火翁、行乞の気分になれない、とお引き返しになつたので馬酔木居を訪ふ、先日井泉

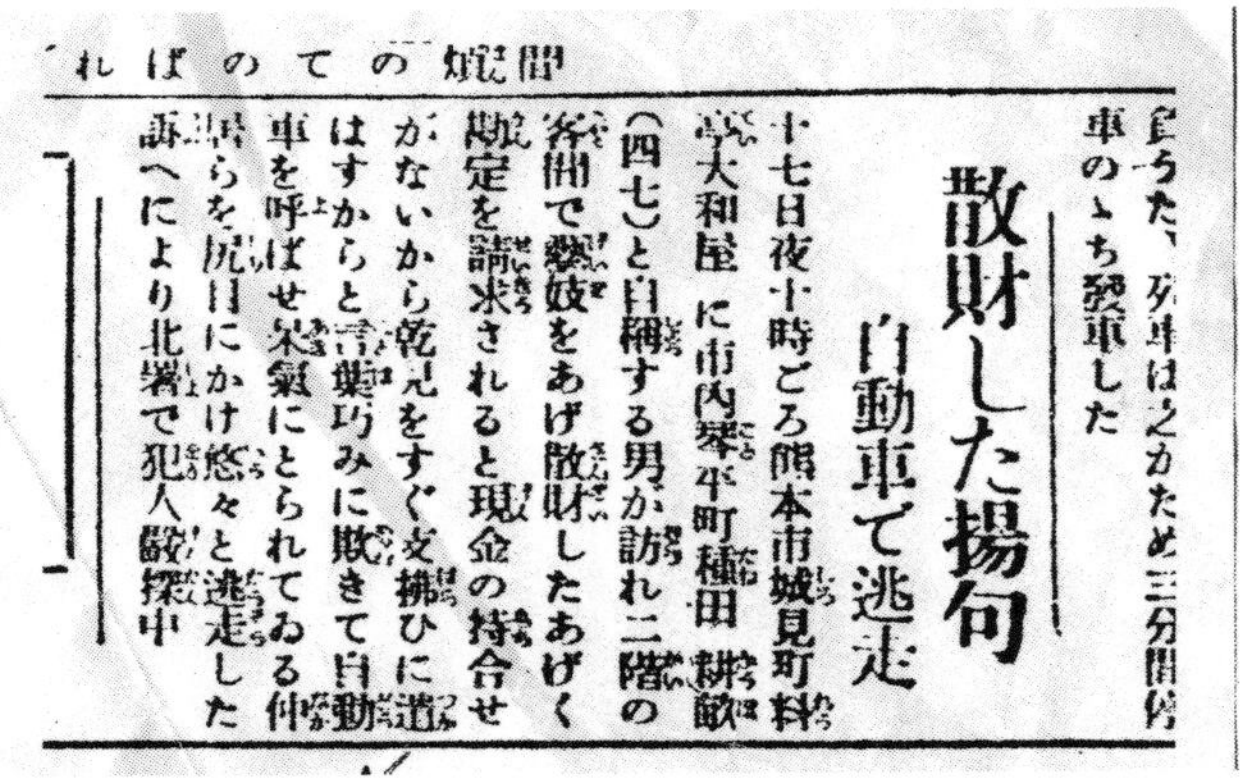

食うた、列車は之がため三分間停車のよち發車した

散財した揚句
自動車で逃走

十七日夜十時ごろ熊本市城見町料亭大和屋に市内琴平町種田耕畝(四七)と自稱する男が訪れ二階の客間で藝妓をあげ散財したあげく勘定を請求されると現金の持合せがないから乾兒をすぐ支拂ひに遣はすからと言葉巧みに欺きて自動車を呼ばせ呆氣にとられてゐる仲居らを尻目にかけ悠々と逃走した訴へにより北署で犯人嚴探中

「事件」を報道した九州日日新聞の記事。九州新聞が山頭火を重用することへの当てつけもあったか。

水師より十一月初旬御来熊の快諾を得たので山頭火翁の御行方を心当りに探してゐたのであつただけに嬉しい。（霊芝）〉として、また三句。

月のさやけさも旅から旅で　○
芙蓉咲かせて泥捏《こ》ねてゐる　○
れいろうとして水鳥は交む

こうして山頭火は十一月三日、豊肥線の内牧駅に現れ、井泉水ら「層雲」の一行七人と合流。阿蘇に登り、九州新聞にリレー紀行「阿蘇山行」が掲載されることになった。

〈無銭飲食逃亡事件〉

山頭火の事件史でこの新聞記事は避けることが出来ないであろう。昭和六年四月十九日の九州日日新聞のベタ記事。

「十七日夜十時ごろ熊本市城見町料亭大和屋に市内琴平町種田耕畝（四七）と自称する男が訪れ二階の客間で芸妓をあげ散財したあげく勘定を請求されると現金の持合せがないから乾児《こぶん》をすぐ支払ひに遣はすからと言葉巧みに欺きて自動車を呼ばせ呆気にとられてゐる仲居らを尻目にかけ悠々と逃走した訴へにより北署で犯人厳探中」

料亭のあったところとサキノのいる雅楽多とは目と鼻の先だが、タクシーで向かった先は新屋敷の石原元寛の家だった。しかし石原は金の工面ができず、山頭火は熊本北署に留置され、検察まわしに。山頭火にしてみれば「いつものこと」だったが、運悪く、うまくいかなかった。

この事件で「三八九」の発行も第三集で休刊に。結果として、熊本をあとに再び行乞を続け、ふるさともめぐり、其中庵に庵をむすぶことになる。

ただ、九州新聞はこの件を取り上げてはいない。

特別企画　オンライン対談

「山頭火の愉しさ――その句も人も」

坪内稔典×井上智重

◉瀬戸内のひと山頭火

井上　ご出身は松山とばかり思っていましたが、伊方町だそうですね。

坪内　ええ、愛媛県の佐田岬半島の中ほどです。伊方原発が瀬戸内海側にあって、そのちょうど宇和海（太平洋）側です。原発のある海岸は小学生時代、磯遊びの場所でした。原発がやってくるのは、私が高校を卒業して村を出た後です。

井上　伊予宇和島の伊達藩は幕末、薩摩とか土佐とつるみますね。外海に面しているためかな。同じ伊予の国でも松山藩とはずいぶん違う。松山藩は親藩のため幕府方につき、長州征伐では先鋒を任され、長州から憎まれる。鳥羽伏見の戦いでは朝敵となり、城を明け渡し、土佐藩の占領下に置かれる。

坪内　ようですね。でも、私はそんなことを意識する前に郷里を出てしまいました。ただ、松山や宇和島という地方都市よりも、別府、大分、宮崎という九州のほうが近かった。つまり、当時は海上交通の時代で、九州通いの船が村にも寄港していました。別府の花火を見に父に連れられて行ったことがあります。半島の付け根の高校へも船で通ったのですよ。松山に行くには、船で八幡浜（半島の付け根）に出て、そこから汽車。九州より遠いです。なにしろ天気のよい日、九州が見えていた。佐賀関の精錬所の煙突がね。それに比べると、松山ははるかに遠い。山のかなたです。

井上　聞いてみないとわからないものですね。そのころから九州に親近感を持っておられたとは。私はてっきり坪内さんは松山の俳句的文化の中で育たれたのかな、と思っていました。ことに「春や昔十五万石の城下かな」（子規）の松山は、山頭火があこがれて最後は松山の一草庵でころり往生する。松山は俳句王国で、漱石の親友の子規、その弟子の高浜虚子、河東碧梧桐。自由律俳句は碧梧桐に始まるのでしょう。そして現在は坪内稔典、夏井いつき…。松山には江戸の風が吹き、大坂の風も吹いている感じがします。

坪内　そのように見えますかね。海路の時代、松山は山頭火の育った山口県に近かったはずです。つまり、山頭火にとって松山は近かった。私の九州みたいな感じだった気がしますよ。

井上　山頭火のふるさとは、長州藩の港で栄えた三田尻でしょう。村上護さんによれば、種田家のルーツは土佐で、地の農民ではなく、商人だったとか。一茶などと違い、山頭火は暗くない。防府出身の有名人を調べたら、メイ牛山がいた。元祖カリスマ美容師。こんな女性が出るところだなあ、と思いました。どことなく向日性。瀬戸内の文化ですかね。山頭火もそうなのかな。なんとなく海明かりのするような。

坪内　山頭火はたしかに瀬戸内の人だと思います。道後温泉のある松山的ですよ。でも、佐田岬半島には温泉はなかった。松山からいえば辺境で、当時の言い方をすれば僻地でした。私の小学校時代の先生たちは僻地手当をもらっていたのですよ。四国八十八か所の巡礼地からも逸れています。四国を歩いた山頭火も来ていませんよ。井上さん、どうして山頭火は佐田岬半島に来なかったのでしょうか。

井上　坪内さんみたいな若い俳人がいなかった。文通好きの。彼は自分の息

坪内 稔典（つぼうち・ねんてん）

1944年愛媛県生まれ。京都教育大学、佛教大学などに勤務。日本近代文学の研究者。俳人。著書に『俳人漱石』『正岡子規―言葉と生きる』『漱石くまもとの句200選』『ヒマ道楽』など。現在は公益財団法人柿衞文庫理事長。独特の語感、小粋で諧謔味たっぷりの「稔典俳句」のファンは多い。河馬好きでも有名。

子のような俳人が好きで、人を訪ねて旅をしている。
　防府に其中庵を営んでいた山頭火は本州を行乞して、仙台の先の平泉までめぐって帰ってきますね。そのとき、瀬戸内の島に立ち寄り、海で泳ぎますが、あれはすごく印象的です。山頭火は泳げるのだと。
坪内　でも、山頭火って、海がこわいというか、海に不安を感じますよね。海より山が落ち着くと言っています。あれ、どうしてですかね。
井上　海の怖さを知っていたのでは。波にさらわれるとか、潮に流されるとか。海の近くに育っているからいっそう。山頭火は本質的に憶病ですね。だからときには大胆になれるわけでしょうが。乞食坊主になり、句作して歩く。深い山に入ることはなく、行乞ですから山里を訪ね歩いていますね。

◉山頭火との、それぞれの出会い

坪内　山頭火はいま、熊本に眠っているのでしょう。
井上　安国禅寺の墓地に。サキノ夫人も息子の健さんも一緒に。防府市護国寺裏の墓地から分骨されたのですかね。安国禅寺は名刹です。お孫さんも熊本にお住まいです。二人おられます。健さんの娘さんでご姉妹。何度かお姉さんのほうにもお会いしていますけど、種田という姓は熊本には少なく、「山頭火の…」といわれるのを好まれません。山頭火への思いは深いのですがね。国立療養所の栄養士を長くなされ、お年を召されたのか、目のあたりが山頭火とそっくり。ハッとしました。
坪内　乞食坊主とか、いろいろいわれますからね。身内の方とすれば、傷つかれたということがあったかもしれませんね。井上さんは、大学は？
井上　熊本大学です。私は福岡県八女市の生まれで、福島高校のある丘の上から眺めると、水田や町並みの向こうに筑肥山地が迫って見え、五高を出た上林暁や梅崎春生が好きでもあり、その山の彼方の熊本に惹かれるものがありました。県境が小栗峠で、五木寛之さんは私の高校の先輩ですけど、北朝鮮から引き揚げて来られ、その峠でお父さんが運転手相手にドライブインみたいのを開いて密造酒などを売っておられたとか。山頭火は、その峠を越えて熊本のほうから筑豊へと歩いて来るのですが、私の実家のすぐそばの公園に「うしろ姿のしぐれてゆくか」の句碑が建っている。
　学生のころ、漱石が教鞭を執った五高の赤煉瓦の本館がまだ教室として使われていました。だんだん教室には出なくなり、文芸部室には顔を出していましたが、山頭火のことなどまったく知りませんでした。俳句を作っている者も周囲にはいなくて、高校時代から俳句をされていた坪内さんとは大違い。そういえば、校長室に呼ばれ、大山澄太さんにお会いになったそうですね。

坪内　大山さんと文通していたのです。で、坪内くんのいる学校だったら行こう、と文化祭に来て講演してくれたのです。当時、俳句でなく、いわゆる現代詩に熱中していたのですが、山頭火を読んでいたのです。わが家の一族は郵便局で働いていて、叔父の郵便局長が大山澄太さんの本を広めていました。大山さんの編集した山頭火の『愚を守る』『あの山越えて』なども家にありました。それで山頭火を知り、大山さんに手紙を出して文通していたわけです。ちょっと変わった高校生でした、私は。松山の、子規をはじめとする俳人たちよりも先に、行乞の山頭火を知ったのです。

井上　ああやっぱり逓信局だ。大山さんは広島逓信局で「広島逓友」の編集をし、自分でも俳句の選者をしている。そこに投稿してくる近木黎々火を誘って、其中庵の山頭火を訪ねて来る。近木さんの実父は逓信省の役人。兄さんは下関郵便局に勤め、本人は親戚のコネで門鉄に就職している。熊本でも山頭火の面倒をさんざんさせられた石原元寛や木藪馬酔木は逓信局の職員です。

坪内　山頭火にはそういう人間関係だけでなく、郵便局がライフラインになっている。行乞では郵便局を訪ねて行って、手紙を受け取り、郵便為替でお金も引き出している。あれッ、山頭火はいつも印鑑を持ち歩いていたわけだ。

井上　いまはATMがある。お金に困ったら、木村緑平さんに。

坪内　オレオレ詐欺？　それは不謹慎です、井上さん。

井上　いまだったら、ブログを開いている。坪内さんのように。

坪内　井上さんはどのようにして山頭火と出会ったの？

井上　熊日は中途入社で、最初は佐賀新聞社に拾ってもらったのですが、そのころ。よく出かけていた食堂が「行乞記」に出てきた。「大ばかもり食堂」といい、昭和七年三月に山頭火は来ているのですが、佐賀は物価が安い、「大ばかもり食堂」のうどんが五銭、カレーライスが十銭とか書かれている。その夜、「肉弾三勇士」の映画を見ており、翌日、佐賀駅を通過する出征兵士を見送るんですね。佐賀は空襲に遭っておらず、まだ「行乞記」の時代のにおいが残っていて、佐賀駅も木造で、昔のまま。そのときですね、山頭火に親しみを感じたのは。まだ珍しかったカラー紙面を使った「文学の中の佐賀」という連載で取り上げました。

坪内　山頭火の句より山頭火が出会った街の光景から…。

井上　佐賀新聞に十年ちょっといて、熊日に移りましたが、小学一年の長男と年少組の幼稚園の長女がいて、いくらか不安ではありましたね。熊本はカミさんが生まれ育ったところで、知らない土地ではなかったのですけど。

坪内 なんとなく熊本の駅に降り立った山頭火の気分？

井上 山頭火ほど自信家ではなく、十年遅れの新人ですから。文化部に配属され、読書欄と宗教欄をもたされ、そこで「山頭火を歩く」という連載を始めました。俳人の星永文夫さん、作家の福島次郎、放仏地蔵の研究家永田日出男、それに山頭火が好きではないかと前山光則さんに声をかけ、私も加わり、リレー方式で始めた。そしたら、山頭火の息子の健さんから電話がかかってきました。「山頭火には仕送りをしていました」と話され、泣きだされた。健さんから大山澄太さんに連絡があったのか、山頭火の写真とか遺品の鉄鉢の写真などが送られて来て、助かりました。阿蘇から白石忍冬花さんが訪ねて見え、いろいろ教えてもらった。泥酔し、市電を止めた山頭火を報恩寺の望月義庵のもとに連れて行った木庭某は木庭徳治だと言い出されたのはこの方です。

坪内 井上さんはそれを否定されたわけでしょう。

井上 阿蘇総局に転勤となり、阿蘇町（現阿蘇市）にお住まいの白石さんを何度か訪ねて行きました。昭和四年、福岡での「層雲」大会に来た荻原井泉水が、行乞中の山頭火に会いたいと「層雲」同人らを誘い、熊本で乗り換え、豊肥線で阿蘇にやってきます。そのとき、白石さんは阿蘇の入り口の立野駅で一行を出迎えています。まだ年若く、大地主の家で事務をやっておられ、休みをもらえなかったようで、内牧の塘下温泉での一夜には加わっておられません。白石さんが世話をなさって塘下温泉に句碑が建ち、除幕式に取材に出かけ、大山さんと健さんにお会いしました。

坪内 健さんは大山さんをどう思っていたのですか。

井上 恩義を感じられていたのではないでしょうか。山田啓代さんの『山頭火の妻』には、健さんは「山頭火には、木村緑平、大山澄太という援助者があったし、人の悪口を言わない彼は、層雲の人からも愛されたようです。孤独だったといっても、行く先々で歓迎されている。――山頭火より、本当は、母や、今の私のほうが余程、孤独なのかもしれませんね」と語っている。地元テレビ局が山頭火のドキュメントを作っていて、健さんはそこでも「山頭火はいいよ、大山澄太がいてくれて。自分にはそういう者がいない」といった意味のことを言っておられた。

坪内 父を羨ましく思っていたのですかね。健さんの孤独感が伝わってきます。

井上 山頭火と健さんを思うと、小津安二郎の『父ありき』を思いますね。創作劇『きょうも隣に山頭火』という芝居をこの十月に熊本でやりますけど、健さんが其中庵の山頭火を訪ねて来て、一緒に釣りをする場面があります。これは『父ありき』へのオマジューです。健が満州の炭鉱に異動になる話を伝えに来て…。

坪内 本当は山口市湯田温泉の風来居のときですね。食堂で食事を共にして別れる。「行け行け、やれやれ。私は私として私の仕事を成し遂げるよ」と日記には書いている。小津の「父ありき」では、息子の佐野周二が新妻の水戸光子と汽車で満州に向かう場面で終わりますね。笠智衆が父を演じていて、真面目な教師役。山頭火とはだいぶ違いますが。

井上 坪内さんも映画がお好きのようですが、私は戦前の映画が好きで、山頭火の日記を読んでいると、小津や清水宏の映画を見ているような感じがしてきます。

坪内 映画と俳句の話はまたあとでしましょうか。その前に、山頭火はなぜ、熊本にやって来たのか。やはり、五高ですか。

◉山頭火と熊本

井上 熊本へ来た理由のいちばんは、五高でしょうね。山頭火は早稲田に入学する前、五高を受験し、落ちたという話があります。

熊本で山頭火が頼ったのは俳誌「白川及新市街」に拠る若者たちで、「新傾向派の反逆者たち」と山頭火が書いていますが、その中心のオルガナイザーが五高生の兼崎地橙孫。同じ山口県出身で、年をくっており、二十五歳。自負心のかたまりみたいな男で、それと熊本薬専を出た友枝寥平。熊本は軍都で官庁があり、学生を大事にする町。妻子を伴い、一から出直すにはちょうど手ごろな街だったのですね。

坪内 古本屋を始めるなら、学生の多い町がいい。

井上 五高生だった工藤好美の回想によると、下通を歩いていたら、見なれない古本屋があり、立ち寄ってみると、簡素であか抜けていて、熊本では手に入りにくい文学書もあった。ぽつねんと番台にすわった近視眼の主人に好奇心を覚え、二、三度通ううちに言葉を交わすようになった。

坪内 目に浮かぶようですね。

井上 山頭火は工藤に誘われ、短歌会にも顔を出すようになります。友枝寥平も地橙孫も短歌会にも出ています。地橙孫が京大に進み、熊本を去ると、山頭火が期待していた新傾向派の俳人たちはだんだん俳句を作らなくなる。作っても定型のほうに行ってしまう。「新傾向派の反逆者たち」も商家のよいところのぼんぼんたちですから。

坪内 それで若い歌人たちと付きあうようになるのですね。不知火という号も用いていますね。

井上　私が見つけたのは三首だけ。不知火は筑紫の国の代名詞でもあり、新参者としてちょっと洒落てみただけと思います。

坪内　そのうちの「いさかひのあとのむなしさ耐へがたしダリヤの赤きいや耐へがたし」ですか、これは北原白秋の姦通事件の「君と見て一期の別れする時もダリヤは紅しダリヤは紅し」を意識していますね。

井上　熊本でも若い歌人の間で白秋は人気があり、あの姦通事件は歌壇のゴシップとして、興味津々。若い歌人らを意識して短歌会で披瀝したと思います。

坪内　いまも昔もそう変わらない。

井上　「柳川の方言は八代とそっくりだ」といった歌人もいます。ノスカイ（遊女）、バンコ（縁台）、コブ（蜘蛛）……。柳川は有明海、八代は不知火海に面し、海でつながっている。港には遊女屋があって。

坪内　「水を渡って女買ひに行く」（笑い）。山頭火にそんな句がある。あれは島原か。有明海に面している。

井上　白秋が与謝野寛らを誘い、天草へと「五足の靴」を旅するでしょう。酒屋だった白秋の家の得意先が天草の牛深でそこを目ざしている。海でつながっている。坪内さんが佐田岬半島から眺めておられた佐賀関は熊本藩の飛地です。

坪内　やっぱり熊本は近いんだ。井上さんの『山頭火意外伝』を読み、いかにも元記者だなと思った。いろいろ山頭火のゴシップも含め。友枝寥平の息子さんの家から仲居さんにもたせた借金依頼状を探してきたり、九州日日新聞に無銭飲食事件が報じられた記事を探したり。九州日日新聞はいまの熊日ですか。

井上　戦時中の昭和十七年四月、国の一県一紙政策で九州新聞と合併し、熊本日日新聞になります。どちらかといえば、九州日日の流れを汲んでいますね。九州新聞は政友会系。九州日日は国権党の新聞です。山頭火の父親も政友会でしょう。山頭火が九州新聞に親近感を持ったのはそういうところもあると思います。九州新聞の前身は九州実業新聞のようですね。これを出したのは誰あろう、池松迂巷です。

坪内　ええっ、そうなんですか。漱石の教え子たちがつくった紫溟吟社に六師団の渋川玄耳らと加わった質屋の若旦那ですね。

井上　そうです。自分の文芸趣味も兼ねたような新聞で、佐藤紅緑が訪ねて

井上智重

きていますね。紅緑はそこで子規からの手紙、梅の句を百句作ってみよという内容のものを見せられる。

坪内　机上の詩人になるなかれという有名なあれですね。

井上　迂巷は熊本市長の辛島格の娘婿ですが、九州実業新聞を実業家で政友会の高木第四郎に譲るんですね。政友会は当時、自前の新聞を持っていませんでしたから。迂巷は上京し、毎日新聞に入社し、広告分野で重きを置きます。

坪内　なんだか話が難しくなった。

井上　そうですね、坪内さんが子規や漱石研究の第一人者でもあり、つい話がそちらにいきました。

坪内　私は伝記的事実を無視して俳句を読もう、と提言している立場です。つまり、同年生まれの井上さんとは激しく対立している。でも井上さんの話は面白い。どうぞ続けてください。

井上　山頭火を救った男の話に戻りますが、白石さんも山頭火を報恩寺に伴った木庭某に関心を持たれていて、壺渓塾の木庭徳治さんが孫娘と座禅を組んでいる写真を熊日の記事で見られ、「この人だ」と思われ、大山さんに連絡されたようです。大山さんは山頭火全集の年譜にそれを採用された。しかし、『山頭火の道』では、天偉勲とか地利剣という子がいたと書かれている。この木庭徳治さんは教育家として有名な方ですが、内坪井の漱石が借りていた家の筋向いに家があり、青年のころ、家の前を掃いていると、門から出て来た漱石に「その掃き方はなんだ」と叱られ、「はいはい」と素直に叱られたそうです。

坪内　また漱石が出てきた（笑い）。

井上　実は片腕をなくしていて、懐手をし、片方の手だけで掃いていたのが漱石には横着に見えたのでしょう。白川が増水したとき、子供がおぼれているのを見て、飛び込み、片腕だけで助け、知事表彰を受けている。亡くなった後、熊本県近代文化功労者に選ばれ、評伝も書かれますが、ちょうど大山さんが木庭徳治だと書きだされた直後です。禅もなされ、そこは漱石も座禅を組んだ名刹見性寺。檀家総代もされていますが、見性寺は臨済宗。山頭火が連れていかれた報恩寺は曹洞宗です。さらに事件があった大正十三年当時、仙台鉄道局教習所講師をしており、熊本にはいない。正月休みで帰省中の出来事となっていますがね。それに実子はおられないんです。

昭和二十六年十一月十五日付の熊日の「家庭と文化」欄に来熊した大山さんのための座談会「山頭火の思い出――漂泊の俳人熊本時代」が載っているのですね。自分のところの新聞記事を見つけたからといっても何の自慢にもなりませんが、サキノ夫人が「酔っぱらって公会堂前で電車を停めたことがあった。それを見ていた人が、前の九日前にいた木庭という人で、この人も大分変わった人で子供さんに天偉勲とか地利ケンという名をつけていたような人だったが、その人が連れて千体仏の望月義庵のところに行った。そこで得度した」と語っているのですね。ただその木庭という人の下の名前がわからなかった。

坪内　そこに電話帳で木庭天偉勲の名前を探しだした方がいて…。

井上　そうです。木庭實治という方で『菊池木庭城と木庭一族』という私家版を出され、そのなかで明らかにされた。玉名地区の電話帳で。息子さんに会いに出かけ、木庭市蔵と確認されたわけですね。私はとびあがるほどうれしく、記事にしました。名前がわかるといろいろわかってきて、最近ですが、木庭市蔵が月二回出していた「あけぼの」という新聞が出てきました。

坪内　新聞を出していたなら、記者であったということもあながち嘘ではなくなる。新聞社の前で印鑑を彫っていたのでしょう。

井上　天偉勲さんが木庭實治さんにそう語っておられる。木庭市蔵の死亡広告が九日に載っていて、親族代表が佐野丑蔵といい、当時の上通商店街地の地図に佐野印鑑が出ており、そこで彫っていたのではないかと。「あけぼの」という新聞は一部だけしか見つかっていませんが、得意の観相術で熊本の政界・経済人を占い、評しています。それに添えた人相描きが版画で彫った感じです。住所もはっきりしました。上通の九日本社（現ピプレス熊日会館）の筋向いです。

坪内　いやいや新聞記事侮るべからず。それに電話帳も。

井上　まったくそうです。あのころの新聞社は短歌会や句会、自分の短歌や俳句などがもちこまれるとそのまま載せている。ときにはひどいものが載っています。中村汀女が東大卒のエリート官僚と結婚し、熊本を去ります。「新婚の某女に」と題して実に悪意をこめた短歌十首が掲載されている。投稿者のペンネームは破魔児。汀女の本名破魔子をなぞったものです。

坪内　ひどいな。でも、嫉妬しているのでしょうね（笑い）。

◉山頭火と句友たち

井上　私、ひとつ褒めていただきたいのは、九州新聞に井泉水選の俳壇があったということを明らかにしたことです。どなたの山頭火本でも触れておられません。山頭火は上京し、九段下の一橋図書館に勤めますね。「層雲」から離れ、ただ図書館の機関誌には俳句を出していますが、関東大震災に遭遇し、ほうほうの体で熊本に戻って来て、結局、サキノのもとで「雅楽多」の店番をしている。「層雲」も購読していない。熊本からの投句はごく少なく、井泉水は「層雲」に送られてくるものから選んで載せています。ひと月分まとめて新聞社には送っていたようで、井泉水選の第一回の最初に載っているのが国森樹明。

坪内　へーえ、防府の。山頭火に其中庵を世話し、なにかと面倒を見て、「樹明菩薩」とか「樹明大明神」とか日記に出てくる。

井上　二回目に掲載された選句のなかに「山」のイニシャルで「斯くも遠く灯の及ぶ水田鳴く蛙」という句が出てくる。これは明らかに山頭火です。木村緑平とともに尾崎放哉の句がたびたび登場する。放哉の句は須磨寺の寺男になってからにわかに素晴らしくなったと井泉水は『放哉という男』に書いていますが、九州新聞に井泉水の選の俳壇が始まる時期と重なります。

坪内　まだ山頭火は出家してない前ですか。

井上　そうです。内島北朗、小林銀汀、井上一二、栗林一石、久保白船、内藤寸栗子、それに九州では杉田作郎、黒木紅足馬、中島闘牛児、三宅酒壺洞、飯尾星城子などですね。白石忍冬花さんも実は「波死夢」という号で阿蘇から投じた方です。私は九州新聞に載ってくる「層雲」の俳人らの句に接することで山頭火は俳句に復帰していったのではと考えます。九州新聞には井泉水の虚子に対する批判も含め評論や随想も頻繁に出てきます。これまで山頭火と放哉には接点がないとされていましたが、九州新聞に次々と登場する放哉の句に刺激されたのでは、と思います。

坪内　うん、説得力がある。井上一二は小豆島に突然やってきた放哉を支えた俳人ではないですか。

井上　そこで坪内さんにお聞きしたいのは、実際会っていなくとも同人誌や新聞を通して刺激を受けるということはあるでしょう。

坪内　そうですよ。それは普通にあることです。

井上　地方紙でこれほど井泉水の評論や随筆、あるいは句の連作も載せているところはほかにありますか。

坪内　知らないなあ。ただ、井泉水は当時、とても有名ですよね。いまはほとんど読まれなくなっていますが。九州新聞には井泉水と親しい人がいたのですか。

井上　学芸面を担当していたのは平島澄雄。自ら筆を執ることは少なかったが、人に書かせるのは名人。ただし彼ではなく、社会部長の吉田鬼灯ではないか、とひそかに思っています。師範学校時代、ストライキに巻きこまれて退学し、九州新聞に入社した人物で、彼の師範時代の親友に黒田乙吉がいます。黒田はロシア革命をモスクワでただ一人の日本人記者として体験したジャーナリストですが、トルストイに惹かれ、師範学校の校則をおかして暮夜、ひそかにニコライ正教会の神父、高橋長七郎のもとに通い、ロシア語を学んでいる。山頭火が妻子を熊本に残し、上京しますね。そのとき頼った茂森唯士も高橋長七郎にロシア語を学んでいます。茂森は高等小学校どまりで、学歴はないんです。早熟な文学少年で、五高の先生が図書館の下級職員に入れてくれたのですね。顔立ちが若いころのトルストイにそっくりだと五高の教授が書いています。学生らと混じり、英文学を聴講し、五高の交友誌「龍南」にも寄稿するようになります。

坪内　やっぱり五高ですね。

井上　学歴がない貧乏な歌人の群がいたんです。安永蕗子さんの父、信一郎などもその一人でした。荒尾の中村苦味生さんがお元気で、私は二、三度訪ねて行き、インタビュー記事にもまとめましたが、「山頭火は有名でしたよ」とおっしゃった。「カリスマ性があった」とも。彼は若者を惹きつける魅力があったのですね。炭坑長屋の苦味生さんを訪ねて来たとき、夕食に出した魚をきれいに食べ上げ、「ピカソの絵のようでした」という話も。苦味生さんは雅楽多を訪ねて行き、サキノさんのことを「こんな美人は見たことがない」とびっくりされたそうです。それなのに、サキノさんが部屋に入ってくると、山頭火は手で追いはらったとか。

◉青い山とはどこか

坪内　井上さんは「分け行っても分け行っても青い山」は天草で作られたと書いていますね。

井上　大正十五年四月十四日、山頭火が木村緑平さんにはがきを出していますね。植木の味取観音をひきあげて、「本日から天草を行乞します」と書いている。この日から行乞漂泊の旅は始まるわけですね。山頭火は日記をつけていたようですが、このころのものは焼いてしまっている。残っているはがきもごくわずか。天草についても何も残していない。

坪内　その真っ白な天草にこの「青い山」の絵を、井上さんは描いたわけだ。

井上　実際、天草を車で走ったらわかります。海岸線を通らず、島を縦断したら、分け入っても分け行っても青い山。一度、山道に入り込み、向うからバスが来た。慌てて路肩に寄ったら、脱輪。バスから皆さん、降りて来て押してくれた。

坪内　体験から来ている（笑い）。

井上　当時の新聞に出ていないか、とマイクロフィルムを繰ってみましたが、出てこなかった。野口雨情が天草に講演に来ていて、大盛況。漁業や石炭などで栄えた島で、いま以上に賑わっていた。文学者も出ている。森敦、吉本隆明、石牟礼道子らの両親は天草です。

坪内　青い山や海だけでなく、人もいた。

井上　実は私は天草で作られたとは書いていないのです。候補地になれると。

坪内　しかし、高千穂説も否定してしまった。

井上　その後の「行乞記」を読めば、日向路をたどっているのは事実です。なぜ、山頭火は日向に向かったのか。若山牧水の郷里、東郷村（現日向市）を訪ねたのではないか。あくまで想像に過ぎませんが。黒木伝松という歌人がいる。同郷の牧水を頼って上京、住み込みますが、関東大震災に遭って、姉を頼って菊池の泗水で代用教員をし、熊本の短歌界で活躍する。味取観音時代、山頭火が貰い湯に行っていた星子光も同じ歌人仲間です。そうした接点もある。

坪内　この「分け行っても」の句は「層雲」の大正十五年十一月号に発表されており、天草に向かった日から半年の間に生まれたのは確かだ。

井上　この句が詠まれた候補地を考えると、山口県ではないのか、と最近思うようになりました。

坪内　ころころ変わるね。

井上　山頭火が妹のシヅの夫、町田米四郎に宛てたはがきを四枚、くまもと文学・歴史館が持っていまして、これは前身の熊本近代文学館を作るとき、山頭火の息子の健さんが町田家からもらってこられたものです。そのなかに大正十五年九月三日、山口県の湯本（現長門市湯本温泉）から「朝晩はだいぶ涼しくなりました、私は故郷の山河を歩きまわってここまで来ましたが、もう近いうちに一応帰熊します」というものがあります。

坪内　山口県も候補地になれるね。

井上　長州の尊攘派の僧侶に月性というのがいるでしょう。防府の近くの柳井の出身で、「男児立志の詩」で知られる。最近は志士の村松文三（香雲）が作者ともいうけれど。

坪内　男児志を立てて郷関を出づ……人間到る処青山有り。

井上　それを下敷きにしたのでは、と思うんです。

坪内　「禅林類衆」のなかにある「遠山無限碧層々」を下敷きにしているとはよくいわれるけど、人間到る処青山有りか。うーん。

井上　山頭火は「男児立志の詩」をずいぶん暗唱させられたのでは、と思うんですね。同じ周防の国の人間として。

坪内　素直に鑑賞したほうがいいかもしれないね。「分け入っても分け入っても青い山」。日本国中どこにでもある風景だよね。だからこそこの句が山頭火の代表句のようになって広がっているのではないですか。それに、井上さん、山頭火は自由律の俳人と呼ぶより、定型を自在に駆使しようとした俳人、すなわち定型の俳人と呼ぶほうがいいと思うのです。青い山の句は「分け入っても」を反復して、登り続けることと山の緑の深さを表現していますが、反復というリズムの駆使は定型的表現の見事さだと思うのです。

あるけばかつこういそげばかつこう

私はこの句が大好きなのですよ。これは対句的表現で、やはり反復です。反復の生じるリズムが歩く快さ、郭公の鳴き声の快さを表現しています。五七五の定型をもとにした自在な句と言いたい。

ついでですが、五七五の定型や季語という約束などを否定したいわゆる自由律俳句は、せっかちな近代主義だった、と私は見ています。山頭火はその流れのなかにいたのだけれど、実際の作品では定型の力をかなりよく発揮していました。類句、類想句が多いのも実はそのためです。

井上 やはり、そうなんですね。実は山頭火を自由律の俳人だと見なすのはおかしいな、というか、違和感がありました。坪内さんに一番、聞きたかったのはそこでした。なぜ、山頭火がこんなに人の心に響いてくるのか、そこにあったのです。実は今度、熊本で山頭火の舞台劇をやるんです。これまで漱石とかハーンとかを題材に舞台劇をやってきました。平川祐弘先生や半藤一利さん、出久根達郎さんなどに台本を書いていただいて。今回は私の作で、敗戦後、山頭火が幽霊になってサキノの前に現れるという話ですが、半分ほどは音楽劇で、ボブ・ディランの「風に吹かれて」の歌で始まります。歌詞に山頭火の句を連ねたら、見事にはまりました。旅する山頭火の場面はすべて山頭火の句です。それを平成音大学長の出田敬三先生に作曲をお願いしましたら、素晴らしい曲が出来てきました。坪内さんがおっしゃった対句的な表現、反復の生じるリズムの心地よさにあるのかな、と思いました。

◉好きなことをする老人

坪内 俳句と映画についての話が残っていましたね。

井上 松山中学時代、伊丹万作、伊藤大輔、それに中村草田男が一緒に回覧雑誌を作っていたという話ですが。

坪内 「楽天」ですね。伊藤大輔は宇和島の生まれです。伊丹万作は絵がうまく、挿絵を描いていた。実際、伊丹と伊藤が俳句を作っていたかは知りませんが、映画と俳句との近似性はありますね。俳句は短い言葉の組み合わせで、読み手に風景を思い浮かばせる。いわば、言葉によるモンタージュです。芭蕉が「発句は畢竟取合物とおもひ侍るべし」と言っている。山口誓子の言う「二物衝突」

井上 伊丹万作の息子の十三が作ったテレビのCMが「二物衝突」で実に俳句的でした。潮風に烏賊《いか》が干されていて、次にウイスキーの瓶が現れ、スルメを肴《さかな》に飲んでいる。
山頭火はよく映画を見ていますね。旅先でも其中庵でも一草庵のころでも。彼がどんな映画を見たのか、というだけで当時の世相がわかる。松山で「宮本武蔵」を見ていたり。チャップリンの「街の灯」がようやく小郡の映画館にもかかり、期待通りによかったと。

坪内 活動写真を観ていたのですよね。でも、活動写真が特に好きだったわけではない気がしますが。井上さんほどには映画に入れあげていない。要するに、俳句を詠み、酒を愛し、野菜を作り、本を読む。独り暮らしの自由を求め続けているおじいさんです。そういうおじいさんって、もしかしたら、いまでも身近にいるのかも。

井上 いつも隣に山頭火。

坪内 あっ、それを言わせたかったのか。ズルイよ。（笑い）

井上 山頭火を映画にしたいと思う人は多いですね。「寅さん」の渥美清も。竹中直人も。でもなかなか実現しない。

坪内 荻原井泉水が、山頭火と阿蘇の宿で一夜ともにした九州の旅を「映画九州の巻」として書いているよね。映画的表現を駆使して描いている。あのころ、資産階級は小型映画のカメラ、パテベビーを持って、楽しんでいた。早坂暁のシナリオによるNHKのドラマはよく出来ていました。

井上 山頭火の句や日記を読むと、頭の中に映画ができてしまう。しかし、どんなに撮ろうと俳句には及ばない。

坪内 結局、成功したのは「寅さん」だけということになるかな。山田監督は「行乞記」をずいぶん参考にしていると井上さんも書いていますが…。

さてと、来年は山頭火の生誕百四十年ですよね。コロナウィルスでさんざんの日が続いていますが、山頭火的な仲間つきあいはかなり「密」ですよね。しかも飲んで羽目をはずして大声になる。俳句の世界は句会が中心で、仲間付き合いが大事ですが、コロナ以後は山頭火的付き合いはむつかしいと思うのです。テレワークなどが進んで、集まったり飲んだりしなくてもよくなっている。ほどほどに距離をとった句会、あるいは付き合いが生まれると思う。私らもこの対談をオンラインでやりましたが、こういうのが普通になるかもしれない。そのとき、山頭火の魅力って何ですかね。

井上 スペイン風邪が大流行しているのに、雅楽多は三日間しか店を閉めていない。あのノンキさがなぜか、私には羨ましい。

坪内 羨ましいですか。私はちょっと違うなあ。山頭火の「行乞記」は老人の日記ですよね。しかも庵住を求め、独りで庵に住んだ日記です。放浪とか旅する山頭火、というイメージが広っているけれど、山頭火は独りで庵住した。野菜を作ったりして。彼は理屈や愚痴の多い老人だったけれど、独りでいながら常に仲間を求め、そして、出来るだけ好きなように生きた。好きなことを再優先しています。それが温泉であったり酒であったりです。この歳になって私は痛感していますが、老人は好きなように生きるのが一番いい。山頭火が酒や温泉を愛したように、です。この好きなことをする老人という点で、私は山頭火に親しめます。好きなことに徹した老人、その魅力が注目されるといいなあ、と思っています。

井上　羨ましいとはあの時代についてです。だんだん戦時色が強くなっていくのですが、なんだかのんきで、ほがらかで…。

坪内　井上さんの山頭火に対する思いをたっぷり聞いて、なんだか楽しかったです。井上さんは新聞記者らしく、山頭火にかかわる事実を徹底して調べる。それが井上さんの好きなことなのだ、とよくわかりましたよ。私が事実をさほどに重視しないのは、山頭火を井上さんが調べたように自分のことを調べられたら嫌だな、と思うからです。

井上　私もそうですよ。嫌な人間だな、付きあいたくないな。（笑い）

坪内　それと、前にも言いましたが、作者を離れて自立する言葉、それが俳句の言葉だと思っているからです。

　　雪ふる一人一人ゆく

という句がありますが、このパターンの短い山頭火の句をいくつか愛唱しています。格言みたいに受け止めているのです。この句は私自身の思いといつも重なっています。

　三月の甘納豆のうふふふふ
　たんぽぽのぽぽのあたりが火事ですよ
　びわ食べて君とつるりんしたいなあ

　これらは私の句ですが、こんな句で山頭火とひそかに張り合っています。山頭火がこれらを見たら、意外におもしろがるんじゃないかなあ。井上さん、どう思いますか。

井上　坪内さんの句は耳のなかに残り、ついロずさんでいる。「たんぽぽのぽぽのあたりが火事ですよ」。うふふと笑っている私がいます。山頭火は歯のない口をあけ、手をたたいて喜ぶでしょうね。坪内さんと肩を組んで、街に繰り出すような光景が目に浮かびます。

　コロナ禍で家庭菜園を作り、私もちょっと山頭火気分を味わってもいるのですが、山頭火みたいな年寄りはどこにでもいましたよね。私の親族にもいた。句は作りませんが、腕のいい職人で、いつも酔っ払っていました。山頭火の日記を読み、句に接していますと、隣のおじさんのような親しさを感じてきます。きょうも隣に山頭火、というわけです。こちらのほうがもうすっかりおじさんであり、変なおじさんかもしれませんが…。

（二〇二一年六月）

種田山頭火年譜

明治15年（1882）　12月3日、山口県佐波郡西佐波令村第136番屋敷（現防府市八王子2丁目13）に生まれる。父竹治郎、母フサ。長男で名は正一。

22年（1889）　4月、左波村立松崎尋常高等小学校に入学。

25年（1892）　3月6日母フサ死去。自宅の井戸に投身自殺といわれる。

29年（1892）　私立周陽学舎に入学。

32年（1899）　7月、周陽学校を首席で卒業、9月に県立山口中学に編入。

34年（1901）　3月、山口中学を卒業、7月に私立東京専門学校（早稲田大学の前身）に入学。

35年（1902）　9月、早稲田大学部文学科に入学。

37年（1904）　2月、神経衰弱のため退学。帰郷。

40年（1907）　先祖代々の家屋敷を売却し、隣村大道村の酒造場を買収して種田酒造場を開業。

42年（1909）　8月、7歳年下で佐波郡和田村の佐藤サキノと見合い結婚。

43年（1910）　8月、長男健誕生。

44年（1911）　山頭火のペンネームを使い、ツルゲーネフの小説などを翻訳し、郷土雑誌「青年」に発表。椋鳥句会に参加、田螺公の俳号を用いる。

大正2年（1913）　荻原井泉水の主宰誌「層雲」3月号に初投句。俳号に山頭火を使い始める。10月、防府などに井泉水を迎えて初対面の句会。

4年（1915）　酒蔵の酒が腐敗。5月、広島での中国連合句会に参加。

5年（1916）　種田家破産。4月、妻子を伴い熊本に転居。新傾向派の俳誌「白川及新市街」の兼崎地橙孫、友枝寥平らを頼る。市内下通町1丁目117番地に「雅楽多書房」を営む。古本のほか雑誌、額縁、アルバム、花札、絵はがきなどを扱うようになり、邦洋画の映画俳優のブロマイドも。7月、「層雲」課題選者の一人に。「白川及新市街」8月、9月号に同人芳川九里香に宛てた書簡が「青桐の陰にて」の題で掲載される。九州新聞に8月、山頭火の句が現れる。短歌会にも参加、山頭火の号のほか不知火の号による詠草も。兼崎地橙孫が京大進学で熊本を去ったこともあり、「白川及新市街」は10月発行の24号でいったん終刊に。

6年（1917）　「層雲」1月号に随筆「白い道」が掲載。6月、「雅楽多書房」の白光句会宛てに俳句を募り、九州新聞に「白光句会鈔」として掲載を始める。投句者に橋本砂馬太、宇都宮虚栗、吉村銀二、水島纂城、高瀬楚風、安武踉々の名が見られるが、半年で中断。（ロシア革命、ソビエト政権誕生）

7年（1918）7月7日夜、料亭で散財、仲居に借金依頼状を友枝寥平に届けさせる。山頭火のもとに寄寓していた弟二郎の自殺死体が7月15日、山口県徳山の愛宕山中で発見され、駆け付ける。10月9日、妹シヅの夫町田米四郎宛てのはがきに祖母ツルの病状を示す。ツルを一時期引き取っていたと思われる。11月、スペイン風邪の流行で「雅楽多」も2、3日休業。（九州日日新聞に高群逸枝「娘巡礼記」が連載）

8年（1919）4月、行商で大牟田の木村緑平を訪ねる。10月、露英新聞の記者となった茂森唯士を頼り単身上京。セメント試験場の現場作業で働く。12月祖母ツル死去。

9年（1920）11月、妻サキノと離婚。東京市臨時雇として一ッ橋図書館に勤務。

10年（1921）5月、父竹治郎死去。6月30日、正式に東京市事務員。

11年（1922）12月、一ッ橋図書館を神経衰弱症のため退職。

12年（1923）9月1日、関東大震災に被災し避難中、憲兵に拉致され巣鴨刑務所に留置される。9月末、熊本に帰り、坪井川の川港、高橋町の回船問屋「浜屋」の蔵の二階に寄寓。ほどなく雅楽多のサキノのもとに身を寄せる。

13年（1924）6月、九州新聞の九州俳壇に荻原井泉水選が始まり、「山」のイニシャルで1句のみ投句。同俳壇に木村緑平、尾崎放哉など「層雲」同人らの句が次々に登場する。秋から師走にかけてのある日、泥酔し公会堂前で市電を停める。目撃していた上通町の木庭市蔵に市内東外坪井町の千体仏報恩寺（曹洞宗）の望月義庵のもとに伴われ、禅門に入る。

14年（1925）2月、報恩寺にて望月義庵を導師に出家得度。耕畝と改名。3月5日、鹿本郡山本村味取（現熊本市北区植木町味取）の観音堂（曹洞宗瑞泉寺）の堂守となり、日曜学校を開き、近在に托鉢にも。5月1日、緑平が訪問。8月5日、防府に帰省、3年ぶりに父母の墓前に額づく。8月6日夕、大分県佐伯町の工藤好美の実家を訪ね、工藤の妹千代を弔う。防府に戻り、15日に味取観音に帰山。9月25日緑平が訪問。30日、尾崎放哉が書簡で緑平に堂守となった山頭火の消息を尋ねてくる。

15年（1926）4月7日尾崎放哉が小豆島西光寺南郷庵で死去。味取観音をひきあげ、14日報恩寺から木村緑平にはがきで「本日から天草を行乞します」と伝える。戻ってきてしばらく報恩寺を手伝う。6月17日、報恩寺から上益城郡御船を経て、浜町を行乞、宮崎県の高千穂を経て20日に滝下泊との緑平宛てのはがきが存在したという。

7月23日に友枝寥平居に病死した妻を弔問。8月11日、柳川郊外浜武村に医院開業の緑平を訪ねる。8月23日の緑平宛てはがきによれば、山口県の岩国まで出かけ、山口に引き返し、徳山に久保白船を訪ねている。9月3日、湯本温泉から町田米四郎にはがきで「私ハ故郷の山河を歩きまハつてここまで来ましたが、近いうちに一応帰熊します」。10月27日、防府町役場に出頭、戸籍を正一から耕畝に改名。「層雲」11月号に「分入つても分入つても青い山」など行乞7句が掲載される。12月25日、昭和に改元。

昭和2年（1927）広島県内海町で新年を迎える。9月山陰地方行乞。年末から四国八十八ヵ所の札所巡拝の遍路行乞に。（金融恐慌）

3年（1928）徳島で新年を迎え、7月小豆島に渡り、西光寺に5泊、放哉の墓を詣でる。7月27日、岡山に渡り、10月6日は福山を行乞。

4年（1929）広島で新年を迎え山陽地方行乞。2月、北九州地方行乞、下関に兼崎地橙孫、田川郡糸田村に炭鉱医に戻った緑平を訪ね、さらに大分高商を1年で退学し、飯塚の炭鉱で働く息子の健を訪ねる。3月21日、緑平に熊本帰着を告げるはがきを出す。「四年ぶりに熊本の土をふみました」とある。「雅楽多」で店番をする。3月30日、「層雲」熊本支部火山会の石原元寛、木藪馬酔木が訪ねてくる。4月13日、元寛居で句会。8月30日、行乞から戻ってきて馬酔木居で句会。9月14日、行乞に戻る山頭火のための送別句会。行乞の気分にならないと戻って来て、馬酔木居で句会。友枝寥平居にも顔を出す。11月3日、阿蘇内牧の塘下温泉で井泉水、原農平、高松征二、中村苦味生、石原元寛、木藪馬酔木らと一夜過ごす。翌日、阿蘇登山をし、杖立、日田、耶馬渓を経て中津の松垣昧々を訪ねる。年末、熊本の「雅楽多」に戻り、九州新聞に8人によるリレー紀行「阿蘇山行」が掲載。（ウオール街株式大暴落、世界恐慌に）

5年（1930）1月、元寛居で新年句会。2月、托鉢僧となり、福岡へ出かけ、三宅酒壺洞、柴田双之介と糸田村の緑平居を訪ね、近藤次良も加わり、香春に遊ぶ。熊本に帰る途中、荒尾の中村苦味生を訪ねる。3月7日夕、熊本に戻り、馬酔木、元寛と句会。4月、健が秋田鉱山専門学校に入学。4月、球磨郡免田村の川津寸鶏頭を訪ねる。8月21日、托鉢姿で寥平と写真館で記念撮影。これまでの日記を焼き捨て、9月9日、熊本市を発ち、八代、人吉を経て、宮崎に。世界恐慌が波及し、農村不況の現実を見る。大分、福岡各県へと3ヵ月に及ぶ行乞の旅。「層雲」同人を訪ね、「行乞記」を綴り、九州新聞に消息や俳句を送る。12月15日、熊本駅着。寒空の下、6日間さまよい、サキノのもとに。市内春竹琴平町1丁目61の二階一室を借り、「三八九居」と名づけて自炊生活。

6年（1931）三八九居で新年。2月2日、ガリ版刷俳誌

「三八九」第1集発行。自ら鉄筆でガリを切る。4月7日、春休みで帰省していた健を熊本駅まで見送る。4月17日夜、城見町の料亭で芸妓をあげ無銭飲食、九州日日新聞に「散財した揚句自動車で逃走」という記事が出る。6月13日、雅楽多から緑平へのはがきに「何も彼もメチヤクチヤです」。「三八九」は第3集で休刊。12月22日、再び旅に出る。「行乞記」を再開。24日、福岡県境の小栗峠を越える。「自嘲」として「うしろ姿のしぐれてゆくか」。(満州事件起こる)

7年(1932) 糸田村の緑平居を訪ね、正月気分を味わう。宗像神社を参拝し、神湊の隣船寺住職田代俊を訪ねる。玄界灘沿いに佐賀県境を越え、唐津、多久、武雄、嬉野に。長崎県に入り、大村、諫早、長崎に。有明沿いに佐賀県に戻り、佐賀市に。武雄、嬉野を経て、長崎県佐世保、平戸に足をのばし、玄界灘沿いに戻り、5月には山口県に。ふるさとを汽車の窓から眺める。川棚温泉を庵住の地と望み、6月7日より8月26日まで木下旅館に滞在。6月、第一句集『鉢の子』。9月20日、国森樹明のはからいで小郡町矢足に結庵、「其中庵」と名づける。12月、「三八九」復活第4集。(五・一五事件、満州国建国宣言)

8年(1933) 1月、2月、「三八九」編集発行。6集で終刊。其中庵の自炊生活続く。家庭菜園も。3月18日夕、大山澄太が初めて来訪。翌日、近木黎々火も来庵。5月13日、防府やその周辺のふるさとの托鉢に出かける。11月4日、其中庵に井泉水を迎える。12月、第2句集『草木塔』刊。(国際連盟脱退)

9年(1934) 3月22日、信越への旅へと出立。途中、広島の澄太居で広島文理大生の蓮田善明に会う。広島の宇品から三原丸で神戸に着き、京都、名古屋に「層雲」同人を訪ね、木曽より飯田への清内路の雪の峠越えに難渋、4月15日、飯田町太田蛙堂居着。句会後発熱、28日まで川島病院入院、29日夜、其中庵に帰る。5月1日、種田健が見舞いに来る。10月26日、健の縁談でサキノとの談合に旅立つ。28日、飯塚の健と会い、熊本に。11日夕、帰庵。「熊本は鬼門だつた」と日記に。

10年(1935) 2月、第3句集『山行水行』刊。7月、北九州に旅し、飯塚の健と料亭で会食。糸田の緑平居を訪ね、北九州の「層雲」同人らと飲み歩く。8月10日、カルモチンを多用に服用、縁から転がり落ち、雨にうたれて意識を取り戻す。日記に「自殺未遂であつた」。12月6日、7カ月もの長旅に出る。日記に「旅人山頭火、死場所をさがしつゝ私は行く」。

11年(1936) 岡山で新年を迎えるが、寒さに耐え兼ね、引き返して北九州に。2月、第4句集『雑草風景』刊。3月5日、門司より欧州航路のばいかる丸に乗り神戸に。大阪、京都、伊賀上野を経て伊勢神宮参拝。4月、鎌倉を経て5日に東京着、伊豆を巡り26日には東京の「層雲」

中央大会に参加。東京では斎藤清衛、青木健作、原農平、茂森唯士らを訪ねる。5月、甲州路、信濃路を歩き柏原にて一茶の跡を訪ねる。6月、新潟の良寛遺跡を巡り、山形、仙台を経て平泉に至る。7月、日本海岸を福井まで下り、永平寺参籠。22日に其中庵に帰る。8月、健が結婚。（二・二六事件。日独伊防共協定調印）

12年（1937）3月17日、飯塚に健を訪ね、健の妻に会う。糸田の緑平居を訪ね、サキノに会いたくなり、19日熊本へ。駅で一夜を明かし、雅楽多に。8月5日、第5句集『柿の葉』刊。9月、国森樹明に伴われ、下関の材木商店に就職したが続かない。11月、山口市湯田温泉ではしご酒を続け、無銭飲食で山口警察署に留置され、健からの電報為替で救われる。（盧溝橋事件、日中戦争始まる）

13年（1938）3月、北九州・大分へと旅立つ。日田では熊本時代の句友馬酔木を訪ねる。7月16日、山口市での『山口詩選』出版記念茶話会に出席。11月28日、湯田温泉の離れ一間を借りて其中庵から転居、「風来居」と名づける。12月14日、健が風来居に満州赴任の挨拶に来る。（国家総動員法公布）

14年（1939）1月、第6句集『孤寒』刊。3月31日、伊那の風狂俳人井月の墓を詣でるため旅立つ。近畿、東海、木曽を旅し、念願の墓参も果たす。松山に終の棲家を求め、9月29日、風来居を去る。10月1日、松山市の高橋一洵の家に現れる。野村朱鱗洞の墓を詣で6日四国遍路の旅に。12月15日、松山市御幸町御幸寺境内に庵住し、「一草庵」と名づける。

15年（1940）1月7日、海路門司に。10日、木村緑平を訪ね、山口、広島をめぐる。4月28日、一代句集『草木塔』を刊行。それを携え、広島、山口、福岡県の句友らを訪ねる。7月、第7句集『鴉』刊。10月10日夜、一草庵で「柿の会」句会。隣室で庵主の高いびきを聞きつつ午後11時閉会。11日午前4時（推定）死亡、心臓麻痺と診断。

『山頭火全集』年譜と村上護著『種田山頭火』（ミネルヴァ書房）略年譜によるところが大きい。いくらかの新知見を加え、作成した。

主な参考文献

『定本山頭火全集』（春陽堂書店）、『山頭火全集』（春陽堂書店）、村上護著『種田山頭火』（ミネルヴァ書房）、村上護著『放浪の俳人山頭火』（東都書房）、大山澄太著『俳人山頭火の生涯』（弥生書房）、大山澄太著『山頭火の道』（弥生書房）、大山澄太・高藤武馬編『山頭火　研究と資料』（春陽堂書店）、上田都史著『近代俳人列伝』（永田書房）、小高根二郎編『蓮田善明全集』（島津書房）、荻原井泉水著『放哉という男』（大法輪閣）、荻原井泉水・伊藤完吾共著『山頭火を語る　ほろほろ酔うて』（潮文社）、工藤好美著『文学のよろこび』（南雲堂）、木下信三著『山頭火虚像伝』（三省堂）、木下信三著『葦芽吹く季節』（私家版）、木下信三著『寸鶏頭と山頭火』（私家版）、瓜生敏一著『妙好俳人緑平さん』（春陽堂書店）、和田健著『山頭火よもやま話』（山頭火ふるさと会）、山口保明著『日向路の山頭火』（鉱脈社）、古川敬著『山頭火の恋』（現代書館）、栈比呂子著『うしろ姿のしぐれてゆくか』（海鳥社）、坪内稔典・東英幸編著『山頭火百句』（創風社出版）、木庭實治著『菊池木庭城と木庭一族』（私家版）、伊藤重剛編著『甲斐青萍熊本町並画集』（熊本日日新聞社）、『新潮日本文学アルバム　種田山頭火』（新潮社）、『山頭火読本』（牧羊社）、井上智重著『山頭火意外伝』（熊本日日新聞社）、井上智重著『異風者伝』（熊本日日新聞社）、井上智重著『九州・沖縄シネマ風土記』（熊本出版文化会館）、／大山澄太「山頭火と熊本」（日本談義昭和27年8月号）、茂森唯士「種田山頭火の横顔」（日本談義27年12月号）、高田素次「左川と山頭火」（日本談義49年6月号）、山田啓代「山頭火の妻」（日本談義55年7月号）、福島次郎、星永文夫、井上智重、前山光則、永田日出男「山頭火を歩く」（熊本日日新聞昭和55年4月30日から宗教欄に34回連載）

資料提供

くまもと文学・歴史館、熊本博物館、熊本日日新聞社、友枝久子、神奈川近代文学館、木村緑平顕彰会／柳川市

撮影協力

間　文男

新橋の居酒屋で始まった——あとがきに代えて

「山頭火の軽い本を出そう」と、友人でかつて出版社にいて、いまは横浜に住むフリーの編集者、熊本出身の富永虔一郎氏と会って話してから四年が過ぎようとしている。

「山頭火に見る生きるヒントみたいなものはどうかな」

「いいね、でもそれ、五木さんのタイトルを盗んだことにならない」

「うーん、それだったら、怪傑老人山頭火ではどうか」

「タイトルは面白いが、書けるの」

「書けるさ。山頭火の日記は『其中記』が面白い。歯がないので歯の土手でビフテキや茹蛸にくらいついている」

「まあ、企画書だけでも作ってみるか」と富永氏はあちこちに売り込んでくれたが、「出版状況はどこもここも厳しく、よほど有名な著者でないと…」という話だった。


キーワードによる山頭火読本みたいな本はできないか、と私は思っていた。『行乞記』にはジャズが出てくる。どんなジャズが流行っていたのか。映画も見ている。山頭火が其中庵時代、チャップリンの「街の灯」を見ているのに気づき、うれしかったが、彼はエノケンが好きだったのではないか、と思う。それより興味を覚えるのは荻原井泉水が昭和四年の阿蘇山行を含め「映画　九州の旅」としてまとめていることだ。映画のシナリオを描くように表現している。いかに俳人らに映画が影響を与えたか。またその逆もいえる。

昆虫についてはどうか。しかし、山頭火にとってとんぼはとんぼ、蝶は蝶である。モンシロチョウとか、アキアカネとか、こだわらない。ファーブル昆虫記を愛読しているのに…。『山頭火の田園博物誌』といった本が作れたらいいのだが、そのためには小郡近郊に畑付きの古民家を借り、ナチュラリストとして暮らしたあとの話だ。

私の話はおもちゃ箱をひっくり返したようになり、収拾がつかなくなる。

ともかく書いてみようと始めたところにコロナがやってきた。学校も休みとなり、少子化といわれるが、元気な声が家の外から聞こえてきて、こんなに子供がいたのか、と思った。玄関脇の洋間、そこにベッドと机を置き、仕事場にしているのだが、バイクがとまり、ぽとんと郵便受けに音がして、立っていく。ホームセンターから野菜の苗を買ってきて、庭に植えた――なんとなく山頭火になった気分である。

私は『山頭火意外伝』という本をすでに出しており、二〇一七年七月一日から一年間、休刊日をのぞき毎日、熊本日日新聞にコラム「きょうも隣に山頭火」を連載している。とりあえずこの連載をベースにまとめることにした。隣に住む山頭火という〝おじさん〟の話を毎日、届ける意味でそう付けたが、本のタイトルを「いつでも―」と代えてくれたのは富永氏だ。一回あたりの字数も増やし、ずいぶん捨てもしたし、また書き下ろしを加え、ふくらませた。時系列に並べ、ほとんど書きあらためたと言ってもいい。

富永氏が「対談を入れたらどうかな。どなたかいない」と言い出した。ふと浮かんだのが坪内稔典さんだ。刊行がはじまった春陽堂書店の『新編山頭火全集』のすべての解説を坪内さんがやることになっていて、これ以上の人はいない。漱石のことでは私もずいぶんお世話になってきており、気心も知れている。坪内さんの快諾を得てオンライン対談が実現した。編集終盤で手こずったのは熊本時代の山頭火で、当初「ローカル色は排除したい」と消極的だった富永氏が俄然やる気を出し、次々に注文がメールで舞い込んだ。山頭火が開いた「雅楽多」がどのあたりにあったかは分かっていた。それを江戸の熊本城下から近代都市への変遷のなかで探れないかというアイディアだ。

伊藤重剛編著の『甲斐青萍　熊本町並画集』という本がある。それによると熊本藩の世襲家老有吉家の屋敷が明治初期まであり、西南戦争で焼失してしまう。道に面した長屋塀跡に町家が建ち並ぶが、その一軒を種田家は借りて住んだようだ。その有吉家から嫁いできたのが富永氏のおばあさんだ。祖父は県内有数の大地主（種田家とはケタ違い）で貴族院議員をしている。その息子、富永氏の父は伊吹六郎という文筆家だ。

「甲斐青萍の写真はないか」と富永氏が言ってきて、「それはくまもと文学・歴史館があたからいただいた戦前の動画にあるよ。藤崎宮例大祭で随兵頭として馬に乗っている姿がね」。富永家は戦前までは裕福で、フランス製の小型撮影機、パテベビーで撮った映像がかなり残っている。

九品寺の安巳橋近くにあった屋敷も空襲で焼けてしまい、伊吹が復員してくると、石門と柿の木とレンガ造りの蔵だけが残っていた。伊吹は残った蔵に印刷機を持ち込み、同人誌「詩と真実」が創刊される。友人が遊びに来たが、何も出すものがない。二人縁側に腰かけ、「あの熟柿がおちてこないかな」と仰いだ。

楽屋裏の話になってしまったが、そんなこんなでこの本は出来上がった。出版を引き受けていただいた言視舎の杉山尚次氏に感謝したい。

令和三年夏、

葉陰に青い実を結んだ柿の木を窓越しに見上げながら—

井上智重

井上 智重（いのうえ・ともしげ）

1944年、福岡県八女市生まれ。熊本大学法文学部卒。佐賀新聞、熊本日日新聞など地方記者歴42年、雑文記者と称した。2010年８月に熊本近代文学館長となり、2016年３月、くまもと文学・歴史館長として退任。著書に『九州・沖縄シネマ風土記』『阿蘇と豊肥線』『異風者伝』『言葉のゆりかご』『山頭火意外伝』『漱石とハーンが愛した熊本』のほか、共著『お伽衆宮本武蔵』、コミック原案『終戦の昭和天皇　ボナー・フェラーズが愛した日本』がある。舞台づくりにもかかわり、熊本県文化懇話会賞。熊本学園大学招聘教授。

編集……………富永虔一郎
イラスト……松島寿市
装丁・組版……水谷イタル
編集協力……田中はるか

いつも隣に山頭火

発行日　2021年８月31日　初版第１刷

著者　井上智重
発行者　杉山尚次
発行所　株式会社 言視舎
東京都千代田区富士見2-2-2 〒102-0071
電話03-3234-5997　FAX03-3234-5957
https://www.s-pn.jp/
印刷・製本　中央精版印刷（株）

ISBN 978-4-86565-207-9 C0095